afgeschreven

D1420872

QUINCY

Julia Burgers-Drost

Quincy

Westfriesland

www.kok.nl

Eerste druk in deze uitvoering 2007

NUR 344
ISBN 978 90 205 2849 7

HOOFDSTUK 1

Stroomstoring, voor de vierde keer in één week.

Quincy Lancée slaakt een diepe zucht en grabbelt haar spulletjes bij elkaar. Uitstappen en informeren wanneer de volgende trein vertrekt. Uit de berichtgeving wordt ze niet veel wijzer. Dan eerst maar koffie.

Ze hangt haar nogal zware schoudertas wat steviger om en loopt met de stroom mensen mee richting de stationsrestauratie. Daar is nog een plekje vlakbij het raam.

„Báál jij ook zo?"

Aan het tafeltje waar Quincy blijft stilstaan, zit al een jonge vrouw die haar vaag bekend voor komt. Quincy zet haar bagage op de grond onder de stoel, en ploft er onelegant op neer.

„Zeker weten! Terwijl ik juist zo'n haast heb om thuis te komen!"

„Koffie? Ik ga halen en kan het zo voor je meebrengen!"

Quincy kijkt haar na en vraagt zich af waar ze deze vrouw toch van kent. Ze ontmoet dagelijks zo veel medestudenten! En niet te vergeten de reisgenoten. *Ships that passed in the night!*

Ze pakt haar portemonnee en telt het geld uit, ze weet precies wat de prijs van een bakje leut is.

„Waar ken ik je toch van?" vraagt ze als ze een slokje van het bruine vocht heeft genomen.

„We zien elkaar vaker op dit traject en bovendien denk ik dat je dezelfde studierichting als ik heb gedaan!"

Het muntje valt. Quincy neemt een slok koffie en heft de kop op in de richting van de vrouw tegenover haar. „Jij was gastspreekster! Ik herinner het me opeens. Het ging over toneelkleding!"

Quincy drukt de haar over tafel toegestoken hand. „Emmie Hoorneman. Jawel, ik ontwerp toneelkleding. Na veel omzwervingen is dat mijn ding geworden!"

Ook Quincy noemt haar naam, die door Emmie apart wordt gevonden.

Quincy is gewend hierover tekst en uitleg te geven! „Dat zit zo. Toen mijn ouders mij gingen ophalen – ik ben geadopteerd, moet je weten – was ik nummer vijf die een plekje in het gezin kreeg. Een 'quint' is een term uit de muziek. De vijfde toon vanaf de grondtoon. Hoewel je tegenwoordig kwint met een k schrijft, niet meer met een Q. Maakt niet uit: mijn ouders maakten van nummer vijf: Quincy! Ik ben nog nooit iemand tegengekomen met dezelfde naam!"

Beiden heffen gelijktijdig luisterend hun hoofd op: er wordt omgeroepen dat de stroomstoring nog niet verholpen is, de wachttijd kan tot drie kwartier oplopen. „Gezellig!" vindt Emmie laconiek. En dan vervolgt ze: „Vertel eens verder… je bent dus geadopteerd. Kom je uit het buitenland? Je hebt van dat donkere haar, dik en veel. Om jaloers op te worden! En je huid is zelfs nu het winter is, niet bepaald blank!"

Quincy grinnikt, laat een mooi rijtje tanden zien. „Wat dacht je van de zonnebank? Ik weet niet veel van mijn biologische ouders af. Alleen dat mijn moeder van Joodse afkomst is. En mijn vader? Vermoedelijk gewoon een Hollander. Mijn ouders – adoptiefouders – hadden nadat ze een dochter en een zoon hadden gekregen, het verlangen hun gezin uit te breiden. Dat was om de één of andere medische reden niet meer mogelijk, vandaar de adoptie. Ik heb dus nog twee lotgenoten in het gezin!"

Emmie luistert belangstellend.

„Ik wil niet nieuwsgierig zijn…" reageert ze.

Quincy schudt haar donkere krullenbol. „Maakt niet uit… ik vind het altijd grappig om te zien hoe mensen reageren als ik vertel dat ik geadopteerd ben. Weet je, als kind sta je er jarenlang niet bij stil. Tot je de pubertijd in duikt. Dan begin je na te denken. Maar tot op heden heb ik niet echt de behoefte gehad om uit te zoeken waar ik vandaan kom. Hoewel…" Ze kijkt opeens ernstig en vervolgt: „Ik ben en blijf ergens een vreemde eend in de bijt. Want ik ben ánders dan de anderen. Wat betreft mijn interesses. Geen van de anderen heeft gevoel voor kunst, niemand is creatief. Het heeft me dan ook grote moeite gekost mijn ouders ervan te overtuigen dat ik naar de Academie voor Beeldende Kunsten wilde. Volgens pa en ma is op dat gebied nog geen droog brood te verdienen. Ik heb het aan Daan te danken dat ik toestemming kreeg. Wie Daan is? Het tweede en biologische kind van mijn ouders. Hij is econoom, en verder echt 'mijn grote broer'!"

Emmie zegt dat haar familieleven eenvoudiger in elkaar zit dan dat van Quincy. „Ik kom uit het noorden van het land. Een dorpje in Friesland, daar liggen mijn roots. Mijn ouders zijn oerdegelijke mensen, maar vanbinnen stormde het bij hen altijd. Noodgedwongen hebben ze zich in een keurslijf geperst. Een familiebedrijfje eiste hen volledig op. Terwijl beiden graag iets met hun creativiteit hadden gedaan. Ze stonden dan ook vierkant achter me toen ik deze richting koos!"

Het klikt meteen tussen de twee jonge vrouwen. Quincy babbelt opgewekt door over het gezin waar ze uit komt. Mirjam, Marcia en Pop zijn alle drie naar een school voor de zending geweest.

„Wat kun je met zo'n opleiding?" verbaast Emmie zich. Quincy zal het wel even vertellen! De oudste zus, Mirjam, zit met man en kinderen in Gambia.

„En de andere twee, Marcia en Pop, werken in Uganda. In een kindertehuis. Ze zijn wel eens op de tv geweest. Met één of andere actie, om geld in te zamelen. Weet je, Emmie, je moet voor dat werk geroepen zijn! Ik geloof dat ze diep in hun hart neerkijken mijn studiekeuze. Die vinden ze werelds... nou ja!"

Emmies belangstelling is gewekt. Ze vraagt wat Quincy denkt te gaan doen, als ze haar opleiding heeft voltooid. Quincy vertelt dat ze aanvankelijk de fotografierichting had

7

uitgekozen. Maar na contact met anderen die richting mode gingen, is ze omgezwaaid.

„Wat ik er mee wil? Ik moét iets met mijn handen doen. Er zit zoveel in mijn hoofd. Ik heb een hekel aan alles wat theorie is… maar dat hoort er nu eenmaal bij."

Na het volgende kopje koffie, dit keer met een saucijzenbroodje, is Emmie aan de beurt om over haar leven te vertellen. Ze is via via, zoals dat meestal met dat soort dingen gaat, terecht gekomen bij een vrouw die een eigen atelier had. Ze maakte met veel succes kleding voor het theater. De prachtigste kostuums kwamen uit haar handen. Uiteindelijk werd het werk haar teveel, er moest personeel komen.

„En dat werd jij?" meent Quincy. Emmie zegt dat het niet zo vanzelf is gegaan. Ze had behoorlijk wat concurrentie. Maar uiteindelijk viel de keus toch op Emmie. „Hard werken… die vrouw eiste alles van zichzelf en dus ook van anderen. Zelf ontwerpen, zelf pasklaar maken. Zelf zien wat er niet goed zat, wat veranderd moest worden. Aanvankelijk slofte ik achter haar aan, maar toen ze door een val tijdelijk uitgeschakeld werd, bleek ik door haar besmet te zijn en liep ik zo mogelijk nog harder. De val die ze gemaakt had, bleek het gevolg van een herseninfarct. Een tweede aanval werd haar fataal en… daar zat ik. Met een lijst bestellingen van hier tot Tokio. Na overleg met mijn ouders besloot ik haar zaken over te nemen. Zo ben ik in de branche terecht gekomen. En nu is het mijn beurt om uit te zien naar betrouwbaar personeel… jammer dat jij nog niet zover bent!"

Quincy verschiet van kleur. „Is een diploma dan zo nodig? Als je een natuurtalent bent…"

Emmie maakt een afwerend gebaar met beide handen. „Stop! Ik zou niet de oorzaak willen zijn dat jij – of wie dan ook – vanwege een baantje de opleiding niet afmaakte. Daar krijg je onherroepelijk spijt van. Ervaring is prachtig, maar er wordt toch altijd en overal naar papiertjes gevaagd! Ik zou zeggen: kom over een jaar of drie eens bij me langs!"

Naast hen klinken opeens luide stemmen. „De trein… ze roepen om dat de storing is verholpen…"

Emmie staat al, ook Quincy zoekt haar bagage bij elkaar. „Ik hoop dat we elkaar nog eens tegen het lijf lopen… waar moet jij uitstappen?" informeert ze zodra ze een zitplaats hebben bemachtigd. Het blijkt dat ze niet ver van elkaar wonen. Quincy bij haar ouders, Emmie heeft een etage in een dorp, vanwege de huurprijs. In de stad zou ze twee keer zoveel moeten betalen, vandaar. „Je moet maar eens komen kijken. Wacht, dan krijg je mijn kaartje!"

Het laatste stukje reist Quincy alleen. Een glimlach om haar mond. Het was leuk om Emmie te leren kennen. Ze straalt een zekere rust en zelfverzekerdheid uit. Leuke vrouw om te zien, zo heeft ze zich een Friezin ook voorgesteld. Blond, blank van huid. Een lange, slanke vrouw is ze.

Ja, ze is ook nieuwsgierig naar haar werk! Kleding maken voor de Bühne. Tja, als je eenmaal „naam" hebt, komen de opdrachten vanzelf.

Was ze zelf maar zover!

Met nog steeds Emmie en haar bezigheden in gedachten, stapt ze wat later over het perron. Ze is later dan normaal, ma zal al wel gemopperd hebben. Wachten met eten…

„Daar ben je dus! Hoi, Quincy! Moest je schoolbijven of was er vertraging op het traject?"

Blij bij het horen van die bekende stem, keert ze zich om. „Daan!" Ze laat haar bagage vallen en omhelst haar broer. „Wat een vette verrassing jou hier te zien! Hoe komt dat zo?"

Daan deelt rustig mee een „baaldag" te hebben. „En omdat ons moeder altijd klaagt dat ze me zo weinig ziet, dacht ik er goed aan te doen een middagje naar huis te gaan. Maar… géén Quincy!"

Hij pakt haar zware tassen op en draagt ze alsof het veertjes zijn. „Stroomstoring, joh! Ondertussen heb ik kennis gemaakt met een vrouw waar van ik ooit collega van hoop te worden. Ze heeft een atelier waar ze kleding maakt voor het theater. We hebben zo leuk gekletst! Emmie heet ze. Emmie Hoorneman."

Daan kijkt glimlachend op zijn jongste zusje neer. Zo enthousiast als Quincy kan zijn, is géén van de anderen.

Hij vertelt over het bedrijf waar hij werkzaam is, de overuren die hij geregeld maakt. Of er nog niet een héél erg leuke vrouwelijke collega is die zijn hart heeft gestolen?

Quincy is altijd aan het vissen of Daan zijn hart nog niet heeft verloren. Ze is bang dat een eventuele vriendin het einde van hun gezellige verhouding zal betekenen. Maar nee, het is nog niet zover.

Het is niet ver lopen van het station naar het jaren dertighuis, waar Quincy is grootgebracht.

Alles is er even keurig en onderhouden. Het huis zit goed in de verf, de winterse tuin is in het najaar grondig onkruidvrij gemaakt en voor de ramen hangt de vitrage recht. Daan laat Quincy voorgaan als ze door het lage tuinpoortje lopen. Rechts en links een stenen muurtje, waar in de zomer bakken met éénjarigen op staan.

Daan opent met zijn sleutel de deur. „Stamppot!" roepen ze gelijk.

Edia Lancée heeft daar zo haar eigen recept voor. Gebakken uitjes, wortelsnippers en kruimige aardappels vormen de hoofdmoot.

„Ma, de trein had vertraging!" galmt Quincy nog voor ze haar jas uit heeft.

„Het zal ook eens niet zo zijn. Wil je in het vervolg even bellen, Quincy? Dat is wel zo prettig!" meent haar moeder. Quincy zoent haar op een wang.

„Sorry. Had ik aan moeten denken. Maar ik heb koffie zitten drinken met een leuke meid die een eigen atelier heeft!"

Flip Lancée, vader van het gezin, dekt de tafel. Een bescheiden man die van nature erg rustig is.

Zoals gewoonlijk komen er tijdens het eten allerlei onderwerpen aan de orde. Als Daan aan het woord is, ziet Quincy dat beide ouders vol trots naar hem luisteren. Jawel, met een zoon als Daan kun je voor de dag komen.

Quincy realiseert zich opeens dat ze nooit op die manier naar haar zullen kijken. Want wat is iemand die met mode bezig is, vergeleken met een econoom?

Nee, dan de ouders van haar nieuwe vriendin, Emmie. Ja, dat wordt ze vast: een vriendin. Haar ouders stimuleerden haar zelfs om een creatieve richting op te gaan! Maar wacht: Quincy is nog niet zover dat ze kan laten zien wat ze presteert. Dat is nog toekomstmuziek...

Na het eten wordt er vroeg koffie gedronken, omdat Daan op tijd terug wil.

Als ze hem hebben uitgezwaaid en Quincy naar boven wil om een werkstuk af te maken, houdt haar moeder haar tegen. „Heb je even tijd... pa en ik willen wat met je bespreken, Quincy!"

„Dat klinkt plechtig. Ik kan wat ik wilde doen, morgen ook nog afmaken."

Pa en ma op hun stoelen, Quincy tegenover hen op de bank. „Wat we willen vertellen, kind, valt ons best moeilijk. En ik hoop niet dat jij nu denkt dat één en ander te maken heeft met het feit dat je geadopteerd bent!"

Quincy schiet rechtop. Vreemd vindt ze het! Er wordt zelden tot nooit gesproken over het feit dat ze geen eigen kind is. „Zeg op! Jullie maken dat ik nieuwsgierig ben!" Ze doet opgewekt, maar voelt haarscherp aan dat er een addertje onder het gras zit.

Pa schraapt zijn keel. Een man van weinig woorden die het praten liever aan zijn vrouw overlaat. Hij kijkt als om hulp zoekend, haar richting uit. Maar Edia bestudeert de nagels van haar handen.

Even hangt er een vervelende stilte in de kamer. De klok tikt sjokkend door, zo als altijd.

„Pa!" commandeert Edia.

„Jaja. Kijk, het zit zo, Quincy... je zus komt thuis. Uh...
Mirjam."

Quincy vliegt overeind. Maar dat is goed nieuws! De oudste
van het gezin is als een moeder voor haar geweest. „Dat is
toch geweldig! Wat zullen de kinderen groot geworden
zijn... ik dacht dat ze pas over twee jaar terug zouden
komen. Of hebben ze verlof? Heet dat niet zo?"

Flip Lancée kijkt nog net niet gekweld.

„Jaja... dat waren de plannen ook. Maar nu wil het geval dat
Mirjam weer zwanger is. Is het niet, Edia?"

Het klinkt zo van: ík heb gezegd. Nu is het jouw beurt!

Edia staakt het staren naar haar handen en knikt. „Het is
zeer waarschijnlijk dat het er wéér twee zijn. Het zit in de
familie. Pa is ook van een ééneiige tweeling. Maar dat het
haar voor de tweede keer overkomt... er zijn complicaties.
Dus is het voor haar beter om terug te komen. Jesse krijgt
werk, hier vlak in de buurt. Je weet wel, bij de stichting die
zendelingenwerk organiseert en mensen opleidt die de zending in willen. Dat is een zorg minder, want er moet brood
op de plank komen. En meer..."

Quincy luistert maar half. Enig zal het zijn om Mirjam in de
buurt te hebben. En dan die klein hummels van haar... reken
maar dat ze graag op hen past, mocht dat nodig zijn. Maar
ma is er ook nog, die zal er wel voor zorgen dat ze zich
onmisbaar maakt en zeker weten dat ze ook de tweeling
graag voor haar rekening neemt!

„Waar gaan ze wonen?" bedenkt Quincy.

De ouders kijken elkaar onzeker aan.

Opeens neemt Edia resoluut het woord. „Daar gaat het om.
Er komt een huis voor hen vrij, dat in het bezit van de stich-
ting is. Maar helaas duurt dat nog minstens anderhalf jaar!
En tot zolang..."

Quincy valt haar moeder in de rede. „Tot zo lang logeren ze
hier?"

Edia knikt en zwijgt.

„Maar… hoe dan?" bedenkt Quincy. Het jaren dertig-huis is niet ruim. De woonkamer was oorspronkelijk een kamer – en suite. Twee kleine kamers, gescheiden door schuifdeuren. En boven is een ouderslaapkamer, twee kleinere kamers én een badkamer. Daan had, als zoon, altijd een eigen kamer. De meisjes sliepen bij elkaar, op stapelbedden. Nadat de drie dochters het huis verlaten hebben, is er verbouwd. De piepkleine douche werd bij één van de slaapkamers getrokken, zodat er een ruime badgelegenheid ontstond. Nog goed herinnert Quincy zich hoe blij ze allemaal waren toen die verbouwing eindelijk een feit was en er uitgebreid gebaderd kon worden. Zelf slaapt en werkt ze in één van de kleine kamers, de andere wordt gebruikt als logeervertrek.

„Ja, dat is het probleem. Je moeder is erg bezorgd om de lichamelijke toestand van Mirjam. Ze moet rust houden en dan is de tweeling er ook nog. Er komt veel op de schouders van je moeder neer!" zegt Flip en kijkt langs Quincy heen. Ze wil roepen dat zíj er ook nog is… ze is jong en sterk. Ze kan in haar vrije tijd veel doen, als het om de kinderen gaat. Maar om de één of andere reden krijgt ze die woorden niet over haar lippen. Haar ouders kijken zo vreemd, alsof ze iets willen zeggen dat ze niet durven. Of willen.

„En?" zegt Quincy met iets van aanmoediging in haar stem.

„We vinden dat het onze plicht is dit jonge gezin te steunen. Gezien wat ze opgeofferd hebben… zich gegeven voor de zending… dat verdient al het mogelijke respect. Daarom nemen we hen in huis en ontlasten ze op die manier van veel zorgen. En nu komt het, Quincy…"

Quincy lacht zorgeloos. „Laat me raden… jullie zetten mij het huis uit. Ik ben toch maar aangeplakt. Het eigen kind gaat vóór!" Ze schatert als ze dit heeft gezegd, maar de ouders lachen niet mee.

„Dat klinkt hard en zo moet je het niet zien, Quincy, als we vragen of je mee wilt werken. We zoeken ergens een kamer voor je, vanwaar jij je studie kunt voltooien. Zie het zo: ons huis is niet groot genoeg om er een compleet gezin in te herbergen... behalve als jij jouw kamer vrijmaakt zodat de tweeling er kan slapen. Wij zien geen andere oplossing dan dat jij vanaf nu op eigen benen gaat staan. Per slot van rekening heb je er al lang de leeftijd voor..."

Quincy's mond hangt open van verbazing. Ooit uitte ze het verlangen om op zichzelf te gaan wonen. Lieve help... het huis was te klein! Wat dacht ze wel? Ze is geadopteerd met de beste bedoelingen en daar hoorde ook bij dat er voor haar gezorgd zou worden tot ze zichzelf kon bedruipen! En nu opeens is alles omgedraaid.

Ze kijkt haar ouders verbijsterd aan. „Ja maar hoe... ik bedoel: natuurlijk gaat Mirjam voor. Ze heeft een gezin... ze is zwanger en bovendien nog verzwakt ook. Toen ze vorige keer vertrokken zag ze er al uit als... als een geest! Natuurlijk wil ma voor haar zorgen. En ja... dan is het logisch dat ik ophoepel!" Dat laatste komt er puberachtig uit. Flip Lancée fronst zijn wenkbrauwen. „Zoals jij het zegt, klinkt het nogal onredelijk. Ma en ik hebben er echt uren en uren over gesproken. Maar we zien geen andere oplossing."

Er valt weer een stilte die nu pijnlijk is te noemen. Quincy realiseert zich opeens dat ze al die jaren dat ze hier woont, deel uitmaakt van het gezin, genadebrood heeft gegeten. Anders kan ze het niet zien. Wat voor eigen vlees en bloed vanzelf spreekt, daar moet zij dankbaar voor zijn. Ai, dat doet erg pijn. Maar ze is trots, ze zal het niet laten merken.

Ze ziet het voor zich. Jesse en Mirjam, die de kern van het gezin zullen worden. De kleintjes, veeleisende kleuters die natuurlijk problemen met het wennen zullen hebben. Het is dan ook een omschakeling van jewelste!

Pa en ma als dienende geesten. Want oh... ze hebben zo'n bewondering voor hun kinderen die in de zending zijn gegaan. Zichzelf hebben weggecijferd, al jaren lang. Dat ze met die feiten pronken, heeft Quincy altijd tegengestaan.

„Tja, het is niet anders. Wel, dan moet ik maar zien dat ik ergens onderdak kom. Misschien kan ik wel bij Daan intrekken. Die heeft een flat voor zich alleen!"

De ouders protesteren tegelijk. „Dat kun je niet menen. Per slot van rekening hebben jullie geen bloedband en er zou geroddeld kunnen worden. Bovendien is het mogelijk dat je dan Daan tegenhoudt om een vrouw te zoeken."

Quincy lijkt te ontwaken. „Tja, wie wil er nu een vriend hebben die de last van een zusje op zijn nek heeft? Oh nee.... een aangebakken zusje. Wees niet bang: ik zal hem echt niet lastig vallen!"

Er ontwaakt iets in Quincy, ze zal eens laten zien dat ze best op eigen benen kan staan. Hutspot kookt ze in het vervolg zelf wel.

Ze gaat staan. Probeert langer te lijken dan de één meter vijf en zestig die ze kort is. „En per ingang van wanneer?" Ze houdt haar tranen keurig binnen en kijkt de ouders met iets dat op hoogmoed lijkt, aan.

Flip krimpt in elkaar, laat Edia het woord doen.

„Zo gauw mogelijk, dachten we. Ik heb al een lijst klaarliggen met mogelijke adressen. Het valt niet mee om in een studentenstad een betaalbare kamer te vinden!"

Nog nooit is er aanleiding geweest voor Quincy om zich buitenstaander te voelen. Ze waren simpelweg een gezin met vijf kinderen waarvan zij de jongste was. En nu blijkt dat het eigen bloed het wint. Zo ziet ze het en niet anders. Per slot van rekening zou pa de zolderverdieping ook kunnen laten verbouwen. Daar is ooit sprake van geweest. Maar haar ouders bewaren dat wat ze gespaard hebben, liever voor noodgevallen. Of iets dergelijks.

„Je moet niet denken dat jij nu het veld moet ruimen, kind, omdat Mirjam thuis komt wonen. Zo moet je dat echt niet zien!" Ook Flip is gaan staan en doet zijn best hun jongste kind niet het gevoel te geven dat ze ongewenst is. Maar het kwaad is al geschied. Quincy ziet het op háár manier en die is duidelijk. Het eigen bloed gaat voor, als het gaat om een keuze. Opeens voelt ze zich gruwelijk verlaten. Terwijl ze toch al volwassen is. Natuurlijk kan ze voor zichzelf zorgen, beter dan dat Mirjam dat nu kan.

„Het is toch al de hoogste tijd dat ik op eigen benen kom te staan! Dit met Mirjam versnelt de zaak, niks aan de hand. Ik kruip gauw in bed… morgen heb ik een zware dag voor de boeg! En nu maar hopen dat er bij de NS geen stroomstoringen op het programma staan! Welterusten!”

Ze wuift naar haar ouders en sluit de kamerdeur geruisloos achter zich.

„Ze is gekwetst. Maar ik weet geen andere manier om het haar duidelijk te maken…” zucht Flip Lancée. Waarop zijn vrouw genadig knikt.

„Bedenk, Flip, wat Mirjam en Jesse voor werk hebben gedaan en straks weer gaan doen. Daarvoor moeten wij en onze eigen plannen wijken. Toch?

En wat Quincy betreft… ze hunkert er al een paar jaar naar om op eigen benen te mogen staan. Heb ik gelijk?”

De vader knikt.

„Je hebt gelijk, zoals gewoonlijk, Edia. Wij hebben de juiste keuzes gemaakt!”

HOOFDSTUK 2

De volgende ochtend wordt Quincy wakker met zware hoofdpijn. Ze blijft nogal verbaasd doodstil liggen. Ze heeft toch zelden hoofdpijn? Maar wacht: er was een nare droom. Ja toch? Ze spert haar ogen wijd open als kon ze op die manier de hersenwerking stimuleren.

Nee, geen droom. Het was werkelijkheid. Haar ouders hebben haar gevraagd het ouderlijk huis te verlaten voor een kind dat van eigen vlees en bloed is.

Een diep gevoel van zelfmedelijden neemt bezit van haar. Ze kan zich uitsloven om de ouders te behagen, diploma's halen, proberen de voorbeeldige dochter te zijn. Maar als er een keus moet worden gemaakt, telt ze niet meer mee.

Zo ziet ze het en niet anders. Sinds het gesprek, gisteravond, voelt ze zich voor het eerst in haar leven geadopteerd.

Ze kijkt door de kiertjes van haar ogen naar de digitale wekker. Nog geen half zeven. Normaal gesproken kan ze best nog even blijven liggen, maar nu voelt ze de sterke drang op te staan en het huis uit te zijn voor pa en ma ontwaken.

Ondanks de pijn in haar hoofd glijdt ze vlot uit bed, neemt een douche en poetst haar tanden. Schoon ondergoed, dito broek en shirtje. Jawel, dat zal ze straks ook allemaal zelf moeten doen. De was.

In de keuken smeert ze een paar boterhammen die ze in een plastic zakje propt. Trek heeft ze nu echt niet. Maar een kopje thee zal er wel in gaan.

Net voor ze de voordeur achter zich in het slot trekt, hoort ze van boven een stem haar naam roepen. Heel even is er een aarzeling, dan slaat de deur achter haar dicht. Ze haast zich richting station.

Ze is zo vroeg, dat ze een trein eerder dan normaal kan nemen. Zin om naar de academie te gaan, heeft ze totaal niet. Maar wie vraagt er naar of je zin in de dingen hebt, of niet?

Ontmoedigd laat ze zich op een bankje zakken dat koud aanvoelt, zelfs door de kleren heen.

Misschien ziet ze Emmie in de trein. Dat zou geweldig zijn, kan ze haar hart uitstorten. Ze benijdt Emmie om haar achtergrond. Ouders die haar stimuleren vooral dat te doen waar je voor in de wieg bent gelegd.

Opeens, van het ene moment op het andere, staat Quincy alles wat haar leven tot voor gisteren inhoud heeft gegeven, tegen. Zelfs de opleiding waar ze toch met enthousiasme aan is begonnen.

Ze is letterlijk op zichzelf terug gegooid. Wie weet heeft ze dit als piepklein kindje ook al eens meegemaakt, misschien komt het om die reden zo hard aan.

Moedeloos stapt ze in de trein, waar geen vrije zitplaats is te vinden. Wat doet het er toe? Niets doet er meer toe.

Om haar heen klagen de mensen over het weer, de lente die zo lang op zich laat wachten en wat dies meer zij. Het interesseert haar niets en nog eens niets. De hoofdpijn dreunt, net mokerslagen die vanbinnen uit door een mini mannetje met een mini hamertje veroorzaakt worden.

Zodra ze is uitgestapt en op het perron staat, besluit ze deze dag anders te besteden dan normaal.

Ze kijkt verlangend Emmie te zien, om zich heen. Dan maar een kop koffie pakken, iets er bij eten en wat aspirines slikken. Zo gezegd, zo gedaan.

Ook hier weer mensen, mensen die praten en lachen, zo te horen zin aan de nieuwe dag hebben. Elkaar plagen, bemoedigen of gewoon alleen luisteren.

De man die naast haar aan een tafeltje zat, is gaan staan en gooit zijn uitgelezen krant voor haar neus tussen de koffiekoppen. Hij grijnst naar haar. „Zin in iets te lezen?" Zonder op antwoord te wachten stapt hij de restauratie uit. Quincy bekijkt de koppen op de voorpagina. Geen dingen waar een mens vrolijk van wordt.

Hé, waarom wil een mens altijd maar vrolijk en blij zijn? Dat is geen geschreven wet. Erger, het is een illusie. Gegeven aan kinderen en mensen die niets om over na te denken hebben. Zo was zij zelf ook, tot gisteren. Het is alsof alle toekomstplannen opeens de mist in zijn gezakt. Ze ziet het voor zich. Een dikke mist die langzaam komt opzetten. Je kunt er niet voor weglopen. Opeens zie je geen hand voor ogen meer.

Nee, vandaag gaat ze zeker niet naar de lessen. Het interesseert haar ook niet dat ze iets zal missen. Zelfs het werkstuk waar ze mee bezig was, mag van haar aan flarden vallen.

Nog twee jaar te gaan voor ze haar diploma heeft... ondenkbaar.

Studeren? Ze heeft wel wat anders te doen. Ze moet in de eerste plaats een kamer zien te vinden. Hoe pak je zoiets aan?

Haar blikken worden naar de krant getrokken. Natuurlijk, daar zullen advertenties in staan. En zijn er niet van die bureaus die bemiddelen in de kamerverhuur? Ze heeft de hulp van ma niet nodig.

„Mag ik het voorblad van u als u het uit hebt?" informeert een haar onbekende man. Hij gaat tegenover haar zitten en kijkt hebberig naar de al verkreukelde pagina's. Onverschillig rukt Quincy de bladen uit elkaar en geeft het buitenblad aan de vragensteller. „Alstublieft."

Zelf bladert ze door tot ze de bladzijden met de kleine lettertjes vindt. Haar ogen vliegen langs de kolommen. Jawel, te huur. Kamers, flats. Ze schrikt van de prijzen. Wie moet dat betalen? Ze heeft natuurlijk haar studiefinanciering. Ze meent te weten dat deze verhoogd wordt als een student zelfstandig gaat wonen. Maar of dat genoeg is om van te leven en de onkosten voor de studie van te betalen? Het betekent dat ze toch thuis moet aankloppen voor aanvulling van haar budget.

Die gedachte maakt haar bijna misselijk. Tot nu toe heeft ze er niet één gedachte aan gewijd: haar onkosten werden keurig betaald door pa en ma. Haar ouders, toch?

Ze weet nog goed toen ze haar eerste zakgeld kreeg. „Je bent nu een grote meid die vanaf nu zelf sommige dingen zelf moet betalen. Zo leer je met geld om te gaan!"

Gekweld door negatieve gedachten drinkt ze haar kopje leeg. Zelfs de koffie die ze gekocht heeft, is door haar ouders betaald. Ze kijkt vol afkeer naar het restje dat nog in het kopje is. De man hij tegenover haar schijnt haar al even gade geslagen te hebben. „De koffie is hier soms vies, maar toch ook weer niet zo erg dat je er zo'n gezicht als u doet, bij moet trekken!"

Geschrokken kijkt Quincy op. Ze was de wereld om zich heen even vergeten. Ze knikt ten teken dat ze de man gelijk geeft. Hij duikt weer in het wereldnieuws, Quincy gaat met een vinger langs de „te huur" kamers.

Ze schrikt van de prijzen. Maar wacht... waarom zou ze doorgaan met haar studie? Ze kan toch veel en veel beter een baan zoeken, daarvan een kamer betalen. Goed, een carrière zit er niet meer in. Maar is dat zo'n ramp? En wie garandeert haar dat ze wanneer ze haar opleiding wel af zou maken, dat ze meteen aan de slag kan? En dat er sprake is van carrière? Nee, dat is niet voor iedereen weggelegd. Ze zou werk in de modebranche kunnen zoeken. Verkoopster, om te beginnen. Want ze weet aardig wat af van stoffen en dergelijke. Ze weet zelfs meer dan nodig zal zijn voor de baan die ze in gedachten heeft.

Ze vouwt de advertentiepagina zo klein op dat hij in haar schoudertas past.

Er biggelt een traan over haar ene wang. Ze merkt het niet, de man tegenover haar wel. „Zal ik nog een kopje koffie voor je halen?" biedt hij aan. Quincy komt met een schok tot zichzelf. „Hoeft niet. Waarom zou u dat doen?"

De man doet vriendelijk. Ziet er niet echt verzorgd uit, een vijftiger, schat ze. Hij vertelt een dochter te hebben die ongeveer de leeftijd van Quincy heeft. „Maar die is al jaren niet meer thuis. Weggelopen. Dat is hard voor... een moeder vooral. Maar ja, zo is het leven, zeggen de mensen die willen troosten. Nou, ik kan je zeggen dat daar geen troost voor is! Voor Mary niet. Er zijn geen woorden voor!"

Quincy draait ongemakkelijk op haar stoel heen en weer. Iemand die tegenover haar zijn hart uitstort... ze kan er niets mee en voelt zich niet ouder dan twaalf jaar. Ze knikt maar eens.

„Als u nog ouders hebt waar u goed mee bent... dan mogen ze dankbaar zijn. U – ik zou bijna jij zeggen, u bent nog zo jong – lijkt me geen typetje dat van huis wegloopt. Uw ouders zijn geluksvogels!"

Daar is Quincy het niet mee eens. Maar ze is niet van plan háár hart hier boven een tafeltje in de restauratieruimte, uit te storten.

„Tja...je hebt als je jong bent niet in de gaten dat de beslissingen die je neemt bepalend voor je toekomst zijn. Zelf ik heb dat ook te laat ontdekt!"

De man staat op en neemt de kopjes mee om even later terug te komen met nieuwe koffie voor hen beiden.

„Dat was niet nodig!" zegt Quincy, maar toch drinkt ze dankbaar een paar slokjes. De man knikt, schuift een hand over tafel en noemt zijn naam.

„Koos Wortelboer. Ik zit in de handel. Maar rijk worden doe ik er niet van. Mijn vrouw is bedlegerig... zelf zegt ze: „Altijd ziek en nooit dood!" Nou, ik kan er niet tegen als ze zo over zichzelf praat. Ik ben veel weg. Gisteren vielen er treinen uit en kon ik niet eens meer thuis komen. En nu ik dat wél kan, blijf ik hier zitten plakken omdat ik er tegen op zie naar huis te gaan. Dat is al zo vanaf dat onze dochter de deur uit is gegaan."

Quincy vraagt zich af of Koos Wortelboer tegen elke passant zo open is over zijn leven. Ze krijgt medelijden met de man.

„Woont u leuk? Ik bedoel... hebt u een tuin, zodat uw vrouw als het straks lente is, lekker buiten kan zitten?"

Ja, een tuin hebben ze zeker. „Ik woon in het pand dat nog van mijn grootouders is geweest. Als ik het zou verkopen, kreeg ik er een beste cent voor. Zeker weten. Maar waar zouden we heen moeten? Hier zit ik vlak bij het ziekenhuis, voor als er weer wat met mijn vrouw aan de hand is. En verhuizen kost je vandaag de dag heel wat!"

Quincy flapt er uit dat ze ook van plan is te gaan verhuizen. Vraagtekens op het gezicht tegenover haar.

„Nou ja… ik ben van plan op mezelf te gaan wonen. Mijn oudste zus komt tijdelijk thuis wonen, ze is zwanger en heeft een tweeling. Dat is nogal druk, vandaar!"

Koos Wortelboer wiebelt met zijn hoofd heen en weer. Tuit zijn lippen. „En waar zou je willen wonen? De studenten betalen een smak voor een hondenhokje. Studeer je nog?"

Nee, Quincy is werkzoekende. Dat klinkt als een klok.

„Ook dat nog. Geen kamer en werkzoekend. Meid, dan kom je toch bij ons inwonen tot je wat anders hebt. Je kunt zo in de kamer van onze dochter…

Mijn vrouw heeft verzorging nodig en die kan ik best betalen. Niet zo heel veel… maar jij zou een baan én onderdak hebben!"

Quincy kijkt hem aan met haar grote, bruine ogen wijdopen gesperd. Gaan de dingen echt zo, in het leven? Komen ze op het juiste moment op je pad? Doet God dat zo, of is het juist iets om te negeren?

„Waar woont u dan…" wil ze weten.

Treinen komen en vertrekken, af en toe snerpt het fluitje, het vertreksein. Mensen rennen voorbij, anderen vliegen elkaar in de armen.

Koos Wortelboer als huisbaas en degene die haar werk verschaft. „Wat zou ik daags moeten doen? Ik heb geen idee van verpleging… dat ligt me ook niet zo. En wat betreft het huishouden… ik heb echt niet veel ervaring!"

De ogen van Koos Wortelboer beginnen te glimmen. „Een mens leert elke dag bij. Mijn vrouw is bedlegerig, maar niet ziekelijk. Ze is niet sterk en is depressief. Ik zou heel wat geruster op pad gaan als ik wist dat ze niet alleen thuis zat!" Quincy probeert helder te denken. De hoofdpijn zakt af, maar haar maag voelt niet prettig. Wat wil je ook als je aspirines als ontbijt gebruikt.

„Ik wil wel kennis maken met uw vrouw en kijken hoe u woont. Gewoon om het ... aan te zien!"

Koos vouwt de krant op en stopt hem in de buitenzak van zijn winterjas. „Je kunt me vertrouwen, hoor. Je mag wel eerst inlichtingen inwinnen, als je dat liever doet!"

Quincy heeft het gevoel of ze op schaatsen staat en op het punt is zich op zeer glad ijs te begeven. „Hoeft niet. Ik oordeel liever zelf. Is het ver?"

Tien minuten met de bus, belooft Koos, niet meer.

Ze lopen naast elkaar het station uit, op straat is het een drukte van belang. Spitsuur. Taxi's komen en gaan, weer anderen zoeken een plek voor hun fiets in de stalling die zoals altijd zo goed als vol is.

„Waar begin ik aan!" schokt het door Quicy heen als ze na inderdaad tien minuten bussen, uitstappen in een haar onbekende buurt. De huizen zijn net als die van haar ouders, uit het midden van de vorige eeuw, de meeste waarschijnlijk nog ouder. „Vroeger woonde je hier op stand!" pocht Koos Wortelboer.

Op hun weg naar zijn huis komen ze weinig mensen tegen. Quincy voelt zich alsof ze een rol in een film speelt. Thuis denken ze dat ze braaf de lessen op de academie volgt. Die brave Quincy toch!

Koos Wortelboer blijft opeens staan. „Hoe heet je ook al weer?"

Quincy bedenkt dat ze niets terug zei, toen hij meende zich te moeten voorstellen. „Quincy Lancée."

Koos Wortelboer mompelt iets van: „Vreemde naam..." Dan wijst hij: „Daar wonen we."

Een huis in een rij. Drie verdiepingen. Een onbeduidend

voortuintje, drie traptreetjes die naar de voordeur voeren. Koos rommelt in zijn broekzak en tovert een sleutelbos tevoorschijn. „Ze zal opkijken… Mary is nogal eenkennig. Maar zodra ze je geaccepteerd heeft, is daar niks meer van te merken!"

Hij laat haar voorgaan, het donkere huis in. Het ruikt er beklemmend naar verschaalde lucht. Etensgeuren van dagen geleden. Misschien vermengd met schimmel.

„Ik ben thuis, Mary!"

Koos zet zijn veelgebruikte koffertje onder de kapstok en duwt een kamerdeur open. Quincy blijft bescheiden in de gang staan, wachtend op de dingen die gebeuren. Ze hoort man en vrouw praten.

De stemmen verheffen zich en even overweegt Quincy er vandoor te gaan. Ze lijkt wel niet goed wijs om met een onbekende mee naar huis te gaan. En dat alleen omdat ze zo dringend behoefte heeft aan woonruimte en werk.

„Ze wil je graag leren kennen, Quincy. Mary… dit is Quincy. Ik denk dat ze net zo oud is als onze Mirabelle!"

Mirabelle… Quincy houdt haar adem in en doet voorzichtig een paar stappen in de verduisterde kamer. De gordijnen zijn grotendeels dicht en de kamer wordt slechts verlicht door een schemerlampje. Op een bank ligt een vrouw van onbestemde leeftijd, weggedoken onder een dekbed. Ze komt iets overeind om Quincy te bekijken.

„Quincy? Je was zeker het vijfde kind dat je moeder op de wereld zette! Kom eens wat dichterbij!"

De stem is licht, maar niet onvriendelijk. Quincy steekt aarzelend een hand uit. „Uw man zei…"

De handdruk van deze Mary is sterk, onverwacht sterk voor een vrouw die zwak is. „Wat kom je doen, meisje?"

Koos trekt de gordijnen open. „Ze wil komen werken, Mary, en voor jou zorgen als ik op reis ben. Zodat je niet alleen hoeft te zijn en ik niet over jou hoef te tobben als ik te ver van huis ben om voor de nacht terug te zijn. Zal ik een kopje

thee zetten? Dan kunnen jullie ondertussen wat praten!"
Mary beduidt dat Quincy moet gaan zitten. De meubels zijn
zo te zien van de vorige generatie en ouder. Ooit waren ze
kostbaar en zorgvuldig bij elkaar gezocht. Maar heel het
interieur is hopeloos gedateerd. Aan één van de wanden
hangt een schilderij waarop een huilend jongetje staat. Op
zijn ene wang zit een traan, de oogjes staan bedroefd.
Mary ordent met beide handen haar haar, steekt hier en daar
een speld vaster en houdt ondertussen geen oog van Quincy
af. „Vertel eens hoe jullie in gesprek zijn geraakt. Meestal is
Koos erg op zichzelf, moet je weten! Wat doe je… waar werk
je? Het is me nogal wat om zonder informatie een meisje in
huis te nemen van wie we niets weten!"
Mary klinkt warempel hooghartig.
Quincy schraapt haar keel. Vertelt iets, maar niet veel over
zichzelf. Het gaat haar er om dat ze thuis laat weten hen niet
langer nodig te hebben in haar leven. Ze is dan geen
„Maribelle!", maar toch zijn er overeenkomsten. Ze vertelt
nogmaals over de zus die met een druk gezin in komt wonen,
haar studie die ze achteraf gezien, verkeerd heeft gekozen.
„En dus nu wil je in afwachting van de juiste keus, een tijdelijk baantje. Hm, daar kan ik in komen, meisje. Je lijkt me
een fatsoenlijk kind. Nog wel wat jong. Maar we kunnen het
samen proberen! Wat heeft Koos voor bedrag genoemd toen
hij je werk aanbood? En huisvesting… het één valt niet helemaal tegen het ander af…"
Quincy krijgt de drang om het huis te ontvluchten. Gratis
huisvesting, als betaling moet ze ervoor werken. Schiet niets
op!
Koos komt binnen met een grote theepot in beide handen.
„Ik heb wat sneetjes gesmeerd, Mary. Je zult wel trek hebben, denk ik zo!"
Hij helpt Mary beter te gaan zitten en loopt terug naar de
keuken om het blad met boterhammen en kopjes te gaan
halen.

Ondertussen gluurt Quincy om zich heen. Ze kan deze twee mensen en hun manier van leven absoluut niet plaatsen. Maar of dat een probleem moet zijn? De academie en heel de modewereld lijken opeens zo ver weg te zijn. Of ze naar een andere planeet zijn geschoten.

„Ik heb haar over onze Mirabelle verteld, Mary. Ze vond het ook zo erg voor ons..."

Prompt krijgt Mary tranen in haar ogen. Ze veegt ze met de rug van haar hand weg. „Dat is een leed, uh... Quincy, dat moet je meegemaakt hebben om het te begrijpen. Het meisje had alles wat haar hartje begeerde. En ze was zo mooi... een beauty. Echt waar. Daar, zie je die foto's?"

Quincy draait zich honderdtachtig graden om, zodat ze de fotogalerij op het buffet kan bekijken. Een wulpse, schaars geklede jonge vrouw met een poedeltje in haar armen. „Ze was fotomodel... verdiende geld als water. Tot ze die kerel tegenkwam. Een mooie vent. Een Marokkaan. Ze zijn er samen vandoor gegaan. Dat vermoeden we...De politie?"

Beiden lachen honend. „Ze is volwassen, mevrouw. En een volwassen vrouw loopt niet van huis weg, nee, die kíest voor zichzelf. En: er zijn immers geen tekenen van misdrijf bekend?"

Quincy hapt van de met cervelaatworst belegde boterham. De hoofdpijn is gereduceerd tot bijna nul en haar knorrende maag komt na een paar happen tot rust.

Na een halve snee gegeten te hebben, meent Quincy haar deelneming te moeten betuigen. „Het is erg voor u. Maar misschien komt ze ooit terug! Zulke dingen lees je toch wel eens?"

Eigenlijk, beseft ze, heeft ze best wat gemeen met deze onbekende Mirabelle. Want beiden zijn ze van huis weggelopen. Niet dat er een Marokkaan of wat voor man dan ook Quincy zover zou kunnen krijgen, ze is dan toch maar bezig het ouderlijk huis voorgoed te verlaten.

Hoog tijd om tot een beslissing te komen.

„Wat verwachten jullie dat ik voor werk ga doen? Ik ben huishoudelijk werk niet gewoon. Maar stofzuigen en eten koken... dat zal wel gaan. En wat verdien ik? Wat betreft woonruimte neem ik met het kleinste kamertje genoegen!" Waarop beide mensen beginnen te schateren. „Hoor je dat, Mary, hoor je waar ze wil slapen?"

Quincy bloost, bedenkt dat het toilet vaak met „het kleinste kamertje" wordt betiteld. „Ik bedoel te zeggen dat ik met een kleine kamer al tevreden ben. Omdat het toch tijdelijk is..." Dat laatste gooit ze er snel achteraan.

Mary geeft haar bordje en theekop aan Koos, die naast haar zit. „Ik ga toilet maken. Weet je dat je van liggen pijn in je botten kunt krijgen... ik ben zo stijf als een plank!"

Ze is langer dan Quincy dacht, ook slanker en jonger. Mary loopt met opgeheven hoofd de kamer uit en even later klinken haar voetstappen op de trap. Koos kijkt Quincy vol verwachting aan. „En? Mijn Mary is een best mens... zul je moeten toegeven. Ze knapt al op bij het idee dat ze niet meer alleen in huis hoeft te zijn, dagen achter elkaar. Wat had je gedacht te zullen verdienen?"

Koos hapt de ene boterham na de andere weg.

Quincy rimpelt haar voorhoofd, herinnert zich de prijzen van de te huur aangeboden kamers. Dat bedrag moet ze aftrekken van het eventuele salaris. „Tja... ik heb dan wel geen ervaring, maar toch denk ik dat ik me verdienstelijk kan maken!" Ze noemt een bedrag en kijkt nieuwsgierig naar de reactie van Koos. Hij knikt zuinig. „Niks voor niks!"

Mary komt gekleed en wel de kamer weer binnen. Ze heeft het haar in een wrong gedraaid en de nachtjapon verwisseld voor een trui en een rok.

Ze gaat weer op het bed zitten. Als een vogel op zijn nest, denkt Quincy.

Koos vertelt wat Quincy denkt te kunnen verdienen. Mary zegt het goed te vinden. „We moeten afwachten of je voldoet!"

Quincy krijgt het benauwd en vraagt of ze de kamer die ze krijgt, mag zien. Want mocht dat niet bevallen, dan is ze gauw vertrokken!

„Neem die van Mirabelle maar!" bedisselt Mary. Ze klinkt hartvochtig. Koos gaat haar voor, de trap op naar boven. De loper is nog net niet versleten, maar de kleuren zijn verbleekt. De overloop is ruimer dan Quincy vermoedde. Er komt een aantal deuren op uit. „Dit is de badkamer. Die zul je schoon moeten houden. Mary heeft van die gevoelige handen. De huid ervan is zo gauw stuk… en tegen rubber handschoenen kan ze ook niet. En dit was de kamer van Mirabelle." Koos gooit een deur open van een vertrek dat uitziet op de achtertuinen van de buurt. Het is een grote kamer met balkon. Het meubilair is opzichtig en niet Quincy's smaak. Ze rilt bij het zien van de toilettafel waaronder een gordijntje hangt, bedrukt met rode rozen. De overgordijnen en sprei zijn van dezelfde stof gemaakt. Aan de wand hangen schilderijen die Quincy doen gruwen.

„Tja…"Het uitzicht is goed, het balkon fantastisch en de rest moet ze maar op de koop toe nemen. Het is immers tijdelijk. Ze kan vanaf nu op zoek gaan naar echt werk en een geschikte kamer.

„Zullen we afspreken dat het voor een maand is?" vraagt ze aarzelend. Koos vindt het best. Hij opent de muurkasten, die stuk voor stuk leeg zijn. „Ze heeft alles meegenomen. Daarom wilde de politie er ook geen werk van maken. Ze is duidelijk vertrokken!" Quincy stelt vast dat Koos niet in dezelfde mate als Mary bedroefd is.

„Zoals die Mirabelle doe ik het niet!" denkt Quincy. Nee, ze zal beheerst thuis meedelen wat ze heeft besloten. Maar het lijkt haar onverstandig te vertellen waar ze terecht is gekomen. Pa en ma zouden griezelen als ze hier een kijkje konden nemen. En Daan! Daan zou eerst lachen, maar dan eisen dat ze mee naar huis ging.

„Akkoord!" Ze draait zich om en loopt de trap af. Over haar

schouder kijkend informeert ze wat Koos verhandelt. Handel, dat is zo'n breed begrip. En waarom reist hij per trein? Is eigen vervoer niet gemakkelijker?

Koos handelt in „van alles en nog wat". Reizen per trein bevalt hem goed. Waarom in de file gaan staan als je op een geriefelijke manier kunt komen waar je zijn wilt?

Quincy hoopt later meer duidelijkheid te krijgen omtrent de werkzaamheden van deze Koos Wortelboer. Ze kan zich niet voorstellen dat een werkgever hem zou aanstellen als vertegenwoordiger. Waarschijnlijk zo vermoedt ze, is hij een marktkoopman die de schijn wil wekken méér dan dat te zijn.

Mary scharrelt door de kamer. Zodra ze binnenkomen informeert ze hoe Quincy de prachtige kamer van Mirabelle wel vond. Quincy kan moeilijk liegen. „Heel apart. Echt de sfeer van uw dochter. Ik hoop dat ik er mijn eigen spulletjes mag neerzetten zodat ik mijn stempel op de kamer kan drukken?" Dat mag.

Koos zegt weer op stap te moeten. Tegen de avond denkt hij terug te zijn. „Lief zijn voor jezelf, Mary!"zegt hij bij het afscheid. Quincy krijgt een hand en dan is hij weg.

Mary recht haar rug en lijkt opeens een stuk fitter. Of Quincy wil beginnen met het opruimen van de keuken? „Ik heb een tere huid... eigenlijk kan ik niets beginnen zonder uitslag te krijgen. Dat kan heel pijnlijk zijn. Ik zal je wijzen waar alles staat!"

Quincy schrikt als ze de staat waarin de keuken verkeert, in zich op neemt. Een aanrecht vol vaat, de vloer is smerig en de keukentafel staat vol spullen die in kasten horen te staan. Mary lacht schel. Quincy moet hier geen vaatwasser verwachten! Maar een wasmachine is er wel, boven op zolder. Daar kan ze ook de was ophangen en strijken.

Terwijl Quincy aan het werk gaat, trekt Mary zich terug in de kamer. „Om te rusten!"

Quincy zwoegt zich door de rommel heen en denkend aan

haar moeders keurige keuken, krijgt ze bijna spijt van haar onbezonnen beslissing.

Tegen twaalf uur is de klus geklaard en net als Quincy wil informeren wat er nu op het programma staat, hoort ze het signaal van haar mobieltje. Ze kijkt naar het nummer. Niet van thuis, waarschijnlijk een bekende of vriendin. Dat laatste is het geval. Een meisje waar ze daags veel mee optrekt, informeert of Quincy soms ziek is. „Je vergeet ons gezamenlijke werkstuk toch niet? Dat moet voor vrijdag ingeleverd!" Quincy gaat er bij zitten, haalt diep adem en deelt koeltjes mee dat ze zich terug heeft getrokken. „Ik woon momenteel bij familie. Ik ben hier nodig… mijn uh… tante is nogal ziek. Vandaar. En de studie… ik zag het al een tijdje niet zitten. Mijn besluit is onverwachts genomen, ik weet het. Maar het is wel definitief! Zoek maar iemand anders om mee samen te werken! Haal het werkstuk maar bij mijn huis op of vraag anders of ze het willen opsturen! Ik laat nog van me horen!" Ze snikt bijna als ze de verbinding heeft verbroken. Een snik zonder tranen, het is een uiting van nervositeit.

Beter om de mobiel uit te zetten, om te voorkomen dat ze nog vaker tekst en uitleg moet geven. Misschien doet ze er goed aan nu naar huis te gaan om spullen te halen en mee te delen dat ze een ander stekkie heeft gevonden!

HOOFDSTUK 3

Vroeger dan normaal het geval is, stapt Quincy het ouderlijk huis binnen. Ze roept zoals ze gewend is, vanaf dat ze praten kan, dat ze „er is".

„Ik ben thui- huis!" is de kreet. Was de kreet.

Ze ontdekt al snel dat haar ouders er niet zijn. Sinds pa met pensioen is, kunnen beiden er op elk moment vandoor zijn om bijvoorbeeld boodschappen te doen. Of om zomaar wat te winkelen. Quincy weet dat haar moeder daar van geniet. Na jaren voor haar gezin te hebben gezorgd, is er nu eindelijk tijd voor een privé leven.

Maar dat zal snel voorbij zijn! beseft Quincy. Als straks Mirjam en Jesse boven wonen, de tweeling rond davert, is het uit met de rust in huize Lancée.

Ze sjokt naar boven, inspecteert haar kledingkast. Alles hangt en ligt keurig op de juiste plaats. Van zolder haalt ze twee grote koffers, die ze zorgvuldig pakt. Alsof ze op vakantie gaat. Nou, daar zal ze als juffrouw in de huishouding, het geld en de tijd niet voor krijgen.

Probleem: wat neemt ze wel, wat neemt ze niet mee naar haar nieuwe tehuis? Ze vertikt het om pa of Daan te vragen haar te willen verhuizen. Trouwens: haar bed, de kast, het bureautje... zijn ze haar eigendom of horen ze bij het huis? Tijd om daarover na te denken neemt ze niet.

De studieboeken laat ze hier. Die mag pa naar zolder brengen of desnoods verkopen. Maar haar laptop met toebehoren... dat moet mee! Schakel met de wereld.

Een paar prulletjes kunnen er nog bij. Souveniertjes.

Een foto in een lijstje. Daan en zij zelf. Het lijstje was een cadeautje van Daan dat hij meebracht uit Israël. Uit de laden van haar commode pakt ze het doosje met de paar sieraden die ze heeft.

En wacht... haar diploma's, die moet ze niet vergeten. Dan is er ook nog een map, die pa haar heeft laten zien toen ze achttien jaar werd. Er zitten, voor zover ze weet, kopieën in van officiële stukken. Het betekent dat ze in pa's bureau moet inbreken. Het is niet anders.

Ze vindt de map gemakkelijk. Haar naam staat er met vette letters op geschreven.

Als eerste ziet ze een kopie van verzekeringspapieren. In een gesloten enveloppe waarop haar naam staat, zit onder andere haar geboortebewijs en misschien nog meer afschriften die ze ooit nodig kan hebben. Later... opeens ís het „later"! Rest de vraag hoe ze haar ouders inlicht over haar nieuwe leven. Misschien per e-mail? Of gewoon vertrekken, net zoals Mirabelle heeft gedaan?

Er is een tussenweg. Ze gaat aan haar bureau zitten – voor de laatste keer – en schrijft in korte bewoordingen dat ze haar leven vanaf nu in eigen hand neemt. Zodat er ruimte komt voor Mirjam en haar gezin.

„Dank voor alles!" En dan haar naam.

Daar moeten vader en moeder Lancée het mee doen!

Aan het eind van de middag keert een dodelijk vermoeide Quincy terug in huize Wortelboer. Ze heeft een huissleutel gekregen en laat zichzelf binnen. De koffers sjouwt ze één voor één naar boven. Om vervolgens zich puffend op de rozensprei te laten ploffen. Om met Mary te spreken: al haar botten doen pijn van het sjouwen van de te zware koffers.

Het is bijna half zes, misschien verwacht Mary dat ze een maaltijd in elkaar flanst. Buiten is het nog net niet donker en ze vraagt zich af of haar ouders haar briefje al hebben gevonden. Diep van binnen doet het haar goed om wraak genomen te hebben. Háár reactie op het feit afgedankt te zijn. Zo en niet anders ziet ze het gebeurde. Wraak maakt dat de pijn in haar hart overstemd wordt.

Straks zal ze de koffers uitpakken en de spullen opbergen.

Het is duidelijk dat Mary meer initiatief van haar huisgenote verwacht.

„Ik kan bijna niets... ben bedlegerig. Ik hoop dat jij je taak serieus neemt en op tijd de maaltijden klaar hebt. Ik zou maar eens in de koelkast nazien of er nog voldoende is. Anders moet je snel naar de supermarkt. Je hebt er zeker niet aan gedacht je fiets mee te brengen? Nou ja... die van Mirabelle staat er nog!"

In de koelkast staat een pak vanille vla die over de datum is. Verder liggen er in de koelkast schimmelige tomaten en een komkommer die zo slap is dat hij bijna opgerold kan worden. Quincy gaat van de ene voet op de andere staan. Haar voetzolen doen zelfs pijn. Maar eerst zal er gekookt moeten worden. In de tuin ontdekt ze een ruime schuur. Daar zal de fiets van Mirabelle wel staan. De banden van de roze fiets zijn leeggelopen en na enig zoeken vindt Quincy een pomp. Thuis zorgde pa altijd zonder mankeren voor alle banden. Hopelijk doet de verlichting het nog...

Vraag is nu: waar bevindt zich de supermarkt?

Ze is te eigenwijs om terug naar de kamer te gaan en dit Mary te vragen. Ze opent de poort en belandt in een straat die er net zo uit ziet als die waar het huis aan staat. Ze weet er de naam niet eens van!

Ze ziet mensen met volle tassen uit een straat komen, waarschijnlijk hebben ze een supermarkt bezocht. Inderdaad, even later ontdekt ze een klein winkelcentrum.

De verleiding is groot om een kant-en-klare maaltijd te kopen. Gelukkig heeft ze geld genoeg bij zich... Mary heeft verzuimd haar geld mee te geven. Enfin, alles moet wennen. Sla, tomaten, komkommer, sperziebonen en een zak aardappels. Tartaartjes, die kan ze gemakkelijk klaar maken.

De fiets van Mirabelle heeft voor haar gestalte een te hoog zadel. Waar is pa nu om dat euvel te verhelpen!

Even na zessen geurt het in de keuken zoals dat hoort. Quincy geeft zichzelf een complimentje. Ze zal iedereen eens laten zien dat ze doorzettingsvermogen heeft! Ook al is ze thuis niet langer gewenst...

Ze maakt de keus van haar ouders in gedachten met het uur zwarter dan zwart. Er komen herinneringen boven drijven die niets met de kwestie te maken hebben, maar haar geest draait ze zo dat dit wel het geval is.
Als het er op aan komt, is ze alleen en verlaten!

Mary komt een kijkje in de keuken nemen en snuift met welbehagen de geur van gebraden vlees op. Ze vraagt niet of Quincy de fiets en de winkel „vanzelf" heeft gevonden. Alleen wil ze weten hoe laat het eten klaar is.
„Koos komt vanavond op tijd thuis om te eten. Dek je voor ons in de kamer? Misschien eet je zelf liever hier, in de keuken?"
Quincy vindt voorlopig alles best. Alleen de kwestie van het huishoudgeld zit haar hoog. Ze legt de kassabon op tafel en kijkt Mary vragend aan.
„Jaja. Ik zal het er met Koos over hebben. Dat komt wel goed!"
Later op de avond belooft Koos een contract te maken zodat Quincy weet waar ze aan toe is. Dat klinkt haar betrouwbaar in de oren.
Ze is bekaf en duikt nog vóór tienen in het bed van Mirabelle. Ze vreest de slaap niet te kunnen vatten, maar het tegendeel is het geval. Het lichaam eist zijn tol...
Midden in de nacht wordt ze wakker, schiet rechtop. Opnieuw beleeft ze de droom die haar deed ontwaken. Beide ouders stonden huilend voor haar, zeiden dat ze onzegbaar veel van haar hielden. Sterker: Quincy was altijd hun beider oogappeltje geweest. En reken maar dat Mirjam, Jesse en de tweeling hun huis niet inkomen. Ze zoeken ergens anders maar onderdak. Niet moeilijk toch voor mensen die in de zending werken? Het mag dan om een besloten kring gaan, maar men houdt altijd de gelederen gesloten. De eigen mensen worden goed verzorgd als het om huisvesting gaat.
Quincy wrijft de slaap uit haar ogen.

Er bestaan verschillende soorten dromen, heeft ze ooit ergens gelezen. Dit was typisch een wensdroom. Met een diepe zucht van zelfmedelijden zakt ze terug in het kussen. Ondertussen is ze klaar wakker, en heeft ze alle gelegenheid om haar daden te overdenken.

Weg van huis, prima. Maar er zal toch wel van alles en nog wat geregeld moeten worden. Instanties die haar nieuwe adres moeten hebben. Ze moet de Academie berichten – liefst schriftelijk – dat ze van verdere studie afziet.

Pas tegen de ochtend valt ze in een onrustige slaap. Ze wordt wakker van voetstappen in de gang. Waterkranen suizen, de verwarmingsbuizen sissen.

Buiten is het nog donker.

Ze weet niet of van haar verwacht wordt dat ze het ontbijt voor de wonderlijke huiseigenaren moet maken. Eerst maar douchen en aankleden. Met haar hoofd om de hoek van de kamerdeur gluurt ze of ze kust vrij is. Als dat het geval blijkt, haast ze zich naar de badkamer. Het is er te koud, het water wil niet echt warm worden. Quincy werpt zichzelf in de spiegel een strenge blik toe. „Niet zeuren!"is haar nieuwe motto. Haastig kleed ze zich aan en na de sprei over het bed te hebben getrokken, snelt ze de trap af.

In de keuken treft ze Mary, die gehuld in een voorwereldlijke ochtendjas kokend water in de theepot schenkt. Ze legt een hand op haar hart en stoot uit: „Ik was vergeten dat we een huisgenoot hebben. Is me dat schrikken! Ik heb zo slecht geslapen... daardoor ben ik 's ochtends de kluts wel eens kwijt!"

Quincy kijkt om zich heen, zoekend naar bezigheden. „Zal ik dan het ontbijt verder maar klaarmaken? Vertel maar hoe u het wilt hebben!"

Mary wijst waar ze alle benodigdheden kan vinden. „Koos is al op pad. Vroeg vandaag..."

Even later zit ze prinsheerlijk op haar divanbed met een ontbijt op schoot.

Quincy trekt zich terug in de keuken en overdenkt dat wat ze midden in de nacht heeft besloten te moeten doen.

Mary is nog wel even zoet met haar boterhammen en thee. Ze glipt met een boterham in het vuistje weer naar boven en schakelt haar laptop in.

Net wat ze dacht... mailtjes van thuis, mailtjes van Daan. Allemaal vol verwijten en verzoeken zo snel mogelijk thuis te komen. „Neem tenminste contact op zodat we weten waar je zit!"

Quincy gromt.

Ze pantsert haar hart. Sluit zich af voor gevoelens en verlangens. Ieder spoortje van heimwee bant ze uit. Ze is van plan haar e-mail adres te veranderen.

Pa en ma, ook Daan, krijgen een kort mailtje terug. Dat ze haar conclusies heeft getrokken en vast besloten is haar eigen weg te gaan. Misschien dat er in de verre toekomst sprake van contact kan zijn. Voorlopig kiest ze voor zichzelf. Het zijn ijskoude briefjes, stelt ze na lezing vast. Maar kan ze anders?

Van beneden hoort ze Mary roepen. Ze mompelt een verwensing en rent de trap weer af zonder de laptop uit gezet te hebben.

„Ik heb mijn thee op, meisje. In het vervolg moet je de pot maar naast me zetten, op het kastje!"

Terug in de keuken begint Quincy maar vast aan de vaat. Ze inspecteert de inhoud van de broodtrommel. Er liggen nog maar een paar sneetjes in. Dat betekent opnieuw een tocht naar de supermarkt op de fiets van Mirabelle.

Een commando uit de huiskamer. Mary is klaar met ontbijten en of Quincy het blad wil meenemen. „En het zou prettig zijn als je me hielp met aankleden! Ik heb vandaag meer last dan normaal van mijn spieren en gewrichten!"

Aankleden!? Daar is gisteren, bedenkt Quincy, geen woord over gezegd. Maar goed, het hoort bij het noodplan. Zo noemt ze haar verhuizing voor zichzelf. Zodra ze pauze heeft, gaat ze op zoek naar werk. Misschien via internet, mocht ze daar niets vinden, dan koopt ze straks een krant.

Mary zegt geen behoefte aan een bad of douche te hebben. „Ik kan mijn armen zo slecht omhoog krijgen. En dat is lastig als je een trui of japon wilt aantrekken. Haal boven uit mijn kast alsjeblieft de donkerblauwe jurk. Hij is gemakkelijk te vinden... de stof is fluweel."

De slaapkamer van Mary is te vergelijken met die van Mirabelle. Rozen en nog eens rozen. Op de gordijnen, de sprei, de kussentjes. Het bevreemdt Quincy dat er een één-persoonsbed staat.

De jurk hangt verscholen tussen vele soortgenoten. Het ruikt muf in de kast. Naar oud krantenpapier.

Met de jurk over haar arm stapt ze even later de kamer weer in. Mary heeft zich ontdaan van haar pyjamabloes en zit in haar ondergoed te rillen. „Wat bleef je lang weg. Laat me niet merken dat je nieuwsgierig bent en in al mijn kasten gaat neuzen. Want dan sta je gauw weer op straat!"

De jurk is iets te krap, het wordt hijsen en duwen. Quincy houdt haar adem in, Mary ruikt bepaald niet naar lelietjes van dalen of seringen.

„Nu moet je mijn bed opnieuw opmaken, meisje. Ik zeg maar meisje, want ik vind dat je een rare naam hebt. Hoe hebben je ouders dat kunnen doen! Maar ja, tegenwoordig hoor je wel meer de vreemdste namen!"

Hatelijk merkt Quincy op dat Mirabelle een betere keus was, nietwaar? Mary geeft een snik ten antwoord.

Terwijl Quincy het bed fatsoeneert, kijkt Mary vanuit haar stoel kritisch toe. „Vandaag mag je de kamer stoffen. Het is wel nodig, want ik heb al dagen niets kunnen doen vanwege mijn artrose! Ik hoop maar dat je voorzichtig bent met mijn mooie spullen!"

Quincy richt zich op, bekijkt de mooie spullen die her en der op kastjes en tafeltjes staan. Beeldjes van danseressen, mandjes van porselein gevuld met dito bloemetjes. En aan de

muren hangen behalve het schilderij van het huilend jongetje, diverse lijsten met foto's.

Quincy heft haar handen op. „Ik ben de voorzichtigheid zelf.
Wees gerust! Zeg maar waar ik de poetsspullen kan vinden!"

In de gangkast, waar ook de elektriciteitsmeter zich bevindt.
Ze deinst terug vanwege de geweven spinragdraden. Behalve
een mandje met schoonmaakartikelen staat er ook een stofzuiger en een bezem.

Gewapend met het mandje loopt ze terug naar de kamer om
de „mooie spullen" van stof te ontdoen. Bij ieder voorwerp
dat ze ter hand neemt, heeft Mary een begeleidend verhaaltje.
Waar het vandaan komt, wie de goede gever was of bij welke
gelegenheid ze het zelf heeft gekocht.

Quincy griezelt bij het nader bekijken van de verzameling. Ze
begint de vlucht van Mirabelle iets beter te begrijpen... de
sfeer in dit huis is om te stikken.

Maar het biedt haar onderdak en dat is alles wat ze voor het
moment wenst.

Na het stoffen „mag" ze zuigen. Ze stofzak zit barstens vol en
moet eerst vervangen worden. Helaas... een nieuwe is niet te
vinden.

„Dan maar eerst boodschappen doen. Maar ik kan jammer
genoeg niet weer uit mijn eigen portemonnee voorschieten.
Er zit niet genoeg in."

Mary zucht en hijst zich van het bed. „Nou ja... dan krijg je
mijn beursje wel mee. Verlies 'm niet. Ik heb 'm cadeau gehad
van mijn dochter. Ooit op moederdag..."

Quincy bekijkt de inhoud voor ze vertrekt. „Wat ik gisteren
heb voorgeschoten zal ik er ook maar uitnemen?"

Mary verschiet van kleur. Quincy kijkt haar strak aan. Er
moet niet veel meer gebeuren of ze is wég, ondanks het dak
boven haar hoofd.

„Ik weet nog niet of ik je kan vertrouwen. Maar goed... Koos
en ik hebben het er nog niet over gehad. Weet je wat je moet
halen?"

Quincy zegt dat ze de voorraden nogmaals zal inspecteren.
„Brood moet er komen. En beleg? Wat moet er vanavond op
tafel komen?"
Mary laat merken doodmoe te zijn.
„Ik laat het aan jou over. Schiet je wel op? Tijd is geld en ik
betaal je niet om rond te lummelen en kletspraatjes te houden!"
Quincy neemt niet de moeite te antwoorden en loopt naar de
gang waar ze haar jasje aanschiet. Ma moest haar nu eens
kunnen zien. Niet langer studente, maar een sloofje gewapend met een versleten tas van riet.
De banden van Mirabelles fiets zijn nog hard en de rit naar de
supermarkt lijkt korter dan dat deze gisteren was! Als ze in
het kleine winkelcentrum een fietsenmaker ziet, besluit ze
het zadel lager te laten zetten. Ze mag met een glimlach en
„Dank u wel!" betalen.
In de supermarkt zijn de benodigdheden snel gevonden en na
voor eigen rekening een krant gekocht te hebben, kan ze de
verleiding niet weerstaan om even neer te strijken in de kof-
fiecorner.
Koffie en de krant, wijd uitgespreid op tafel. Als Mary haar
zou zien zitten, zwaaide er wat. De hoofdpagina slaat ze over.
Wereldnieuws is even onbelangrijk. De advertenties, daar
draait het om. Kijk nou toch… bij het kopje „gezocht" staan
oproepen zoals: „Lieve Susanneke, waar zit je… kom thuis,
mama mist je zo!"
Quincy beseft dat ze zich in de rij van Susanneke en Mirabelle
heeft geschaard. Stel je voor dat haar ouders zo'n advertentie
zouden zetten! Om te gruwen.
Ze glijdt met een vinger over de rijen advertenties.
Woonruimte gezocht. Kan ze ook nog doen… een advertentie
plaatsen!
Woonruimte aangeboden. Ze vouwt de krant zo dat de advertentiepagina boven ligt. Kan ze vanavond of misschien
eerder, alles op haar gemak bekijken. En niet vergeten af

te spreken met Mary van hoe laat – tot hoe laat ze vrij heeft!

In de keuken bergt ze geroutineerd de gekochte spullen op en besluit de koelkast eerst schoon te maken. Er is hier sprake van achterstallig onderhoud.
Zou Mary werkelijk weinig kunnen of is ze er te lui voor? Quincy duwt de vele vragen die in haar opkomen ferm van zich af. Poetsen moet ze.
Ze vervangt de zak van de stofzuiger en begint in de gang met zuigen. Ze schrikt als er vlak voor haar voeten post op de grond ploft. Nou zeg, de familie Wortelboer krijgt niet veel persoonlijke brieven. Met haar voet zet ze de stofzuiger uit en dan raapt ze de stapel van de grond. Natuurlijk is er reclame bij. Ze maakt twee stapeltjes en legt ze op het gangtafeltje. Op de enveloppen staan geen afzenders.
Mary roept.
„Was dat de postbode, meisje?"
Quincy haalt de twee stapeltjes en informeert of Mary al trek in koffie heeft. Ze kijkt Quincy met een kwijnende blik aan.
„Onthouden,meisje: altijd om kwart voor elf! En ik zag net dat je de beeldjes op de vensterbank bent vergeten…"
Quincy knarsetandt. „Neemt u me niet kwalijk. Even zuigen, dan doe ik het alsnog!" Mary moppert dat ze verwacht had dat Quincy zelfstandig zou werken.
De post wordt bekeken, maar niet geopend. Dat zal, meent Quincy, het werk van Koos Wortelboer zijn. Zouden zijn voorvaderen wortelen gekweekt hebben, vraagt ze zich af. Ergens moet zo'n naam toch een oorsprong hebben. Ze zuigt, stoft, zet ondertussen koffie en geeft zichzelf een reuze compliment.
Tussen de middag wenst Mary soep uit blik en een boterham. Daarna is het hoog tijd om te rusten.
En of Quincy alsjeblieft geen kabaal wil maken terwijl ze siësta houdt. „Rust is medicijn voor me, zeggen de artsen!"

Gewapend met een kopje soep uit blik en een korstje brood sluipt Quincy, met de krant onder haar arm, de trap op.

Mirabelles bureautje is bijna te klein voor het opengeslagen dagblad. Quincy trekt haar neus op. Veel bijzonders is er niet bij. Dat wordt dus elke dag een nieuwe krant kopen. Misschien doet ze er beter aan eerst te proberen geschikt werk te vinden. Ze leunt achterover, de ogen gesloten. Wat kan ze, wat wil ze? Werken in een modezaak misschien? Jammer dat ze geen lange, struise vrouw is. Iemand die gezag uitstraalt zonder een woord gezegd te hebben.

Ze heeft in de anderhalf jaar studie die ze achter de rug heeft, best één en ander opgedaan. Als het gaat om de kwaliteit van stoffen te beoordelen, bijvoorbeeld.

Zodra ze een halve dag vrij kan krijgen, gaat ze de stad in. Eenvoudigweg afstappen op winkels waar ze zou willen werken en informeren of er een functie vrij is of komt. Met dat plan in haar hoofd zoekt ze in huis werk, er is genoeg te doen!

Mary en Koos mogen niet klagen: om half zeven heeft hun hulpje de warme maaltijd gereed. Alsof ze niet anders gewend is, bedient ze hen. Zelf eet ze in de keuken. Het lijkt haar niets om bij die twee aan tafel te zitten.

Al is ze best nieuwsgierig wat hun gespreksonderwerpen zijn. En wat Koos zijn werk inhoudt! Hij doet er nogal onduidelijk over, vindt ze.

Voor ze gaat slapen kijkt Quincy op haar laptop of er nog post is. Jawel… pa en ma, Daan. Verwijten, een oproep om thuis te komen.

Het P.S.-je van ma doet haar glimlachen. „Lieverd, je zit toch niet bij de één of andere loverboy! Daar hoor je tegenwoordig zoveel van…"

Een loverboy. Quincy grijnst en gunt het haar ouders: zorgen om Quincy.

Het is maar goed dat haar mobiel niet aanstaat. Zeker weten dat ze eindeloos veel berichten krijgt!

De volgende dagen zijn een herhaling van de eerste dag. Koos komt met een soort contract aanzetten waar het bedragje van haar salaris op staat plus de werktijden en de „dingen die moeten gebeuren".

Quincy vindt het vreemd dat er nooit bezoek komt, ze heeft niet één keer gemerkt dat er gebeld werd. Mary en Koos leven schijnbaar in afzondering.

Op een ochtend als Quincy nog maar net beneden is, hoort ze Mary gillen. Ze snelt naar de kamer en vindt haar werkgeefster liggend op de grond. „Ik kan zelf niet omhoog komen…ik heb vast wat gebroken!"

Quincy sjort haar overeind, helpt haar op te staan. En dat lijkt behoorlijk pijn te doen. Mary heeft tranen in haar ogen.

„Zal ik uw huisarts bellen? Misschien is het goed er een foto van te laten maken?"

Waarop Mary het Spaans benauwd krijgt. „Misschien gaat het met rust wel weer wat beter! Maak eerst maar ontbijt voor me, meisje!"

Het meisje helpt mevrouw in bed, trekt het dekbed glad en haast zich naar de keuken. Eigenlijk is Mary een stakker, vindt ze mild. Ze is bang als een klein kind om naar de dokter te moeten!

Zachter dan anders gestemd zet Quincy het ontbijtblad naast Mary op een tafeltje. „Zo, zeg nu maar wat ik moet doen. Nog pijn?"

Mary drinkt voorzichtig van de hete thee en schudt haar hoofd. „Het gaat wel. Er zal wel iets verstuikt zijn. En dan is er nog iets dat je moet weten. Ook al valt het me zwaar om het te vertellen. Ik ga liever niet naar buiten. Natuurlijk móet het wel eens… als je bijvoorbeeld geopereerd moet worden. Ik ben ooit van top tot teen onderzocht om vast te stellen wat me mankeert. Slijtage… reumatisch… Ik heb mijn leven lang al straatvrees. Een meisje als jij zult wel niet weten wat dat is. Laat staan dat je het begrijpt!"

Ze slaat Quincy duidelijk niet erg hoog aan…

„Ik weet best wat dat is, mevrouw Wortelboer. U bent niet de enige die zoiets heeft. Bij mij thuis in de straat woont een dame die ik nog nooit op straat heb zien lopen. Ze komt wel buiten, maar niet verder dan het tuinhekje. Mijn moeder gaat wel eens bij haar op bezoek. Zodoende weet ik ervan. Maar ik weet ook dat er wat tegen te doen is. Therapie, bijvoorbeeld!"

Mary verslikt zich bijna in haar boterham met pindakaas. „Kwakzalvers zijn dat, lui die mensen misbruiken met hun mooie praatjes en ondertussen geld opstrijken. Nee, dat is niets voor een vrouw als ik. Het gaat best... maar er moeten geen rare dingen gebeuren zoals valpartijen. Dat er wat kan gebeuren... dat is de reden dat Koos jou van de straat heeft geplukt. En me overrompelde... nou ja, je bent er nu eenmaal." Weer een hap brood.

Behulpzaam schenkt Quincy haar kopje nog eens bij. „U hebt dus een beperkt leven. Wilt u ook niet naar buiten als er iemand mee gaat? Ik bijvoorbeeld? Misschien wilt u een nieuwe jurk of een vestje hebben... met alle plezier houd ik u gezelschap!"

Mary lacht haar uit. „Ik schaf alles wat ik nodig denk te hebben aan bij postorderbedrijven. Dat gaat uitstekend!"

Maar Mary wil wel graag een paar aspirines. „In het medicijnkastje, dat in het toilet hangt!"

Als poetsend en boenend krijgt Mary Wortelboer voor Quincy een nieuw gezicht. Ze is niet alleen wonderlijk en slordig, nee, ze is ook nog een psychiatrisch patiënte. En bovendien iemand die niet geholpen wenst te worden. Tja, waar eindigt zoiets, zo iemand? overdenkt Quincy.

Al Mary haar soep uit blik met een boterham op heeft, vraagt Quincy bescheiden of ze een paar uurtjes vrij mag om naar de stad te gaan.

„Ik heb van alles en nog wat nodig, ik ben vrij onverwacht van huis afgereisd, weet u. En misschien kan ik voor u wat meebrengen?"

Mary zegt niets nodig te hebben.

„Als het avondeten maar op tijd klaar is."

Met een gevoel van opperste vrijheid verlaat Quincy na één uur het pand. Ze huppelt de treden af, bekijkt al lopend de gevels van de huizen. Ooit was het hier echt een chique buurt, stelt ze opnieuw vast. Een kwast verf is niet genoeg om het aanzien te herstellen, nee, daar is een complete restauratie voor nodig. Alles in de steigers, ze ziet het voor zich. Als ze op de hoek van de straat is, ontdekt ze de bushalte en een naambordje. „Koning Lodewijklaan", zo heet de straat.

Op een bus hoeft ze niet lang te wachten. En ja, ze kan regelrecht naar het centrum rijden.

Stel je voor dat ze een bekende tegen het lijf loopt... Niet waarschijnlijk, maar het kan. Misschien zoeken pa en ma haar, plakken ze uitvergrote foto's op posterformaat van haar op lantaarnpalen en brievenbussen.

Niet aan denken!

Eenmaal in het centrum valt alles wat kwelt even van haar af. Het spel kan beginnen: de tocht langs modezaken!

Na drie teleurstellingen bedenkt Quincy dat ze niet gekleed is als een aankomend verkoopster. Daar moet eerst wat aan gedaan worden.

Ze zoekt de winkel op waar ma haar altijd naar toe wil hebben als er iets nieuws moet komen.

„Je moet eens áf van dat jeugdige gedoe, je bent geen tiener meer, Quincy. Je hoeft niet met dat soort mode mee te doen. Er is zoveel meer te koop dan die spijkerbroeken en krappe truitjes!"

Quincy neust tussen de rekken. Nieuwe mode. Een „nette" pantalon? Prima, snel gevonden. Goed model, prima kleur ook. En wat betreft bloesjes is er van alles en nog wat te koop. Met beide armen vol duikt ze de paskamer in.

De paskamers zijn in een nis, achter in de winkel. Resoluut trekt ze het gordijn dicht en glijdt uit haar kleren. Eerst de broek. Ma zou juichen. „Een goede basis, lieverd, is van het grootste belang!"

Als ze na een bloes aangetrokken te hebben, zich in een grote spiegelwand buiten de paskamer, bekijkt, is ze niet ontevreden. Er komt een vriendelijke verkoopster op haar af. Of het lukken wil?

„Best wel. Ik zoek nette kleding waarin ik kan solliciteren!" biecht Quincy op. De vrouw glimlacht vol begrip. „Het hangt af van de baan die je wilt bemachtigen. Dit wat je nu aan hebt, is keurig. Maar voor een kantoorbaan zou ik toch wat anders kiezen!"

Quincy en de vrouw kijken elkaar via de spiegel aan. „Kantoorbaan... nee, dat zal het niet worden. Ik heb op de Academie van Beeldende Kunsten gezeten... mode. En door omstandigheden kan ik de studie niet afmaken. Dat wil zeggen: misschien later. Maar eerst moet ik een baan hebben om in mijn onderhoud te voorzien."

De vrouw knikt, vol interesse.

„Wat dacht je dan te gaan doen? Als je iets zoekt in de modebranche..." zegt ze aarzelend. Quincy verschikt iets aan de bloes, die te laag bij de hals is. Had ze maar méér voorkomen...

„Ja, zoiets moet het worden. Ik ben al in een rij winkels geweest. Een open sollicitatie... dat is ín, zeggen ze..."

Opeens groeit er een idee, de vrouw kijkt haar aan en het is net of ze telepathisch contact hebben. Wat niet het geval is. Het is gewoon het gevolg van een logische gedachtegang.

„Hier kom je kopen zonder geïnformeerd te hebben of wij personeel zoeken?"

„Nou ja... ik was even puur geconcentreerd op kleding!" zegt Quincy en uit een gewoonte gebaar spert ze haar bruine ogen wijdopen tot ze bijna kogelrond zijn.

„Wij zoeken namelijk een paar nieuwe mensen. Als ik adverteer, komen er vaak vrouwen op af die willen herintreden. Ze zijn niet jeugdig genoeg, lopen als het ware achter. Of van die jonge meiden die als ze niets te doen hebben tegen de toonbank hangen en verlangend naar buiten staren. Dat is fout, je moet klanten altijd de indruk geven dat je bezig bent. Ook al loop je zinloos langs de rekken om wat recht te hangen dat al recht hangt!"

Quincy schiet in de lach. Dat doet goed, ze heeft in geen dagen gelachen.

„Meent u het echt? Ik zou werkelijk een gat in de lucht springen als ik de kans kreeg…"

De vrouw maakt een gebaar naar de paskamer. „Koop eerst maar wat je van plan was en kom dan bij me. Ik zit in het kantoortje achter de winkel." Ze wijst naar een gordijn.

Quincy rukt zich de kleding van het lijf en kleedt zich weer razend snel aan.

Een baan… het zou toch te mooi zijn! Het wordt haar als het ware in de schoot geworpen!

Alsof er een leger beschermengeltjes voor haar in de weer is! Ze hoort in gedachten haar moeder mopperen. Haar verbeteren. „Lieverd, je wordt ook beschermd, dat weet ik zeker. En engelen zijn er ook. Maar je moet het niet op die manier brengen!"

Quincy schudt de hinderlijke gedachten van zich af. Zoals een hond de natte haren na in een regenbui gelopen te hebben.

Een jonge verkoopster – een toekomstige collega? – neemt de niet gekozen kleding van haar aan om ze terug te hangen in de rekken.

Bij de kassa rekent Quincy af en gluurt ondertussen naar het gordijn achter in de zaak.

Met de tas met het logo van de zaak – een tere roze roos – in haar hand, stapt Quincy richting kantoor. Ze is zich van iedere stap bewust, het is of ze zichzelf zíet lopen. Rozen, hier ook al, net als in huize Wortelboer.

Ze herinnert zich de naam van de zaak: Rozenberg. Volgens haar moeder waren de oprichters van Joodse afkomst.

Opeens wordt het gordijn voor haar ogen weggetrokken. Het komt haar voor alsof ze op een toneel staat. „De voorstelling kan beginnen!"

Ze krijgt een hand van de bedrijfsleidster die haar naam noemt.

„Janke Gerritsen. Kom verder en ga zitten, dan kunnen we praten!"

Quincy moet vertellen, ze wordt uitgehoord. Af en toe doet ze de waarheid geweld aan. De reden dat ze onverwachts uit huis is vertrokken, geeft ze niet prijs. Ze breit handig haar moeders situatie met die van Mary dooréén.

Moeder is hulpbehoevend geworden... er komt hulp in huis wonen. De woning is niet groot genoeg om méér mensen te herbergen. Als Quincy zo ver is met haar verhaal, veegt ze met beide handen langs haar ogen, tot aan haar kin.

Alsof ze aangedaan is. Haar gevoel even niet meer meester en eigenlijk is dat ook zo. „Maar u kunt bendes inlichtingen over me krijgen als u de academie belt. Ik zal een paar namen van mensen geven waarmee ik te maken heb gehad."

Janke zegt dat ze gezegend is met een loep zuivere intuïtie als het gaat om het beoordelen van mensen. „Zo zie ik dat jij nog veel moet leren, Quincy, op iedere gebied en zeker op het terrein van verkopen. Maar iedereen moet een kans hebben, vind ik! Jij komt als een eerlijke vrouw op me over. Het is jammer voor je dat je je toekomstplannen zo drastisch moet omgooien. Maar dat kun je ook als een uitdaging zien. Schouders eronder! Ik denk dat je moeder trots op je zal zijn... enfin. Geen bespiegelingen maar feiten.

Wat doen we: ik bied je een baan aan op proef! Je krijgt een inwerkperiode. Je moet van alles leren. De kassa... dat zal je niet moeilijk vallen. De omgang met mensen is belangrijk. Iedere binnenkomer is een potentiële klant! Niet om de mensen heen hangen, ze wat opdringen. Afwachten tot je ziet dat je nodig bent. Dat soort dingen. Je voelt het aan... of niet! Het kan ook gebeuren dat je hier achter binnengekomen kleding moet opstrijken. Dat soort dingen hoort er ook bij! Wat denk je, wil je het proberen?"

Quincy krijgt de neiging Janke om de nek te vallen. Ze haalt diep adem, beheerst zich en probeert zo kalm mogelijk over te komen. Volwassen, ongeveer zoals Emmie, die ze kort geleden in de stationsrestauratie heeft leren kennen. Janke ziet de strijd op het jonge gezichtje, ze kan al die gezichtsuitdrukkingen niet vertalen maar het ontroert haar wel. Dit is een meisje – een jonge vrouw – die bezig is een weg uit te stippelen en zich waarschijnlijk niet in een hoekje laat duwen. Wanneer of ze kan beginnen? Quincy krijgt het benauwd. Denkend aan de Wortelboers weet ze even niet wat te zeggen. „Het zit zo... ik heb me voor even vastgelegd bij een hulpbehoevende vrouw. Zodra zij nieuwe hulp heeft... ik doe natuurlijk mijn best zo snel mogelijk vrij te zijn..." Janke zegt het bewonderenswaardig te vinden dat Quincy éérst aan een ander denkt en niet zondermeer voor zichzelf kiest. „Ik hoop dat je de eerste februari kun komen. Dan is de opruiming verleden tijd en zijn we druk met de nieuwe lentemode! Die is trouwens al binnen. Weet je trouwens dat we vijf filialen hebben? Later zal ik je meer over de achtergrond van de winkelketen vertellen. De zaak bestaat bijna honderd jaar! Goed, Quincy, niet langer gepraat, ik moet weer aan het werk. Zijn er van jouw kant nog vragen?"

Vragen genoeg, ze laten zich alleen nog niet in woorden vangen. Quincy schudt van nee. „Dan graag tot de eerste van de tweede, Quincy. Wacht, je moet voor je gaat eerst even een formuliertje tekenen. Dat is zowel voor jou als voor mezelf. Er kan van alles gebeuren... stel dat ik om wat voor reden mijn werk niet kan doen, dan zou een opvolgster niet weten wat jij komt doen en wie je bent. Ik bel de mensen van wie je mij de namen hebt gegeven en van jou wil ik graag je telefoonnummer!" Help, dat betekent dat ze haar mobiel niet langer uit kan zetten. Maar: problemen zijn er om opgelost te worden. Eén voor één!

HOOFDSTUK 4

Het doet pijn, onvoorstelbaar veel pijn.

Edia Lancée is sinds het vertrek van Quincy zichzelf niet meer. Ze kan minutenlang naar de telefoon in haar hand staren, als wacht ze op een sms-je of een telefoontje van haar jongste kind.

En er over uitgepraat raakt ze ook niet! Ze valt in herhalingen, stelt haar man Flip telkens dezelfde vragen. Het „waarom" wordt er niet duidelijker door.

De dagen verlopen zo traag als stroop van een lepel. Flip reageert meestal niet meer op de vragen van Edia. Quincy heeft aangegeven dat ze 'een eigen leven wenst op te bouwen'. „Dat moeten we respecteren, lieverd!"

Gelukkig is Flip sinds enkele maanden met pensioen, in verband met het vertrek van Quincy is dat erg prettig. Ze kunnen elkaar dag en nacht steunen.

Edia blijft roepen dat ze het verzoek om op kamers te gaan wonen toch mild gebracht hebben. Waarop Flip zegt dat het bij Quincy anders moet zijn overgekomen dan zij bedoeld hebben. „Konden we het maar terugdraaien. Ze voelt zich nu afgewezen. Waarom begrijpt ze het toch niet? Hoe hadden we het dan moeten zeggen?"

Flip heeft met zijn vrouw te doen. Ze is altijd een fijne moeder voor de kinderen geweest. Natuurlijk botste het wel eens, maar nog nooit eerder is er één van huis weggelopen. Terwijl er niet eens ruzie is geweest.

„Misschien hadden we het helemaal niet moeten zeggen. Maar zoeken naar een andere oplossing!"

„En die is er niet. Mijn hart bloedt als ik aan Mirjam denk die zoveel problemen met haar tweede zwangerschap heeft. Eigenlijk had Quincy zelf moeten voorstellen dat ze haar plaatsje af wilde staan aan haar oudste zus!"

Flip zegt nadenkend: „Weet je wat ik geloof, Edia? Dat onze Quincy in haar hart nog een puber is. Snel gekwetst. Nogal egocentrisch in haar denken. Ze komt vast uit zichzelf terug. Ze kan toch niet buiten ons! Wat moet ze beginnen. Zorgelijker is het dat ze haar studie er heeft aangegeven. Want hoe kan ze ooit werk vinden zonder gerichte opleiding? Van de docenten zijn we niet veel wijzer geworden en het meisje waarmee ze scripties en werkstukken moet maken, zegt heel abrupt door Quincy te zijn benaderd. Zonder tekst en uitleg heeft ze er de brui aangegeven!"

Diezelfde middag verrast Daan hen met een bezoekje. Ook hij is dodelijk ongerust over Quincy. Zijn „kleine" zus toch. De laatste keer dat hij haar sprak was er niets aan de hand. Ze was opgewekt zoals ze bijna altijd is.

Edia omhelst haar zoon en zegt dat hij als geroepen komt. „We maken ons toch zulke zorgen om Quincy... en we komen er helemaal niet aan toe om alles voor Mirjam en Jesse in orde te maken. Ze denkt... ze denkt dat we haar afgeschoven hebben..."

Daan laat zich van thee voorzien en gaat er rustig voor zitten. Eerst maar luisteren, aanhoren wat er zich in de hoofden van zijn ouders rondspookt. Het is zoals hij al dacht: ze voelen zich schuldig en vrezen dat ze Quincy op het verkeerde been hebben gezet.

„Ik heb nog een ideetje, mensen. Toen ik Quincy de laatste keer van de trein haalde, was ze nogal enthousiast over een nieuwe vriendin, iemand die ze in de trein heeft leren kennen."

Sceptisch merkt zijn vader op: „Dat klinkt simpeler dan het is, jongen. De treinen zitten vol met dat jonge spul... hoe zou je juist die éne dame er tussen uit kunnen pikken?"

Edia klemt haar handen samen, kijkt Daan vol verwachting aan. Ze bewondert hem. Zeker weten dat hij net zo van de kaart is als zij en Flip. Maar aan Daan merk je niets. Hij weet zich geweldig te beheersen.

„Ze vertelde erbij dat de bewuste vrouw een eigen atelier heeft, waar ze kleding voor theaters maakt. Me dunkt dat er daar geen tientallen van zijn. Dus ben ik van plan achter de computer te gaan zitten en dan maar hopen dat die juffrouw een eigen site heeft. Zoniet, dan is het vertrouwde telefoonboek ook nog een mogelijkheid!"

Flip knikt zijn zoon warm toe. Hij weet als geen ander dat Quincy vanaf dat ze bij hen in huis is komen wonen, een warm plaatsje in het hart van Daan heeft veroverd.

„Pa, ma, Quincy kennende vermoed ik dat ze zich in een identiteitscrisis bevindt. Het feit van jullie voor Mirjam, Jesse en de kinderen hebben gekozen, is niet goed bij haar geland. Het is zuiver een gevoelskwestie. Vermoedelijk denkt ze: eigen kinderen gaan vóór, als het er op aan komt!"

Edia kan niet stoppen met huilen. Het is steeds: „Had ik maar…" en „Kon ik het maar terugdraaien…"

„Ma, stop met die zelf beschuldigingen. Het helpt je niets en gedane zaken némen nu eenmaal geen keer! Heb je al bedacht wat je zou willen zeggen als ze onverwachts voor je neus staat?"

Edia beweert dat ze elkaar direct zouden omhelzen, praten komt dan later wel. Daan schudt van „nee". „Zie nou in, ma, dat ze gekwetst is. Dat zit veel dieper dan een ruzie om ditjes of datjes…Willen jullie wel geloven dat ik er niet van kan slapen? Ik zie steeds dat koppie met die grote bruine ogen vóór me. Stel dat ze in handen van de één of andere kerel valt. Ze kan zo ongelooflijk naïef zijn. Goed van vertrouwen!"

Hij drinkt zijn thee op, zijn keel is droog van het praten én de spanning.

„Goed van vertrouwen? Ik ben bang, Daan, dat ze dat kinderlijke vertrouwen in de medemens voorgoed kwijt is!"

Daan kucht nerveus. Datzelfde heeft hij ook al bedacht.

„Ik ben op de Academie langs geweest. In de hoop dat ik op die manier méér te weten kon komen dan per telefoon. Maar nee. Op een bepaald vlak wordt er gecommuniceerd, maar over de persoon Quincy Lancée weet niemand veel te vertellen. Waar die jongelui onderling over kletsen is mij een raadsel. Maar nu wat anders... zijn jullie al bezig de boel voor Mirjam en haar gezin in gereedheid te brengen? Ik wil best helpen! Enne... als we wat kerels bij elkaar trommelen, pa, kan dan tóch niet de zolderverdieping bewoonbaar gemaakt worden? Kan ma eindelijk opruiming houden... het kost wel wat, maar ik wil best bijspringen."

Edia's ogen lichten op. „Want stel dat Quincy thuiskomt... dan vindt ze haar kamer terug zoals ze hem heeft verlaten. Waren we maar eerder op dat idee gekomen!"

Flip verbetert haar. „Dat idee hebben we al zolang we kinderen hebben, Edia. Vergeet niet dat we altijd terug geschrokken zijn voor de kosten. En die zijn nu dubbel zoveel als toen we er het voor het eerst over spraken! Er komt nogal wat bij kijken. Er moet een betere zoldertrap gemaakt worden. Er ligt geen houten vloer in, dus er moeten planken komen. Wat dacht je van erkers, zodat er méér beschikbare ruimte komt? Tja, dan heb je nog niet eens vloerbedekking en gordijnentoestanden. Maar ik ben het met Daan eens dat dit een oplossing is. Met het oog op Quincy... hadden we dat besluit maar eerder genomen!"

Edia is in de weer met haar zakdoek. „Daan, je bent een gouden zoon. En weet je, het moet vastgelegd worden als jij financieel een aandeel levert. Zodat je later, als dit huis na onze dood verkocht gaat worden, jouw portie erbij krijgt. Dat is niet meer dan billijk!"

Daan zegt dat hij hoopt dat er nog lang geen „te koop" bord in de tuin komt te staan. „Pa, laten we samen boven een kijkje nemen om te zien wat er eerst moet gebeuren."

Edia vliegt overeind. „Dat opruimen geef ik niet uit handen. Ik weet wel hoe dat gaat... als jullie het doen gaat het met ruwe handen. Je weet niet half wat ik bewaard heb... er is van jullie alle vijf een grote doos met schoolspullen. Tekeningen, opstellen, zelfs wat knutseldingen heb ik bewaard. Later zul je dat pas echt waarderen. Nu zie je dat nog niet!"

Edia loopt al naar de trap, blij om actie te kunnen ondernemen. Daan lacht haar uit.

„Ma, niet iedereen is gek op herinneringen uit het verleden. Dat je wat foto's en dat soort spul bewaart, is leuk. Maar schoolschriften... Maar goed, we respecteren jouw mening in dezen! Zeg niet dat je nog rompertjes van mij bewaard hebt!"

Edia rent de trap op, blijft bij het zolderluik staan, met de stok-met-haak in de aanslag om het luik naar beneden te halen. „Rompertjes? Er is van jou nog een kruippakje... je eerste schoentjes! De inentboekjes van het consultatiebureau. Je zult het prachtig vinden als je zelf ooit vader wordt!"

Daan en zijn vader kreunen en slaan elkaar op de schouder. „Zet je schrap, pa. De timmerlui zijn nog niet welkom..."

Terwijl Edia geknield op zolder zit, staat Daan halverwege op de trap, slaat zo zijn moeder gade. „Ma... onder die schuine wand daar, is ruimte voor dozen. Als je dat wat je persé wilt bewaren daar naar toe schuift, komt er al meer loopruimte. En... al dat oude speelgoed hoeft toch niet bewaard? Mijn hobbelpaard... Mirjams poppenhuis..."

Edia roept met iets van haar oude enthousiasme dat dit enig is voor de kinderen van Mirjam. „Hier zitten puzzels in, daar de Playmobiel. En Lego, dat is er ook nog allemaal!"

„Tjongejonge!"zegt Flip gemaakt verheugd.

„Ergens heb je gelijk, mam! Hoeft er niets gekocht te worden wat dat aangaat. Als we dat speelgoed van zolder halen, komt er ruimte. Dan zetten we dat op de logeerkamer. Pa... heb je een duimstok voor me? Ik wil wat maten nemen, zodat we hout voor de vloeren kunnen bestellen."

Terwijl vader en zoon overleggen hoe het zaakje aangepakt moet worden, verdiept Edia zich in de opgeslagen spullen. Ze vergeet voor even de misère, ze gaat óp in haar bezigheden.

Maar als ze de doos waar met grote letters de naam van Quincy op staat opent, slaat het verdriet met een machtige hand weer toe. Hoe kan het kind hen dit aandoen... ze hebben toch altijd het beste met haar vóór gehad! Quincy heeft zelfs nooit iets willen horen over haar biologische ouders. Terwijl Marcia en Pop het er regelmatig over hadden. Ze fantaseerden erover: stel dat ze uit een zeer welgesteld gezin kwamen, dat hun adoptie een vergissing of een lelijke streek van een jaloers familielid was...

Met hun Barbiepoppen werden complete drama's uitgebeeld. Nee, Quincy leefde niet zo diep, die leefde bij de dag. Zieltje zonder zorg.

Maar of ze dat nu nog is!

Edia vreest van niet.

Als de mannen klaar zijn met hun metingen, dwingt Flip zijn vrouw mee naar beneden te komen. „Morgenvroeg beginnen we samen aan het opruimen. Ik haal grote dozen bij de supermarkt en dan beginnen we bij het begin. Geweldig dat Daan ons komt helpen. Hoorde je wat hij zei? Hij heeft een paar buurmannen die superhandig zijn. Mensen met inzicht en de nodige ervaring."

Ook Flip is blij iets te kunnen doen. Plannen maken is één, het uitvoeren vergt meer energie. Positief met de situatie bezig zijn, dat heeft hij nodig. En ondertussen hopen en bidden dat het verloren schaapje de weg naar huis terug weet te vinden!

Zo voelt Quincy zich niet: ze is géén verloren schaapje.

Ze is berentrots op dat wat ze heeft bereikt. Een baan... nog niet vast, maar ze zal haar best doen. En wel zo dat ze niet om haar heen kunnen!

Probleem blijft de huisvesting.

Of ze bij de Wortelboers kan blijven wonen terwijl ze buiten de deur werkt? Natuurlijk kan ze sommige dingen blijven doen. De boodschappen halen, 's avonds eten koken. Dat soort zaken.

Eenmaal thuis wil Mary haar aankopen zien. Of het druk was, in de stad?

Zijn er veel nieuwe winkels bij gekomen? Ze is minstens vijf jaar niet in het centrum geweest. Quincy krijgt medelijden met Mary. „Echt, ik wil best met u dingen ondernemen. Wie weet hoe goed het gaat! Er bestaan vast wel boeken over hoe je dat moet aanpakken! Het zou toch heerlijk voor u zijn!"

Mary schudt haar hoofd en perst haar lippen op elkaar.

Quincy laat de kwestie rusten, zet een pot thee en presenteert er de koekjes bij die ze bij de banketbakker in de stad heeft gekocht.

Omdat Mary's stemming niet al te slecht is, begint Quincy voorzichtig over haar bezoek aan de winkel van Rozenberg. Mary's ogen beginnen te glanzen. „Daar kocht ik vroeger altijd. Mijn moeder trouwens ook. Die zaak bestaat al wel honderd jaar, denk ik zo!"

Quincy knikt verheugd. Jawel, er is een begin gemaakt, ze durft nu meer los te laten. „De cheffin, Janke Gerritsen, bood me een baan aan… ik heb het in beraad genomen. Want uiteindelijk moet ik aan mijn toekomst denken."

Ze wacht even om de reactie van Mary te peilen.

Mary vertoeft duidelijk nog in het verleden. „Toen ik een meisje was…"

Quincy luistert geduldig, kijkt af en toe op haar horloge. Het is bijna tijd om de aardappels op te zetten. Ze heeft gesneden andijvie gekocht, en omdat ze geen heldin is wat betreft het bereiden van vlees, staan er weer tartaartje op het menu.

Ze onderbreekt Mary. „Wat zou u doen… die baan accepteren of wachten tot er iets beters is te vinden?"

Hè, wat? Baan?

Mary is weer bij de les. „Ja, dat zei je. Die cheffin ken ik natuurlijk niet. Toen ik daar nog kocht, was er een oudere dame de bedrijfsleidster. Gerritsen, zeg je? Hm, dat is misschien familie van Gerritsen de stoffenhandelaar. Die stond op markten. Maar wat klets ik… dat is ook al weer jaren terug. Jij wilt dus weg… werken in een winkel. Dat zul je wel aardiger vinden dan twee mensen als Koos en mij te verzorgen... Ik kan je geen ongelijk geven, meisje!"

Weer een stapje in de goede richting.

„Als ik hier mag blijven wonen, kostgeld betaal... en bovendien blijf helpen met schoonmaken en koken. Zoals ik dat vanuit mijn ouderlijk huis had kunnen doen..."

Weg die herinneringen. Weg met die gedachten, dat slopende heimwee.

Mary leeft op. „Zo ging dat met Mirabelle ook. Ze kreeg een kantoorbaantje, maar in haar vrije tijd hielp ze met schoonmaken. Want weet je, ik vind het zo moeilijk om een werkster over de vloer te hebben. Dat is weer wat anders dan met jou in huis. Het houdt verband met mijn straatvrees... altijd benauwd dat mensen iets van je verwachten dat je niet waar kunt maken. Koos zegt wel eens: laat de glazenwasser komen. Doe de was de deur uit. Maar dat betekent wel contact met al die mensen... Daarom vond ik het goed dat jij bleef. Jij bent nog jong, net als Mirabelle en je stelt geen eisen." Ze zwijgt even en stelt dan vast: „Jij bent maar een meisje, zie je!"

Quincy laat haar woorden op zich inwerken. Mary is er psychisch slechter aan toe dan ze vermoedde. Zielig toch.

„Zouden jullie het in principe goedvinden dat ik de kamer van Mirabelle huur... blijf helpen in de huishouding, boodschappen doe... én een baan heb? Ergens moet ik beginnen, zie je!"

Mary rimpelt haar voorhoofd. „Het is dan wel zo dat alles hier in huis op de tweede plaats komt. De was moet wel op tijd gedaan worden. En gestreken, want Koos moet er altijd netjes uitzien. Het strijken van overhemden kost me zoveel pijn en moeite. Tja, dan moet Koos het contract maar weer veranderen. Ik vind het best. Als jij je beloften nakomt!"

Quincy springt verheugd op van haar stoel. Af en toe kan Mary heel menselijk zijn... nu moet Koos nog over de brug komen.

Ze kondigt aan dat het de hoogste tijd is om de keuken in te duiken.

Terwijl ze bezig is met de pannen en potten, rinkelt haar mobieltje. Het ding zit in haar schoudertas, die onder de keukentafel op de grond ligt.

Het kán Janke zijn... Maar nee, ze ziet meteen dat het Daan is die belt. Tranen prikken achter haar oogleden. Daan! Ze beseft opeens dat ze zielsveel van hem houdt. Misschien nog méér van hem dan van pa en ma samen. Daan, haar grote broer!

Ze verbreekt de verbinding, het is alsof ze iets doodt!

Grote broer, wat, grote broer? Daan is helemaal haar broer niet. Alleen in naam. Wat dat betreft zouden ze...

Ze zet de koud waterkraan wijd open en plenst een handvol water in haar gezicht. Wat zouden ze?

Ze zou zonder bezwaar verliefd op Daan kunnen worden. Ook al zegt haar gevoel dat hij een broer is.

Weg met die vreemde gedachten, ze roepen alleen maar nog meer emoties op. En die kan ze niet áán!

Ze schopt de tas waarin de mobiel nog verder onder de tafel. Ze heeft ze niet nodig. Pa, ma, Daan en de zussen ook niet. Als klein kind was ze dol op de oudste, Mirjam. Omdat Mirjam zoveel op ma lijkt.

„Over en uit!" zegt ze tegen de tartaren die ze in de hete olie schuift.

Gerommel en gestommel in de gang. Koos komt thuis en voor de zoveelste keer vraagt Quincy zich af waar het „handelen"van Koos uit bestaat. Jawel, hij staat gewoon ergens op de markt, schaamt hij zich ervoor niet hogerop te zijn gekomen?

Ze moet er zien achter te komen wat hij zoal voor de kost doet. Hij heeft boven een kamer annex kantoor, maar daarvan zit de deur altijd op slot. Hij schijnt het vertrek zelf schoon te houden. Mary aan het praten krijgen, dat is ook een optie. Maar misschien is het Mary ook niet helemaal duidelijk wat haar man voor zaken doet.

Als ze in de kamer komt om te zeggen dat het eten klaar is,

vallen beiden stil, kijken Quincy zwijgend aan.

„Ik kom om de tafel te dekken. Of wilt u weer in bed eten?" Mary zegt op te willen staan.

Koos helpt haar stilzwijgend terwijl Quincy het pluchen kleed vervangt door een vrolijk geruit tafellaken. Als ma haar eens kon zien… ze dekt snel en netjes. Terwijl ze de servetjes op hun plaats legt, staat opeens Koos vlak achter haar. Ze schrikt ervan. Ze voelt zijn adem in haar hals. „Dus jij wilt er een baantje bij. Tja… dat is niet wat we afgesproken hebben. Maar als jij denkt het aan te kunnen… ik wil niet dat je Mary afscheept met mooie praatjes. Er moet hier wel gewerkt worden, meisje!"

Quincy begint dat „meisje" te haten. Ze hoort vanuit de keuken opnieuw haar mobiel rinkelen. Ze duikt weg, langs Koos heen. „Telefoon…" mompelt ze. Dit keer is het Janke Gerritsen wel. Of Quincy al een besluit heeft genomen? „Dat in verband met nog meer kandidaten… Ik prefereer jou, maar ik moet wel van je op aan kunnen!"

Quincy zegt dat ze heeft geregeld wat geregeld moest worden. „Ik ben beschikbaar. En ik verheug me er erg op!"

Janke lacht. „Mooi zo, Quincy. Ik heb nog steeds een goed gevoel over ons gesprekje! Zullen we een afspraak maken voor volgende week? We zijn maandagochtend dicht, als jij dan kunt komen, maak ik je wegwijs. Schikt je dat?"

Nou, en of dat schikt!

In haar nopjes met de genomen beslissing, dient Quincy de maaltijd op. „Je had ook wel in de horeca kunnen gaan werken!" vindt Mary.

Quincy straalt. „Had ook gekund. Maar ik begin toch maar in de mode!"

Als ze terugloopt naar de keuken hoort ze nog net een opmerking van Mary: „Het is net of we Mirabelle terug hebben, Koos!"

HOOFDSTUK 5

Het weekend verloopt vrij rustig. Geen vrije zaterdag voor Koos. Hij gaat op zijn normale tijd van huis en komt tegen zeven uur weer binnenwandelen. Quincy heeft van de vroege ochtend tot de late avond in huis lopen poetsen. Ze krijgt er warempel aardigheid in de slonzige troep onder haar handen te zien opknappen. Werken is een zegen voor de ziel, vindt ze. Je wordt er lichamelijk moe van met als gevolg dat je niet uren en uren wakker in je bed ligt te tobben. Een baan, ze heeft een volwaardige baan. Ze kan zichzelf bedruipen en dat geeft een gevoel van macht. Ze mag dan niet langer thuis gewenst zijn, ze is wel in staat een eigen leven op te bouwen! O zo. Ze doet niet onder voor Mirjam, Marcia en Pop.

Niet langer het studentje met een hoofd vol toekomstdromen die waarschijnlijk nooit waar gemaakt konden worden. Ook als verkoopster kan ze hogerop komen. Misschien brengt ze het zo ver dat ze ooit cheffin van een filiaal kan worden. Dan is ze tevreden. Want meer zal er wel niet inzitten. Een eigen atelier als Emmie... zou ze die capaciteiten hebben? Zo jammer dat ze geen contact met Emmie kan maken. Ergens moet ze haar kaartje nog hebben. Maar wat dan nog? Als Emmie ooit een medewerkster zoekt, zal het iemand zijn die gediplomeerd is en verder heeft gekeken dat zij, Quincy. Maar niet getreurd...

Morgen is het zondag. En ze is van plan een kerk op te zoeken. Ze is benieuwd hoe Mary en Koos daar tegenover staan! Als ze zaterdagavond aankondigt de volgende ochtend naar de kerk te gaan, trekken Mary en Koos een vies gezicht. Ze schijnen wat dat betreft slechte ervaringen opgedaan te hebben. Mary roept een paar algemeenheden zoals die door niet gelovigen vaker gebezigd worden. Quincy heeft geen passende antwoorden, ze is nog nooit over het geloof met niet – gelovigen in discussie gegaan. „Het gaat toch niet om de kerk... het gebouw of de mensen die er komen. God en Jezus... die komen op de eerste plaats!

„Je doet maar, meisje. Als je maar niet de weg van Mirabelle opgaat! Die sloeg op een gegeven moment door! Heel verdrietig voor ons!"

Het beeld van Mirabelle dat Quincy zich vormt, wisselt met de dag. De ene keer denkt ze dat Mirabelle een wufte meid was, maar nu blijkt weer dat er sprake van Godsdienst was. Niet te combineren.

Quincy is benieuwd in wat voor kerk ze terecht zal komen. Zondagochtend gaat ze op stap en de eerste kerk die in zicht komt, zal ze binnen gaan!

Zondagochtend.

Na tien minuten door een haar onbekend stadsdeel gewandeld te hebben, is er nog geen kerkgebouw te bekennen. Wel ontdekt Quincy een gezin dat duidelijk richting een kerkdienst gaat. Vader, moeder, drie jonge kinderen die om hen heen dartelen. Quincy besluit de familie te volgen.

Ze kijkt uit naar een gebouw met een brede deur en een toren, waaruit de kerkklokken beieren. Vanuit de verte hoort ze wél gebeier. De familie slaat een hoek om en loopt in de richting van een oud schoolgebouw. Van alle kanten komen mensen aangelopen.

Quincy hoopt dat ze niet richting één of andere sekte loopt. Dan is ze gauw weer weg. Misschien was die Mirabelle wel lid van een sekte waar men de leden compleet hersenspoelt.

Eenmaal binnen in het gebouw dringt er vrolijke muziek tot Quincy door. Ze meent de melodie vaag te herkennen van een cd die Daan vaak afspeelt.

De oude school is omgetoverd in een kerk. Aan de wanden hangen schilderijen en patchwork met afbeeldingen uit de Bijbel. Voorin de kerk staat een groot, levensecht kruis. Ze rilt als ze er naar kijkt. Misschien wel goed idee, zo'n kruis. Dan worden de kerkgangers er regelmatig bij bepaald dat het lijden en sterven van de Heer geen kleinigheid was.

Ze ergert zich aan het rumoer dat af en toe opklinkt. Kleine kinderen sputteren, huilen en eisen aandacht. Grotere kinderen begroeten elkaar verheugd, praten door elkaar, lachen en spelen.

Niemand schijnt er zich aan te storen.

Als vóór in de kerk een man met een microfoon in zijn hand om stilte vraagt, zwijgen als bij afspraak alle monden. De gemeente wordt begroet, enkele aanwezigen groeten terug. Dan is het tijd voor muziek. Zingen onder begeleiding van een band. Quincy schiet rechtop. Dat spreekt haar aan! Een groep jonge mensen vormt een koortje, ze zingen zuiver en nogal luid met sterke stemmen.

Op een groot doek verschijnt de te zingen tekst, een boekje of bundel is niet nodig. Quincy zingt uit volle borst mee.

Ondertussen gluurt ze om zich heen om de medekerkgangers te bestuderen. Ze ziet dat er best veel jonge mensen tussen zitten. Wie weet kan ze – ooit – bij deze of gene aansluiting vinden. Jawel, pa en ma, Quincy heeft dan wel het ouderlijk nest verlaten, dat betekent nog niet dat ze alles wat ze van huis uit heeft meegekregen, los laat! De voorganger is een al wat oudere heer met een keurig geknipt baardje. Hij spreekt zo boeiend, dat er een uur voorbij is eer Quincy het in de gaten heeft.

Na het slotlied wordt bekend gemaakt dat er in een zijvertrek koffie wordt geschonken. Ze zou best willen blijven, maar dan is ze later thuis dan gepland. Koos en Mary willen tussen de middag warm eten. „Omdat we dat op zondag gewend zijn!"

Met de tekst van de gezongen liederen in haar hoofd wandelt ze naar huis. Het is goed opletten, want de buurt is haar voor het grootste deel onbekend.

Ze verwacht half en half dat de huisbaas en zijn vrouw haar

over de dienst zullen uithoren. Maar nee, er totaal geen belangstelling.

Na het eten trekken beiden zich terug om te rusten.

Zondagmiddag. Haar gedachten snellen naar huis. Meestal is er bezoek, mensen uit de kerk, vrienden of familie komen al dan niet aangekondigd aanwippen. En vaak is Daan ook van de partij.

Denkend aan Daan verkrampt Quincy's maag. Wat zal hij denken over haar vertrek? Misschien is hij het wel met haar eens. Om nu met Daan van gedachten te kunnen wisselen, elkaar vertellen over de belevenissen van de afgelopen week. Jawel, Daan heeft altijd belangstelling voor haar en dat wat ze vertelt.

Zou hij haar ook missen? Zittend op het bed van Mirabelle speelt ze met haar mobiel. Waarom niet? Ze kan Daan bellen zonder prijs te geven waar ze zich bevindt. Misschien is het goed hem gerust te stellen.

Tot drie keer toe toetst ze zijn nummer in, drie keer verbreekt ze de verbinding. Dan vermant ze zich.

Opnieuw drukt ze op de toetsen. Het nummer kent ze uit haar hoofd. Nummerherkenning. „Daan!"

„Lieve schat, waar ter wereld zit jij! Weet je wel dat de hele familie overstuur is… zeg me gauw hoe het met je gaat!"

Quincy klemt het telefoontje stijf tegen haar hoofd, blaast een hinderlijke krul uit haar gezicht.

„Nou… ik zit op een bed met rozen!" Het klinkt nogal dwaas, ze hoort het zelf en begint onbedaarlijk te lachen. „Hou daar mee op! Ik meen het serieus, Quincy. Waar ben je mee bezig! We missen je zo ontzettend! Is alles goed met je?"

Quincy haalt diep adem, nestelt zich wat beter op het bed en laat haar instapschoenen van haar voeten glijden.

„Het gaat goed met me. Ik heb een huis, een baan, wat wil je nog meer weten? Ik ben zelfs naar de kerk geweest…"

„Nou nou. Waar is die kerk, waar is dat huis, die baan dan

wel? Hoe weet ik dat je de waarheid spreekt!" Quincy blaast als een nijdige kat. „Luister, Daan! Ik ben volwassen en niet verplicht rekenschap aan een bróer af te leggen. Of wel soms? Als ik zeg dat het goed gaat, dan is dat ook zo!"

Daan probeert het op een andere manier. Hij vlijt, hij smeekt nog net niet maar probeert uit alle macht echt contact met Quincy te maken.

„Wat is de reden dat je op zo'n onfatsoenlijke manier bent vertrokken?"

Hij zegt het op een toon die bijna streng is.

„Maak me niet wijs dat ze je dat niet gezegd hebben. Wel, je blóedeigen zus komt thuis met man en kinderen, zwanger en wel. Ze is slecht te pas, de zielenpoot! En voor haar moest het geadopteerde kind wijken, weet je. Jawel Daan, dat is gezegd. Op een subtiele manier, maar héél duidelijk. Zoiets hoef je maar één keer te horen. Ik heb geen bord voor mijn kop... dus ik trok mijn conclusies en voilà! Ik sta op eigen benen en bedruip mezelf. De academie is verleden tijd. En niemand hoeft meer iets voor me te betalen."

Daan zucht onhoorbaar. Dat Quincy af en toe eigenwijs kan zijn, is niet nieuw. Maar deze houding getuigt toch wel van een opstandige geest.

„Weet je dat pa en ma zich geen raad weten, lieve schat!"

Quincy zegt bedaard dat ze zoiets hadden moeten bedenken voor ze hun kaarten op tafel legden. „Hoe gaat het met jou? Alles nog hetzelfde? Ik mis je, Daan!"

Ze hoeft maar te kikken, beweert Daan, of hij komt naar haar toe. „Waar je ook zit. Al verblijf je in de Sahara!" Quincy kijkt om zich heen. De kamer van Mirabelle is wel wat anders dan de Sahara. „Niet nodig. Want jij loopt meteen over naar je vader en moeder. Om mij erbij te lappen. Zo ben je wel, het bloed kruipt waar het niet gaan kan. Nee, ik zal je af en toe bellen. Ik heb mijn mobiel bijna altijd uitstaan, dus niemand hoeft de moeite te doen contact met me te zoeken. Misschien dat ik later, ooit... héél misschien, wel contact

wil. Maar dan moet de pijn eerst over zijn!"
Die woorden steken Daan recht in het hart. Hij zou willen roepen dat ook hij haar mist in zijn leven. Pijn, kleine zus heeft pijn. Ten onrechte, het is een enorm misverstand, begrijpt hij. Zijn ouders hebben het niet goed aangepakt, geen rekening met de gevoelige aard van Quincy gehouden. Zelf denkt hij zelden aan het feit dat ze niet zijn echte zus is. Toch moet dat bij Quincy altijd gespeeld hebben. Anders had ze nooit zo fel kunnen reageren.
„Lieverd... we doen het op jouw manier. Beloof me dat je me om de paar dagen belt. Niet? Paar weken dan...Vertel me over je woonomgeving, je werk, je collega's. Ik vind het knap van je hoor, dat je dat in zo'n korte tijd allemaal hebt gerealiseerd! Ja, ik ben trots op mijn kleine zus!"
Quincy is blij met zijn lieve woorden, maar ze begrijpt ook heel goed dat Daan hoopt dat ze zich op een gegeven moment verspreekt. Een naam laat vallen, die van een straat of een winkel. Ze moet goed op haar woorden passen, dat is zeker.
„Zal ik iedereen de groeten doen!" informeert hij als hij merkt dat Quincy het gesprek wil beëindigen. Dat vindt ze niet nodig. „Dag Daan! Fijne dag verder!" met die woorden breekt ze af. Fijne dag. Een kreet, die overal te pas en te onpas wordt gebezigd.
Ze laat zich achterover vallen en staart naar het plafond. Zou Mirabelle dat ook vaak gedaan hebben? Staren naar het plafond. Proberen je gedachten op een rij te krijgen.
Ze laat zich van het bed glijden, neemt de foto waar zij en Daan samen op staan, in de hand. Ze waren een stuk jonger dan ze nu zijn. Daan heeft een arm rond haar schouders en kijkt op haar neer. Broer en zus.
Ze zet het lijstje terug op zijn plaats en schudt haar hoofd. Ze móet aan Daan blijven denken als aan een broer. Ook al zijn ze in de verste verte geen familie van elkaar. Wat dat betreft kunnen ze... „Stop!" roept ze zichzelf toe.

Het is beter iets onder handen te halen. Beneden, in de gang, loopt ze Koos tegen het lijf. Hij ziet er nonchalanter uit dan normaal. Overhemd zonder stropdas. Een oud colbertje met leerstukken op de ellebogen. Hij kijkt haar wat wazig aan. Alsof hij niet helemaal bij de tijd is. „Uh… thee, misschien wil je thee zetten?"
Iets te doen. Thee zetten, alles op de automatische piloot. Koos verdwijnt weer achter de kamerdeur en Quincy zou hem terug willen roepen en hem dwingen te vertellen wat de aard van zijn werk toch wel is. Ja, daar is ze oprecht nieuwsgierig naar! En meer dan dat. Wie weet zit hij tot in zijn nek in de één of andere illegale zaak!

Maandagochtend is Quincy vroeg wakker. Ze maakt zich vliegensvlug klaar, maakt ontbijt en ruimt ondertussen de keuken op. Ze schilt de aardappels voor het avondeten, neust in de koelkast om te zien of er nog groente is. Jawel, een grote bloemkool. En gehakt. Misschien kan ze dat gehakt vast mengen, scheelt vanavond weer.
Koos eet zwijgend aan de keukentafel, ze lijkt wel lucht voor hem. Mary klaagt meer dan ooit over haar stijve gewrichten en spieren. Bijna voelt Quincy zich schuldig. Ze laat Mary dan toch maar aan haar lot over.
„Ik zal een thermoskan koffie voor u klaar zetten. En vast een boterham voor tussen de middag smeren."
De thermoskan die ze in de servieskast heeft gevonden, ruikt muf. Het kost de nodige moeite om hem echt schoon te krijgen. De lunch voor Mary stopt ze in een plastic zakje. Koos loopt langs haar heen naar de voordeur, zonder groet.
Met iets van teleurstelling kijkt Quincy hem na. Heel af en toe lijkt hij op de man die ze in de restauratie van het station heeft leren kennen. Een beleefde, armoedig aandoende man. Dat was haar eerste indruk. Achteraf begrijpt ze van zichzelf niet dat ze het aan heeft gedurfd op zijn voorstellen in te

gaan. Normaal gesproken is zoiets niets voor haar. Gelukkig is hij geen bedrieger gebleken...

Ze vraagt Mary of ze fiets van Mirabelle mag gebruiken om naar het centrum te gaan. „Dan ben ik niet zo afhankelijk van de bustijden, ziet u!"

Mary knikt genadig van „ja".

„Ik zal er zuinig op zijn!" probeert ze het feit te verzachten dat er geen Mirabelle meer is die het haar zou kunnen verbieden.

Mary groet wel – tamelijk vriendelijk – als Quincy gedag komt zeggen. „Je zult wel zenuwachtig zijn..." veronderstelt ze.

„Nou en of!" Quincy is als een kind zo blij met deze simpele opmerking die iets van medeleven schijnt.

Pas als ze de straat uit is, herademt ze. Weer een mooie dag!

Vanochtend is de winkel gesloten, en krijgt ze van Janke de nodige voorlichting.

De fiets kan ze via een steegje achter de winkel kwijt. „Zet hem wel op slot!" adviseert Janke.

Behalve Janke is er nog een verkoopster aan het werk. Quincy kent haar van gezicht. Een lang, helblond meisje dat al langere tijd in de zaak werkzaam is. „Welkom bij de club!" doet ze joviaal.

Janke voert Quincy door de winkel, door het magazijn, laat haar het kantoor en de kleine kantine zien. „Kantine is een te grootse betiteling voor de koffiekamer. Als het beestje maar een naam heeft, zeg ik altijd. Misschien heb je gemerkt dat we als verkoopsters allen hetzelfde gekleed zijn. We hebben verschillende stellen, die je zelf moet onderhouden. De basis is een donkerblauwe rok. Bloes met sjaal. Eenvoudig, maar doeltreffend. Je krijgt ook een button met je naam. Handig voor de klanten. Ik zal kleding voor je pakken, dan moet je maar passen. Daarna wil ik graag dat je deze doos uitpakt en de bloesjes strijkt. Daar staat het rek met de hangers. Ze moeten ook gelabeld en geprijsd worden."

Quincy klapt de strijkplank uit en steekt het snoer van de bout in het stopcontact. Strijken, dat heeft ze thuis nooit gedaan. Ma zorgde altijd voor haar kleding. De wasmachine kon ze aanzetten, van de knoppen van de droogtrommel wist ze ook de betekenis. Maar strijken...

„Niet te warm, Quincy. Deze stoffen zijn nogal teer. Maar ik denk toch dat jij al wel warenkennis hebt opgedaan!"

Janke legt een stapel kleding op een stoel. „Als jij even wilt passen, dan hebben we dat ook weer gehad. En hier is je button!"

Quincy is niet gewend om rokken te dragen, zeker niet met de lengte die ze nu aan heeft. Ma zou juichen, bedenkt ze. Het maakt haar vrouwelijker. De bloes is gestreept en de sjaal brutaal rood. In de spiegel ziet ze dat ze er zijn mag. Janke knikt tevreden. „Staat je goed, Quincy. Ik zou zeggen: houd het spul aan, dan went het vast een beetje!"

Na een half uurtje strijken komt Kirsten, de blonde collega, een kijkje nemen. „Lukt het een beetje? Ik heb een razende hekel aan strijken. Maar hier moet het wel. Zonde zoals de boel gekreukt is!"

Ze duwt Quincy een mok koffie in de handen. „Zul je wel aan toe zijn. Janke vertelde dat je op de Academie hebt gezeten. Spijt het je niet dat je met de studie gestopt bent?"

Kirsten gaat op een krukje zitten, vastbesloten Quincy uit te horen. Lastig als je verhaaltjes uit je duim moet zuigen, vindt ze. Niet dat haar dit zwaar valt... fantasie genoeg. Maar het is lastig om te onthouden wát je zoal prijs geeft. Een leugen is snel verteld... en door sommige mensen nog sneller herkend als zodanig.

Handig weet Quincy het gesprek op Kirsten zelf te krijgen. Veel wil deze niet kwijt over het eigen leven. Als de koffie op is, maakt Kirsten zich los van de kruk en neemt beide mokken in één hand. „Nou, meid, ik hoop dat we het goed met elkaar kunnen vinden. We hebben hier best een prettige sfeer, Janke is een prima bazin. Natuurlijk is er wel eens wat,

maar praten kan altijd. Waar Janke erg op is gespitst, is of je goed let op eventuele dievegges. Het is walgelijk als je merkt dat er wéér een stuk uit de collectie is verdwenen. Hoe ze het voor elkaar krijgen... ik zou het niet durven!" Quincy huivert mee. „Ik ook niet. Ooit ben ik een winkel uitgelopen met een paar badpakken aan een arm geregen. Per ongeluk, hoor! De bellen begonnen te rinkelen en gelukkig voor mij zag de bewaker meteen dat het geen opzet was. Sinds die tijd let ik goed op niet meer zo dom te zijn..." Kirsten lacht en laat haar alleen. Het strijkwerk vordert maar traag, het moet netjes gebeuren. Janke komt af en toe om te keuren. „Goed zo, Quicy. Als ik zie dat klanten slordig met onze kleding omspringen, kan ik ze wel ik weet niet wat doen! Ze laten dat wat ze hebben uitgetrokken, rustig op de grond vallen. Trappen er op. Veel mensen haten het als je om de hoek van het gordijn kijkt om te informeren of ze hulp nodig hebben. Maar het is een manier om te laten merken dat je goed oplet!" Dat soort dingen heeft Quincy op de Academie niet geleerd. Het kwam niet aan de orde. Misschien tijdens lessen die ze nooit zal volgen!
Janke heeft belegde broodjes gehaald. Ze maken het zich in de kantine gezellig. Radio aan, er liggen krantjes en er is een goed gevulde kan met koffie.
Als Janke zegt er even uit te gaan voor een boodschap, probeert Quincy via Kirsten wat over de cheffin aan de weet te komen. „Hoe oud is Janke?" begint ze.
Kirsten weet het precies.
„Janke is bijna veertig. Zou je niet zeggen, wel? Ze is gescheiden en woont met haar zoon – ik geloof dat de jongen een jaar of tien is – op een flat. Ik heb het van dichtbij meegemaakt. De scheiding met alles er omheen. Ze is nu weer rustig, maar tjonge jonge... het pakte haar wel hevig aan. Janke heeft zich op haar baan gestort... en ze is zielsdankbaar dat ze het zorgrecht voor haar zoon heeft. Maar evengoed zijn er

van die momenten waar ze zich geen raad mee weet. Als de vader zijn zoon komt halen voor het weekend of een vakantie… ze is doodsbenauwd dat het kind ooit aangeeft bij pa te willen wonen. Mannen zijn anders met hun zonen dan vrouwen. Je weet wel, dat soort mannendingen die bij een vrouw niet opkomen. Samen vissen, bijvoorbeeld. Zie ik Janke niet doen. Enfin, zo heeft iedereen zijn zorgen! De klanten vertellen soms ook spontaan over hun ditjes en datjes. In het begin wist ik me er geen raad mee, dat ach, dat soort dingen leert snel!"

Om één uur gaat de winkel open. Quincy heeft zich voor de spiegel in de toiletruimte opgedoft. Het haar gekamd en met de nodige hoeveelheid schuifjes de wilde plukken in bedwang weten te houden. Een beetje make up, op aanraden van Kirsten. „Als je ergens mee zit, kom dan gelijk vragen. Ik zal op je letten en advies geven, als dat nodig mocht zijn. Over een paar weken weet je niet beter en je zult zien dat dan alles waar je nu tegenop kijkt, van een leien dakje gaat!"

De eerste klanten komen binnen drentelen. Kirsten fluistert Quincy in een oor: „Kijkers. Snuffelen… sla ze maar ongemerkt gade. Je ziet het snel genoeg als je ergens nodig bent!"

Quincy probeert Kirsten de kunst af te kijken.

Behulpzaam zijn, maar niet overdrijven.

Dan is daar het moment dat een jonge vrouw Quincy aanschiet en om hulp vraagt. Quincy heeft aan het eind van de ochtend, na het strijkwerk, de rekken met kleding bekeken. Op advies van Janke. Zodat ze weet wat er te koop is.

„Ik zoek iets voor een receptie. Het moet netjes zijn, maar toch niet overdreven. Dat past niet bij me!" Een jonge vrouw met ongeveer het uiterlijk van Quincy.

„Zullen we samen eens kijken wat de mogelijkheden zijn? Mag ik de maat weten?" Alsof ze dit al jaren en jaren heeft gedaan, zo moet het lijken.

Ze monstert het figuur van de klant. „Je kunt alles dragen wat je zou willen. Er zijn net heel mooie bloesjes binnenge-

komen…" Jawel, ze heeft bijna de blaren van het strijken…
„Net niet doorzichtig, wat handig is. Er zijn zowel pantalons
als rokken bij te combineren. Dat is de kracht van deze lijn:
de vele combinaties!"

Quincy voelt de ogen van Janke op zich gericht. Het is een
complete vuurdoop.

De klant voelt de stoffen en knikt. „Ik wil wel passen. Mag ik
drie stuks meenemen… wat betreft de kleur heb ik advies
nodig!" Quincy wandelt achter haar aan naar de nis waar de
paskamers zijn. Ze neemt een positie in tussen de paskamers
en de winkel, zo heeft ze een goed overzicht over dat wat in
de zaak gaande is en kan ze tegelijk de klant te hulp schieten.
Er klinkt gemompel van achter het gordijn, het klinkt goed-
keurend. „Wilt u de rok aangeven?"

Even later wordt het gordijn opzij geschoven en komt de
nogal onzekere klant tevoorschijn. Een ware metamorfose.
„Geweldig!"zegt Quincy spontaan. „Ik wist wel dat deze
combinatie je zou staan!" ze klapt haar kaken op elkaar. De
klant mocht eens denken dat ze naar de mond gepraat
wordt. Het meisje loopt nog steeds onzeker, voor de grote
spiegelwand heen en weer. Ze gaat op haar tenen staan.
„Mijn schoenen moet je wegdenken… die passen hier niet
bij!" Ze lachen saamhorig. Het is inderdaad een vreemd
gezicht: sportschoenen onder de geklede rok.

„Is de hals niet wat kaal?" Quincy suggereert dat er op de
toonbank, naast de kassa, een houder met nogal aparte sieraden staat. Of ze wat wil halen?

Quincy wandelt zo bedaard mogelijk richting toonbank, terwijl ze geneigd is dit rennend te doen.

Met een paar kettingen aan haar arm loopt ze terug naar de
klant. „Er is keus volop." Zelf laten kiezen, niet altijd met een
suggestie komen, voelt Quincy goed aan.

Het meisje kiest en Quincy helpt haar met de sluiting. Ze
doet een stap achteruit. „Geweldig!" Het klinkt gemeend, zo
komt het ook over.

„Ja, ik neem het. Bedankt voor je hulp!"

Quincy hangt de niet gekozen kleding terug in de rekken, houdt ondertussen de klant in de gaten. Zodra het meisje naar de kassa loopt, de kleding over een arm, schiet Quincy achter de toonbank. Kirsten seint met haar ogen: of Quincy hulp nodig heeft?

Het lukt zonder, ze heeft goed naar de uitleg van Janke geluisterd. Ze tikt het bedrag in, het apparaat gehoorzaamt zoals het hoort. De klant schrikt even als ze de prijs hoort maar betaalt toch zonder morren met haar pinpas.

„Veel plezier ermee!"

Hoe vaak heeft Quincy die kreet niet gehoord als ze zelf wat kocht? Of het nu een boek is, een dekbedhoes of een trui.

Janke schiet, zodra de klant buiten gehoorsafstand is, op haar af. „Keurig gedaan, Quincy. Je doet het goed. Ga zo door!"

Verheugd om dit compliment, voelt Quincy een nieuw gevoel in zich opkomen. Het heeft te maken met acceptatie. Waardering.

Het wordt die middag druk in de winkel, het mooie weer lokt de mensen naar buiten en stimuleert de lust tot kopen. Het voorjaar komt er aan...

Tegen zessen is Quincy doodmoe. Ze is dan ook veel en veel te gespannen geweest. Eigenlijk onnodig. „Het went allemaal!" bemoedigt blonde Kirsten haar wanneer ze naar huis fietsen. Een klein eindje moeten ze dezelfde kant op, dan scheiden hun wegen.

„Fijne avond!" wenst Kirsten haar toe. Alsof ze een klant is.

„Zelfde!" zingt Quincy en koerst richting Mary en Koos.

Hoog tijd voor de pannen en potten!

Na een week is Quincy aan haar nieuwe leven, zoals ze het zelf noemt, gewend. Ze is niet meer afhankelijk van de hulp van haar collega's. Ook met Joanne, de tweede verkoopster, kan ze het goed vinden.

Af en toe hebben ze gelijktijdig tussen de middag een uurtje vrij. Joanne sleept Quincy mee naar winkels waar ze nog nooit is geweest. Boetieks waar sieraden te koop zijn, schoenenwinkels en zaken die op die van Rozenburg lijken. „Om af te kijken hoe het hier toegaat!" gniffelt Joanne als ze genietend van de al warme zon, door één van de winkelstraten slenteren, genietend van hun broodje.

Eerst bestuderen ze de etalage, want met een broodje in de hand kun je echt niet tussen de kleren rommelen. „We zijn zogeheten kijkers, je hoeft niet te kopen. Maar dat mag natuurlijk wel, als je iets leuks ziet!" bedisselt Joanne.

Ze zijn bijna even oud en delen meerdere interesses. „Ik zie wat blauws hangen… als het wat lijkt, ga ik passen. Blauw is namelijk mijn kleur!"

Joanne is donkerblond en heeft een figuurtje waar Quincy jaloers op is.

„Ben je zover?"

Het blauws blijkt niets te zijn. De verkoopsters hangen verveeld rond wat Joanne doet opmerken dat ze dit niet bij Janke zouden moeten proberen.

Terug op straat geeft ze een ruk aan Quincy's arm. „Daar, de nieuwe kapper. Er heeft een stuk over die man in de krant gestaan. Niet gelezen? Wonder dat die man in dit centrum is neergestreken. Hij is wat je noemt crème de la crème! Top kapper, bekend van tv en de betere bladen. Je weet wel: de metamorfose! Kom, we gaan kijken of hij tijd heeft. Jij moet nodig geknipt. Je haar wordt te sliertig en wat korter zou je leuk staan!"

Quincy laat zich meetronen, ook al is ze niet van plan in de kapperstoel te belanden. Het is druk in de zaak. Zo te zien zijn alle stoelen bezet. En tijd om te wachten hebben ze niet. Achter de toonbank staat een vlot meisje dat informeert wat de dames wensen. Joanne wijst op Quincy. „Zij moet geknipt worden, maar dan wel door de kapper zelf!"

Het meisje verblikt of verbloost niet. „Dat kan. Maar niet nu,

Max is bezet..." Ze onderbreekt zichzelf als ze de kapper zelf ziet aankomen. „Toch, Max, je bent toch bezet?"
Een donkere mannenstem doet zowel Quincy als Joanne omdraaien. Een middelgrote, donker ogende man komt op hen af. Een markant gezicht met een vierkante kin waarin een spleetje zit. Hij blijft bij hen staan en bestudeert beroepsmatig hun hoofden. Het haar van Joanne zit zoals altijd geweldig, dat is met Quincy minder het geval. Hij staart Quincy aan, voelt met zijn lange vingers aan een lok die over haar gezicht valt.
„Dat vraagt om de kappersschaar. Ik heb toevallig tijd, er is een afspraak uitgevallen. Kom maar mee naar de andere afdeling. Dit hier is de dameskant, de heren mogen daar!" Hij wijst op een boog waarachter een tweede salon is te zien. „Niet dat ik jou onder de heren der schepping indeel, maar daar is een stoel vrij."
Joanne geeft Quincy, die onwillig volgt, een por. Zodra ze in de stoel zit die door Max op de juiste hoogte is ingesteld, kijken ze elkaar via de spiegel aan. De ogen van Max beginnen te twinkelen, dan kriebelt er een lachje om zijn mondhoeken. Hij buigt zich naar Quincy toe, tot zijn hoofd vlak boven het hare is. „Je hebt geweldig haar, weet je dat?"
Hij doet haar een cape om, zijn vingers prutsen onnodig lang met de klittenbandsluiting achter in de hals. Dan weer glijden zijn handen door het haar. „Wat doen we? Zal ik er een leuke coupe in knippen? De meeste vrouwen die ik knip, laten het aan mij over hoe het moet worden. Dus geef maar geen antwoord!"
Quincy's hart slaat een slag over. Die man, kapper Max, is in één woord adembenemend. Hij hoeft haar maar aan te kijken of de rillingen lopen over haar rug.
Hij bevochtigt het haar, wipt een schaar plus kam uit de gereedschapsset die hij om zijn heupen draagt. Quincy sluit haar ogen en laat het allemaal gebeuren. Die man zal wel weten wat hij doet...

Ze schrikt wel even als ze merkt dat er een flink stuk van de lengte afgaat. Hij lacht zacht, boven haar hoofd. „Wees maar niet bang, het komt echt goed. Misschien vraag ik je wel of je model wilt worden. Kappersmodel, je hoeft niet in lingerie of iets dergelijks... ik zal je op de foto zetten. Geef je toestemming om die foto te gebruiken? Voor advertenties..."
Quincy maakt een geschokte beweging. „Nee!" sist ze.
„Nee? Ik verbaas me. Nog nooit heeft een vrouw zo'n verzoek afgewezen. Is daar een reden voor?"
Jazeker, maar die krijgt hij niet te horen. Ze knikt. „Daar is een persoonlijke reden voor."
Zwijgend maakt hij zijn werk af. Dan komt de föhn er aan te pas. Handig en ervaren gaat hij met zijn materiaal om. Het oogcontact dat hij telkens maakt, zorgt ervoor dat Quincy van streek raakt. Die man maakt iets bij haar wakker waarvan ze niet wist dat het bij haar sluimerde.
„Het resultaat mag er zijn!" Max legt zijn gereedschap op de tafel voor de spiegel en legt zijn handen op haar schouders.
„Maar die foto mag ik toch wel maken? Ik beloof dat er niets mee gebeurt wat je zelf niet wilt!"
Hij helpt haar uit de stoel. Onnodig, maar het is een aardig gebaar. Het meisje bij de toonbank kijkt in hun richting, ze verwacht niet anders dan dat de klant bij haar komt om af te rekenen. Maar nee, kapper Max loopt met Quincy naar een hoek van de salon en vraag of ze in een leunstoel wil gaan zitten. Joanne komt achter hen aan en kijkt toe wat er gaat gebeuren.
„Hij maakt een foto!" mompelt Quincy, totaal verward.
„Eerst wat meer make up... hoe heet je?"
Ze stottert haar naam en weet zich met haar houding geen raad. Joanne heeft plezier en staat met de armen over elkaar geslagen alles te bezien.
De foto is snel gemaakt, Max bekijkt het resultaat en knikt voldaan.
Hij houdt een spiegel achter Quincy zodat ze de achterkant

van haar hoofd kan bewonderen. „Het is geweldig..." mompelt ze. Raar om zoiets over je eigen haar te zeggen.
„Als dank mag je volgende week komen voor een was- en föhnbeurt. Maak aan de balie maar een afspraak. Het meisje daar weet precies wanneer ik beschikbaar ben!"
Hij grijpt Quincy's rechterhand en drukt er een kus op. „Tot gauw, schoonheid!" Dan eist één van de kapsters zijn aandacht en weg is hij. Quincy betaalt en wordt vervolgens door Joanne de winkel uitgetrokken.
„Jij hebt het te pakken! Ik zag het gebeuren. Nou ja... het is ook een lekker ding, die kapper! Ik herken hem uit verschillende programma's. Waarom deed je zo lelijk toen hij iets over het 'model zijn' vroeg?"
Quincy bekijkt zichzelf in de etalageruiten van de winkels waar ze zich langs haasten. Hoog tijd om weer aan het werk te gaan!
„Ik wil niet met mijn hoofd in de krant. Zeker niet in een advertentie... ik had het ook niet goed moeten vinden dat hij die foto maakte. Maar je hebt gelijk... ik was echt in de war. Die man kan zo uit de één of andere Italiaanse film gestapt zijn. Ik dacht ieder moment dat hij in een aria zou losbarsten!"
Joanne heeft genoten. „Wel een dure kapper. Maar wie weet, als je vriendjes met hem wordt, krijgen we korting!"
Janke, aanvankelijk verstoord omdat haar personeel er wel een erg lange pauze van maakte, leeft op als ze de verandering bij Quincy ziet. „Jij bent vast naar de nieuwe kapper geweest. Meid, je haar zit beeldig. Je lijkt wel een juffrouw uit de één of andere reclame!"
Joanne kwekt en kwekt, vertelt wat er zich in de salon heeft afgespeeld.
Janke is het met Quincy eens: zelf zou ze er ook niets in zien om zich als model te laten gebruiken voor een advertentie.
„Maar ja, een gratis behandeling zou ik niet laten schieten! Kom, dames, aan het werk."

Max wordt de eerste man van betekenis in Quincy's leventje. Ze heeft nog nooit een vriend gehad die aan deze man kan tippen. Hij is voorkomend, laat zijn bewondering voor haar duidelijk merken en nog vóór de volgende knipbeurt, is er een afspraak gemaakt om te gaan zeilen.

Joanne maakt Quincy's hoofd op hol.

„Je denkt toch niet dat een man als Max tevreden is met een zoentje bij het afscheid! Kind, Quincy, dit wordt een heftige affaire. Wat ik je brom! En denk er om: ik wil dat je me op de hoogte houdt. Want je hebt hem aan mij te danken!"

Omtrent het zoentje bij het afscheid krijgt Joanna geen gelijk. Max is in zijn vrije tijd een tikje anders dan in de salon. Hij is voorkomend, attent en weet zijn complimentjes zo te doceren, dat het niet als overdrijving overkomt.

Quincy, die vroeger veel met Daan heeft gezeild, laat zich van haar beste kant zien. Het spijt haar dat ze niet een hele zaterdag tot haar beschikking heeft. Een vrije dag, waar ze heel andere bestemmingen voor had.

Maar de uitnodiging was te verleidelijk!

Nee, ze kan de avond echt niet met hem doorbrengen. Uit eten? Dat zou enig geweest zijn en het spijt haar te moeten bekennen dat dit echt tot de onmogelijkheden behoort.

Ze vertelt voorzichtig iets over haar thuissituatie.

„Dus je woont bij een stel in en je werkt daar om de prijs van je kamer te betalen... zo'n situatie is mij vreemd. Kun je niet wat anders vinden? Je hebt toch een baan? Zal ik eens voor je uitkijken?"

Quincy haast zich te zeggen dat ze het best redt. Het is zo verleidelijk om Max méér over haar leven te vertellen... maar nee, ze moet zich beheersen.

Misschien óóit, als hun relatie zich mocht verdiepen, geeft ze meer prijs!

Vanaf de eerste knipbeurt, leeft Quincy als in een droom. Jawel, ze droomt zelfs in bed van hem. Het werk in huize Wortelboer vliegt uit haar vingers, het is of ze vleugels heeft.

En in de modezaak worden klanten graag door Quincy geholpen. Ze is zo behulpzaam zonder dwingend te zijn. Ja, Janke is tevreden met deze verkoopster en zo komt het dat Quincy een jaarcontract krijgt. Ze is er zo trots op.

Denken aan thuis doet ze minder dan in het begin, maar af en toe kruipt er iets dat op schuldgevoel lijkt in haar gedachten omhoog. Ze komt, wat het bellen betreft, haar belofte aan Daan niet na. Het valt haar te zwaar zijn stem te horen. Zou Mirjam al thuis zijn... de tweeling: ze was destijds, vlak na hun geboorte, dol op de kleintjes. Nu zijn ze drie jaar. Renate en Edie. Wat was ma trots dat één van de hummels naar háár vernoemd was!

Enfin, binnenkort kan ma nog trotser zijn, dan is ze opnieuw oma. Waarschijnlijk, zo meende Quincy zich ter herinneren, was er weer een tweeling op komst. Haar eigen kamer zal ondertussen wel in een kinderkamer zijn veranderd en dat steekt nog steeds. Het helpt als ze zich goed boos maakt, zich verongelijkt voelt. Dan is er géén schuldgevoel, geen heimwee ook. Want je kunt moeilijk twee soorten gevoelens tegelijk koesteren!

Bovendien heeft ze nu Max! Max die met haar is wezen zeilen, haar liefdevol bij het afscheid heeft gezoend. En: „Nee, echt Joanne, méér eiste hij niet!" Dolgraag wil de collega weten of Max had laten merken niet tevreden te zijn met slechts een kusje...

Quincy zegt voet bij stuk te houden. „Ik laat me niet zomaar „pakken". Er moet toch iets overblijven voor het huwelijk!"

Joanna kan deze gedachtegang niet volgen. „Een huwelijk! Jij denkt vooruit, zeg. Je mag blij zijn als de vriendschap zich verdiept, maar geloof me, op een gegeven moment is het uit en over. Dan heeft één van jullie er genoeg van. Zo gaan die dingen. Kom, Quincy, je leeft niet meer in negentien vijftig! Ik denk dat jij uit een klassiek nest komt. Nou, gelukkig ben ik heel wat vrijer opgevoed!"

Max is verbaasd als Quincy laat merken dat ze op zondag

naar de kerk gaat. „Met alles er op en er aan? Klokgelui op zondagochtend... dominee in toga, ouderlingen die op een rijtje, gekleed in zwart kostuum, de kerk binnenwandelen? Bestaat dat allemaal nog?"

Op dat moment knapt er iets in Quincy. „Jawel, het bestaat nog. Al gaat het er in de kerk waar ik naar toe ga, wat moderner toe. En geloof me, de mensen zijn blij met hun tradities. Niet leuk dat jij er zo... zo minachtend over spreekt, Max!"

Max waardeert het in Quincy dat ze hem niet naar de mond praat, maar er een eigen mening op na houdt. „Luister, lieve schat. Ik weet waar ik over praat. Ik ben namelijk voor een groot deel door mijn grootouders opgevoed en met hen ging ik iedere zondag naar de kerk. Opa ging zelfs twee keer. Pepermuntjes, een paar kwartjes in mijn broekzak voor de collectes. Maar eerlijk is eerlijk: ik vond het een straf om daar te zitten."

Quincy nodigt hem uit om eens met haar mee te gaan. „Want je kunt toch niet leven zonder nagedacht te hebben over God en de Bijbel. Stel dat je onverwachts komt te overlijden... waar kom je dan terecht? Je kunt nu hard roepen: „Dat zie ik dan wel weer!" Nou, Max, misschien zie je het licht pas als het te laat is. In dit leven moeten we kiezen! Voor God, dat is een keus. Kies je niet, dan kies je in principe toch: tegen Hem."

Max belooft de eerste de beste zondag met haar mee te zullen gaan. „En misschien kun je me dan ook voorstellen aan je huisbaas en zijn vrouw!"

Ai, een moeilijk punt. Want Mary en Koos hebben haar duidelijk te kennen gegeven dat ze pertinent niet willen dat Quincy „vreemden" in huis haalt.

Max ervaart dat feit als een afwijzing. „Jij moet daar weg, lieveling! Hoe kunnen we elkaar nu leren kennen als we zo weinig contact hebben! Kom maar bij mij wonen. Ruimte genoeg!"

Ze is een paar keer bij hem thuis geweest. Inderdaad, ruim-

te genoeg. Hij heeft een appartement in een nieuwe stads-
wijk. Voor de meeste mensen onbetaalbaar. Maar niet voor
een man als Max.
Zoals afgesproken komt hij haar zondagochtend halen om
mee naar de kerk te gaan. Quincy is opgewonden. Er hangt
zoveel van dit bezoek af...
Als Max laat merken dat het allemaal niets voor hem is, kan
ze niet anders dan hem laten merken en voelen, dat ze niet
bij elkaar passen.
Niet als ze serieus met elkaar over de toekomst nadenken!
Max zegt blanco te zijn wat betreft dat wat ze zullen mee-
maken. Het verbaast hem dat het anders toegaat dan de
kerkgang uit zijn herinnering.
Ook de muziek verrast hem. „Goeie band, goeie stemmen!"
fluistert hij in Quincy's oor als de dienst bijna af is. Ze fluistert terug: „Goeie teksten ook, Max!"
Nee, ze blijven geen koffie drinken. Ook al had Quincy het
graag gedaan. De Wortelboers kunnen knap lastig zijn en
Quincy is als de dood haar kamer – die van Mirabelle – te
verspelen!
Gearmd met Max wandelt ze door de warme lentezon naar
de parkeerplaats waar hij zijn wagen heeft gezet. Af en toe
meent Quincy zinnen van voorbijgangers op te vangen als:
„Is dat die tv kapper niet?? Of die uit de damesbladen? Niet?
Nou, dan is het zijn evenbeeld!"
Ze is trots om in het gezelschap van een man als Max gezien
te worden. Ja, het geeft haar een kick van jewelste. Ze voelt
zich uitverkoren...
„Hoe vond je het, Max?"
Ze staan naast zijn auto, Max heeft de sleutels al in de hand.
Hij tilt haar gezichtje op, ziet de glans in de donkerbruine
ogen. De verwachting, de hoop ook dat ze te horen krijgt wat
ze zo graag wil.
„Het was anders dan ik verwachtte. En of ik me aangespro-
ken voel? Best wel. Ik zal er over nadenken. Kijk... als er een

prijskaartje aan dat soort geloof hangt, ben ik snel weg. Want als er iemand kritiek op mijn manier van leven heeft – en dat hebben mensen als mijn grootouders – dan is het over en uit. Ik heb recht op mijn vrijheid. Begrijp je dat?"

Quincy knikt. Vrijheid? Ze wilde zelf ook vrij zijn. Vrij van haar ouders en hun beslissingen. En ze zal nooit met hangende pootjes weer op hun stoep staan! Want de dingen die zijn gezegd, kunnen niet ongedaan gemaakt worden. Een simpel : „Sorry!" is niet afdoend.

„Ik ben al blij dat je er over wilt nadenken. Dacht je dat ik alles begreep wat er in de Bijbel staat? Maar als ik aan mijn zussen denk... en mijn zwager... die zitten in de zending, Max. Ze hebben vaak met ontberingen te kampen. Ziekten, onbegrip. En gevaarlijk is het soms ook nog! Maar ze staan ervoor!"

Heel even ziet ze het grote verschil tussen de wereld van Max en die van haar zussen. Die gedachte jaagt angst aan. Angst om Max te verliezen. Als hij merkt dat ze innerlijk méér wil weten van het grote wonder dat God heet. Het zou toch te erg zijn als hun relatie stuk ging om de geloofsbeleving? Zou ze dat alles willen opgeven om Max te kunnen volgen?

Gelukkig wordt die vraag niet gesteld. Max neemt haar in zijn armen, gretig gaat ze op zijn liefkozingen in. Ze ruikt de geur van zijn lichaam, vermengd met die van zijn gesteven overhemd en verzorgingsproducten.

„Ik houd van je!" zucht ze eindeloos gelukkig als Max haar los laat.

Wat of ze vanmiddag denkt te gaan doen?

Quincy haalt haar schouders op. „Wat rondlummelen in huis... misschien heeft Mary het één of andere karweitje..."

Max gaat zeilen met vrienden. „Vroeger... toen mocht ik van mijn oma niet eens op straat spelen. Alles wat leuk was, heette zonde. Enfin, ik heb er geen trauma aan overgehouden, liefste. Ik ga er vandoor. Enne... morgen tussen de mid-

dag gaan we samen lunchen, niet vergeten, schoonheid!"
Ze kijkt hem na.
Afschuwelijke momenten zijn dat. Afscheid nemen, zijn auto nakijken tot hij om de hoek is verdwenen. Langzaam wandelt ze naar het huis van Mary en Koos.
Oh! Wat zal het heerlijk zijn als het moment aanbreekt dat ze altijd bij elkaar kunnen zijn!
Ze wil niet toegeven aan die diepe vrees. Een stemmetje dat zegt: „Het komt nooit zover!"
De straat van huize Wortelboer ligt aan de schaduwkant. En binnen is het donker en bedompt. En dan de neerdrukkende sfeer…. Die hoort precies bij haar negatieve gedachte: het komt nooit zover, Quincy!

HOOFDSTUK 6

Mary krijgt problemen met haar hart. Zelfs de huisarts is er aan te pas gekomen. Gelukkig kreeg ze de aanval – het was een lichte – op de vrije dag van Quincy. „Mevrouw Wortelboer, zo gaat dat niet. U wilt toch nog niet sterven! Ik bel de dokter!"

Helaas is Koos niet te bereiken. Ja, hij heeft wel een mobieltje, maar dat gebruikt hij alleen om zelf te bellen. Dus kan Quincy niet anders dan in het telefoonboek het nummer van de huisarts opzoeken. Ze negeert het gejammer van Mary, bang als ze is dat de vrouw er in zal blijven.

De dokter begrijpt dat het om een spoedgeval gaat. Hij hoort op de achtergrond het gesteun en gekreun. „Ik kom eraan."

Quincy weet niet hoe ze Mary moet behandelen, wat ze moet doen of juist nalaten. „Het wordt al minder!" jammert Mary op het moment dat de dokter uit zijn auto stapt. „Maakt niet uit!"

Quincy rent naar de voordeur en laat de dokter na een korte groet binnen.

Hij stelt al lopend vragen, die Quincy zo goed als ze kan beantwoordt.

Mary is ten einde raad. Er gebeuren dingen die ze niet in de hand heeft. Ging ze dan liever dood? Om het ruw uit te drukken? Liever dood dan onder doktersbehandeling? Misschien wel... zo wanhopig is ze.

De dokter zegt dat het zich minder ernstig laat aanzien dan zo op het oog leek. „Maar, mevrouw Wortelboer, u moet dringend nieuwe medicijnen. Dat betekent onderzoek in het ziekenhuis. U weet het nog wel van de vorige keer? Hartfilmpje, bloed afnemen... allerlei testen. We maken een afspraak en naderhand krijg ik de uitslag. Die mevrouw daar is uw hulp in de huishouding?"

Quincy heeft zich tot dit moment op afstand gehouden, nu mengt ze zich in het gesprek. „Jawel. Zoiets dan... ik woon hier en laat de handen wapperen. Wat betekent dat ik best met mevrouw Wortelboer mee naar het ziekenhuis kan. Want er is niemand anders…"

Mary zit als een bang vogeltje op haar bed. Ze haalt moeilijk adem en Quincy veronderstelt terecht dat ze hyperventileert. Er gaat van de huisarts een kalmerende invloed uit. Hij begrijpt dat de situatie in dit huis niet normaal is. Daarom maakt hij zelf de afspraak. „Regel vervoer, mevrouw. Nee nee, ze hoeft niet met de ambulance. Maar een recept krijgt ze wel, u mag dat bij de apotheek inwisselen. Probeer mevrouw Wortelboer zo rustig mogelijk te houden!"

Met die woorden loopt hij de kamer uit, met Quincy in zijn kielzog.

Als hij bij de voordeur is, houdt Quincy hem tegen. „Dokter, mevrouw Wortelboer heeft een ernstige vorm van straatvrees. Er komt hier ook niemand over de vloer, moet u weten. Misschien is het goed als u dat doorgeeft aan de mensen die haar gaan behandelen! Ik weet echt niet of ik in staat ben haar paniek op te vangen!"

De dokter blijft staan, kijkt Quincy enkele ogenblikken aan. „Was hier ook niet een dochter? Is die overleden… er was toch wat mee!"

Quincy haast zich te vertellen dat Mirabelle in het niets schijnt opgelost te zijn. De dokter schudt zijn hoofd. „Tragisch, tragisch. Ik herinner me dat mijn voorganger me er iets over vertelde. De politie kon niets uitrichten… de jongedame schijnt vrijwillig vertrokken te zijn. Zulke dingen gebeuren meer dan je denkt. Dat soort meiden weet niet wat ze de achterban aandoet! Ze ontwrichten het gezin waar ze uitkomen! In ieder geval wens ik u sterkte en mochten er zich problemen voordoen, belt u dan gerust! Nogmaals: sterkte ermee!"

Quincy sluit de deur achter hem, leunt er met haar rug tegen aan. Doodmoe is ze opeens. Heeft zij dat ook gedaan? Het gezin Lancée ontwricht? „Dat soort meiden…" daar hoort zij ook bij. Ze dwingt haar tranen terug, voor zover dat gaat en concentreert zich op Mary en haar wanhoop.

Praten, overtuigen.

„Echt, mevrouw Wortelboer, u was er op tijd bij! Ik haal die medicijnen en echt, ik help waar ik maar kan. We gaan samen naar het ziekenhuis, ik sleur u erdoor. U wilt toch blijven leven... voor uw man! En misschien komt Mirabelle ooit terug. Dat gelooft u toch stellig?"

Mirabelle, volgens Quincy ligt ze ergens begraven, misschien in een bos of in de duinen. Maar hoop doet leven!

Mary huilt, jammert en uiteindelijk bedaart ze. Uitgeput valt ze in slaap. Quincy maakt van de gelegenheid gebruik om vliegensvlug op de fiets van Mirabelle naar de apotheek te fietsen. Dat betekent de weg vragen, tot twee keer toe.

Als ze achterom de tuin in gaat met de fiets aan de hand, ziet ze meteen dat Koos thuis is. Jammer, ze had hem graag opgevangen zodat hij niet zo zou schrikken. Ze mikt de fiets tegen de schuur en rept zich met de papieren zak met medicijnen, naar binnen.

Ze loopt zonder te kloppen de kamer in, slaat het echtpaar enkele ogenblikken gade. Wat is er aan deze mensen toch zo anders dan aan alle anderen die ze kent?

Ze houdt het zakje met pillen omhoog. „De medicijnen, mevrouw Wortelboer. Ik haal even een glas water voor u!"

Koos blijft nuchter onder de toestand. Hij weet op de een of andere manier Mary te kalmeren. Als ze de pillen heeft weggewerkt, wordt ze kalmer. Zo van: nu kan me niets meer gebeuren.

Quincy maakt een lichtverteerbare maaltijd klaar en vraagt zich af waarom Koos niet de beleefdheid heeft haar te bedanken voor haar zorg voor Mary. Niet het feit, maar het idee dat hij er niet aan denkt, verontrust haar. Misschien heeft Koos de hand in de verdwijning van Mirabelle gehad, bedenkt ze opeens. Wie weet loopt ze zelf gevaar, hier in dit vreemde huis!

De volgende dag zijn die gedachten weer wat verbleekt. Ze brengt Janke op de hoogte en vraagt vrij voor de ochtend dat ze met Mary naar het ziekenhuis moet. Janke is vol begrip. „Ze zijn toch zo'n beetje familie van je?" Ai, de leugens. Quincy knikt instemmend. En zegt dat ze best een vrije ochtend of middag wil opofferen om de boel gelijk te trekken. Janke zegt het wel te laten weten als dit nodig mocht zijn...

Na de lichte hartaanval is Mary zo mak als een lammetje. Ze moppert niet, ze geeft geen opdrachten. Ze laat alles over zich komen.

Het ene moment heeft Quincy diep medelijden met haar, het andere moment kriebelt de verontwaardiging.

Mary blijft passief, tot het moment daar is dat de taxi komt voorrijden. „Het is zover!" doet Quincy kordaat. Ze sleurt Mary met zich mee, het bordesje af, richting de wachtende auto. De chauffeur is behulpzaam, steekt ook een handje uit. Tijdens het rijden kijkt Quincy af en toe naar de vrouw naast haar. Als een zoutzak zit Mary in elkaar gedoken. Het dringt tot Quincy door dat Mary's frustraties niet gespeeld zijn. Ook al lijken ze dat wél in haar ogen.

Nou ja, ze heeft geen notie van alles wat met de psyche te maken heeft. En ze weet ook niet of ze het goed doet wat betreft de omgang met deze vrouw.

De chauffeur brengt hen tot vlak bij de ingang, helpt bij het uitstappen en wijst Quincy op de rolstoelen die bij de ingang klaarstaan voor patiënten die niet op eigen kracht vooruit kunnen of mogen. „Ik haal er wel een!" biedt hij aan, ondanks het feit dat achter zijn auto drie anderen staan te wachten. Hij haast zich door de draaideur en komt terug met een rolstoel, waar hij Mary in helpt.

Dan springt hij snel achter het stuur, vangt de blik van Quincy en zegt zo zacht dat Mary het niet kan horen: „Sterkte ermee!"

Dat blijkt Quincy hard nodig te hebben: de wens om sterkte. Niet iedereen die Mary behandelt, heeft begrip voor de situatie. „Kalm mevrouw Wortelboer!" maant ze af en toe en ze schuwt zelfs niet bedreigingen te bedenken. „Straks stijgt uw bloeddruk gigantisch!"Of: „Als u niet kalmeert, houden ze u hier, zeker weten!"

Mary lijdt met hoofdletters. Het onderzoek duurt bijna de hele ochtend.

„We zijn nog wel even bezig met uw moeder. Waarom gaat u niet in het restaurant beneden een kopje koffie drinken?" stelt een vriendelijke broeder voor. Quincy neemt niet de moeite om hem te wijzen op het feit dat Mary haar moeder niet is.

„Kan ik een kwartier wegblijven?" aarzelt ze, hunkerend naar een hartversterking. „Wel langer. Er wordt hier goed op haar gelet en u kunt toch niets doen!"

Quincy merkt nu pas dat de emoties haar aangepakt hebben. Ze is er moe van geworden en een kopje koffie zou wel eens als medicijn kunnen dienen.

Met de lift suist ze omlaag, dan is het een kwestie van het volgen van de pijlen. Ze is ieder tijdsgevoel kwijt. Trek heeft ze ook en aan de balie bestelt ze koffie met een saucijzenbroodje. Ze zoekt een plekje vanwaar ze andere mensen aan hun tafeltje goed kan observeren. Want dat vindt ze leuk: mensen kijken.

Het is een komen en gaan van mensen. Ze vraagt zich af wie patiënt is en wie begeleider. Gelachen wordt er ook. Sommigen verdiepen zich in een krant. Quincy leunt achterover, houdt de wijzers van haar horloge goed in de gaten. Mary is psychisch een wrak en geen mens dat je aan haar lot kan overlaten. Genietend drinkt ze van de warme koffie. Ook het broodje smaakt haar goed. Dan ziet ze hen: ma en Mirjam. Mirjam leunt zwaar op de arm van haar moeder en Quincy schrikt als ze de omvang van haar buik ziet. Ze prevelt een schietgebedje: „Laat ze me alsjeblieft niet zíen!"

Bij de ingang van de nis waar het restaurantje is gevestigd, blijven beiden aarzelend staan. Quincy voelt zich gespleten: de ene helft wil naar ma en oudste zus toe hollen. Zich laten omarmen, hen zoenen en vragen hoe het met ze gaat. Of alles góed is, thuis.

Maar o wee, die andere kant van haar. Weglopen, hen negeren...

Ze wilde dat ze een krant bij zich had waarachter ze zich zou kunnen verschuilen. Dom om er niet aan gedacht te hebben dat ze ergens, op een openbare plek, ooit iemand uit haar familie zou kunnen tegenkomen.

Familie? Dat zijn ze in feite niet. Ook al voelt het wél zo.

Ze hoort Mirjam lachen. En weer glijden Quincy's blikken naar het omvangrijke lichaam. Weer een tweeling... als zij en Jesse zo doorgaan, hebben ze binnen een paar jaar een klaslokaaltje vol eigen kinderen.

Mirjam wijst naar de borden waarop de pijlen die aangeven wat wáár is gevestigd. Ma houdt een verpleegkundige aan, die ook begint te wijzen. Ma knikt, grijpt Mirjam opnieuw bij een arm en dan wandelen ze langzaam weg uit Quincy's blikveld. Ze herademt.

Maar misschien juicht ze te vroeg! Want zo meteen moet ze weer terug naar Mary en het is toch zo te hopen dat ze ma en Mirjam niet weer hoeft te ontmoeten!

Met krampen in haar maag staat ze op en loopt terug in de richting vanwaar ze straks is gekomen. De route heeft ze goed onthouden. Gynaecologie... waar staat die route aangegeven? Ze neemt aan dat ma en Mirjam daar naar toe op weg zijn. Dáár! Een nis fungeert als wachtkamer. Ze ziet hen meteen zitten. Mirjam zit er onelegant bij. Ma bladert nerveus in een tijdschrift.

Quincy schiet voorbij. Zouden ze haar trouwens wel meteen herkend hebben? Ze is anders gekapt – dankzij de vaardige handen van Max. En de kleding die ze draagt verschilt van die ze als studente droeg.

Met bonkend hart vervolgt ze haar weg. Ze is opgelucht als ze merkt dat het onderzoek van Mary nog niet is afgerond. Het kost de nodige moeite de zelfbeheersing terug te krijgen. Maar het lukt. En als Mary door een broeder weer uit de behandelkamer wordt gereden, springt ze op, ze is benieuwd naar de uitslagen. Hopelijk hoeft Mary niet te blijven. Niet aan denken dat ze alleen met Koos in huis zou moeten zijn! Mary is bleek, kijkt angstig om zich heen en zodra ze Quincy ziet, is ze duidelijk opgelucht. In haar hand heeft ze papieren. „Nu nog bloed prikken... dan mag ik naar huis, meisje. Het valt allemaal mee..."

De broeder voegt daar wat details aan toe en zegt dat mevrouw beneden een afspraak moet maken voor een vervolgonderzoek. „Een controle. Het beste ermee en wel thuis!"

Quincy duwt de rolstoel naar de liften. Mary leunt met gesloten ogen achterover. Quincy legt even, in een troostend gebaar, een hand op Mary's schouder. „Geweldig dat u naar huis mag. Dat valt me mee, hoor. We zijn er echt op tijd bij geweest!"

Bij het laboratorium wordt het weer wachten. Quincy gluurt bezorgd om zich heen. Stel toch voor dat ma en Mirjam hier ook moeten zijn en haar ontdekken. Hoe dan te reageren?

Eindelijk is Mary aan de beurt. Quincy loopt mee het piepkleine kamertje in en ziet toe hoe de laborante snel en vaardig haar werk doet. Opgelucht dat ook dit is afgehandeld, gaan ze op zoek naar het afsprakenbureau. Ook daar is het mogelijk ma en Mirjam tegen te komen! Quincy loopt snel, het is nog net geen rennen.

Weer wachten. Ze probeert stiekem voor te dringen, maar dat wordt haar niet in dank afgenomen.

Het maken van de afspraak op zich is snel gebeurd. Punt is wel dat Quincy op tijd vrij moet vragen, wil ze Janke niet in de problemen brengen. Dankzij Mary gaan haar vrije dagen snel op.

„Kunnen we dan nu terug naar huis?" smeekt Mary. Bij de infobalie bestelt Quincy een taxi en gelukkig komen er net een paar voorrijden. Ze helpt Mary op de voorbank en rijdt de rolstoel terug en zie... aan het eind van de gang doemen ma en Mirjam op. Haastig rent Quincy naar de draaideur, wurmt zich tussen een paar mensen en als ze omkijkt, ziet ze dat Mirjam staat te wijzen.

Snel snel... de auto in. Mary heeft het adres al genoemd en weg zijn ze.

De taxibestuurder begint een praatje, Mary gaat er op in terwijl Quincy zich op de achterbank zo klein mogelijk maakt. Alsof ze op de vlucht is!

Zo moeten mensen in oorlogsgebieden zich voelen.

In het vervolg moet ze nog meer alert zijn op onverwachte ontmoetingen. Altijd die onrust! Maar ze is er nog niet aan toe om een confrontatie aan te gaan.

Mary is opgelucht als ze de Koning Lodewijklaan inslaan en op het moment dat haar huis in zicht komt, is ze bijna gelukkig. De chauffeur helpt bij het uitstappen en steunt Mary zelfs wanneer ze de treden die naar de voordeur leiden, op loopt. Ondertussen heeft Quincy het verschuldigde bedrag bij elkaar gezocht plus een fooi.

„Hartelijk dank en tot de volgende keer!"

Samen gaan ze naar binnen. Quincy is aan de muffe, soms wat zurige lucht van het huis gewend. Mary zegt dringend naar het toilet te moeten. En of Quincy een pot thee wil zetten?

Zowel Mary als Quincy is doodmoe. Maar beiden door een andere oorzaak!

Mirjam houdt voet bij stuk. Ze weet het zeker: ze heeft Quincy gezien. Ma schudt haar hoofd. „Mirjam, jij hebt Quincy een paar jaar niet gezien! Ze is al lang niet meer het meisje dat jij voor ogen hebt!"

Mirjam blijft bij haar mening. „Ma, dat zou betekenen dat

Quincy zich ergens in de stad ophoudt. Niet eens de moeite heeft genomen een andere stad of dorp op te zoeken! Ze was niet alleen, maar met wíe ze in de auto zat, kon ik niet zien!" Alleen Daan gelooft wat Mirjam beweert. Omdat hij het zo ontzettend graag wil. Sinds Quincy's vertrek heeft hij geen gelukkige dag meer gehad.

Maar er is hoop: hij meent eindelijk, na lang zoeken, het adres te hebben bemachtigd van de vrouw waar Quincy vlak voor haar verdwijning, de mond vol van had. Ene Emmie. Een jonge modeontwerpster die een eigen atelier heeft waar ze theaterkleding vervaardigt. Achteraf herinnert hij zich dat Quincy de naam Emmie heeft genoemd.

Daan neemt een vrije middag en rijdt naar het adres dat hij van internet heeft gehaald. Er is hoop, tot het tegendeel is bewezen.

Het atelier is gevestigd in een smalle zijstraat van het centrum. Daar parkeren valt niet mee. Hij wurmt zijn wagen tussen twee auto's en als het lukt zonder brokken gemaakt te hebben, schakelt hij opgelucht de motor uit.

Zijn blik glijden langs de winkels. Het zijn stuk voor stuk kleine zaken en bedrijfjes. Een antiquariaat, een zaak voor dierenbenodigdheden. En daarnaast ziet hij een bord tegen de gevel waarop simpelweg: „Emmie" staat.

Hij duwt de klemmende deur met enige moeite open en stapt naar binnen, een vierkante hal van geringe afmetingen. Nergens een bel te bekennen. Wel een deur die op een kier staat. Hij duwt de deur wat verder open en kijkt zoekend rond. Planken aan de wanden met rollen stof. Paspoppen, gehuld in middeleeuwse kleding. Een lange tafel waar op een stuk stof een patroon is gespeld. Daan herinnert zich zijn moeder vroeger in de weer te hebben gezien met het maken van jurkjes en broeken voor zijn zussen.

Een schijnbaar vergeten beeld dat ergens uit de diepte van zijn brein omhoog is geschoten.

Achter in het vertrek zit een vrouw, gebogen over een naaimachine die ze driftig laat snorren. Hopelijk is dat Emmie.

„Pardon! Mag ik even wat vragen?"

Het gesnor stopt ogenblikkelijk, een paar vragende ogen kijken hem monsterend aan. „Natuurlijk... wat kan ik voor u doen?"

Emmie Hoorneman. Een lang, slanke vrouw met een vriendelijk gezicht.

Daan loopt op haar toe en halverwege de zaak steken ze elkaar de hand toe.

„Ik ben Daan Lancée. En ik hoop dat u Emmie de ontwerpster bent!"

Emmie lacht bemoedigend en zegt dat dit niet moeilijk is te raden. Haar naam staat op de gevel en dat ze ontwerpt, valt op te maken uit dat wat haar omgeeft.

Daan vindt het moeilijk om te verwoorden waar hij voor komt.

„Ik ben hier voor mijn zusje. Beter gezegd: vanwege mijn zusje. Ze heet Quincy..."

Emmie fronst haar wenkbrauwen. Aparte naam. Komt niet vaak voor, misschien heeft deze man het over het meisje waar ze onlangs zo leuk mee heeft zitten kletsen?

„Het geval wil dat mijn zus, Quincy dus, thuis over ene Emmie heeft gesproken. Emmie is ontwerpster van theaterkleding en zo te zien..."

Hij wijst met een hand om zich heen. „Klopt! Ik heb sinds kort een eigen atelier. En ik heb een Quincy in de stationsrestauratie ontmoet toen er vanwege een stroomstoring treinen uitvielen. We hebben het vast over dezelfde Quincy!"

Daan voelt een ongekende blijdschap in zich opkomen.

„Quincy is vlak na dat voorval met die treinen, van huis weggelopen. Anders kan ik het niet verwoorden..."

Emmie wijst op een tafeltje vlak bij het voorraam. „Gaat u toch even zitten. Dan haal ik een kop thee. Ik ben benieuwd naar uw verhaal!"

Daan laat zich op een elegant stoeltje zakken dat te klein

voor zijn lijf aanvoelt. Raak, hij heeft goed gegokt. Over deze Emmie had Quincy de mond vol.

Hij krijgt een kopje thee voorgezet. Koekjes, zo zegt Emmie, heeft ze helaas niet. „Nee, ik lijn niet. Ze zijn gewoonweg op!"

Ze lachen beiden wat nerveus. Het is ook zo'n raar verhaal waar Daan mee op de proppen komt. Van huis weggelopen. „Quincy is toch geen puber meer. Geen kind dat van die rare beslissingen neemt! Legt u eens uit!"

Dat doet Daan. Het kost hem grote moeite. Quincy, nummer vijf uit het gezin. Geadopteerd. Nooit problemen mee gehad. „Echt niet! Ze was de jongste, mijn lievelingszusje. Ja, we hadden een hechte band. Broer en zus, weet u wel? Er deed zich een probleem voor..."

Mirjam die voor de tweede keer een tweeling verwacht. Emmie zet grote ogen op. „Echt waar? Dan heb je binnen de kortste keren een compleet gezin!"

Daan schildert met woorden de omstandigheden van zijn ouderlijk huis. Dat het niet erg ruim is, vooroorlogs. Het leek zijn ouders een goed plan om Quincy te stimuleren op kamers te gaan wonen. „Ze heeft de leeftijd ervoor. We zijn thuis allemaal vroeg zelfstandig geworden. Alleen Quincy niet. Ze bleef lang kinderlijk. Maar ze had het op de Academie wel naar haar zin." Daan zwijgt even. Kijkt ongelukkig naar Emmie die vol belangstelling naar hem luistert.

„Ze was gelukkig, dat durf ik met de hand op mijn hart te zeggen!" Het klinkt alsof Daan zich wil verontschuldigen voor het gedrag van zijn jongste zus.

Emmie denkt: „Hij kijkt alsof hij zich schuldig voelt!"

Ze moedigt hem aan door te gaan met zijn verhaal en schenkt hun kopjes nog een keer bij.

„Er was geen reden om wég te lopen, als een klein en boos kind. Ze weet niet wat ze ons heeft aangedaan. Mijn ouders, mijn zus... zussen, moet ik zeggen, en mijzelf. De dag nadat mijn ouders met haar hebben gepraat, heeft ze de biezen gepakt. Ze is nog een keer terug geweest toen er niemand thuis was... en sinds dat moment ontbreekt ieder spoor. Het is ook geen geval voor de politie! En omdat ze nogal enthousiast over ene Emmie was, hoopte ik via die persoon, u dus, er achter te komen waar ze zich ophoudt!"

Emmie schudt haar hoofd, terwijl hij nog aan het praten is. Daan zwijgt, totaal ontmoedigd.

„Het spijt me toch zo, ik kan u echt niet verder helpen, meneer Lancée. Ik hoopte ook dat ik haar nog eens tegen zou komen, want het klikte tussen ons. Ik hoopte al langere tijd iemand te ontmoeten waar ik op den duur mee zou kunnen samenwerken. En omdat ik nog niet zo ver ben... ik doel op het financiële vlak... dacht ik misschien Quincy enthousiast te kunnen maken voor mijn atelier. Ze zou toch nog een jaar of twee moeten studeren, meen ik. Maar helaas heb ook ik haar na die bewuste ontmoeting niet meer gezien!"

Daan drinkt zijn thee. Emmie heeft met hem te doen. „Het spijt me toch zo! Ik had jullie graag geholpen. Het enige wat ik kan doen, is hopen dat ze ooit contact met mij zoekt. Ze heeft mijn kaartje... wie weet!"

Daan vecht met zijn teleurstelling. Hij wil zich groot houden tegenover deze Emmie, maar het lukt hem niet de verdrietige trek van zijn gezicht te halen.

„Hebben jullie geen idee waar ze zich zou kunnen ophouden? Misschien moet je een detective inschakelen... dat kost je wel wat, maar het is misschien een idee!"

Daan tuit zijn lippen. Een detective. Als je dat doet, ben je wel echt wanhopig, vreest hij. „Maar het valt te overwegen. En wat is geld in dit geval? Mijn zus was met mijn moeder in het ziekenhuis, hier in de stad. En nu beweert zij Quincy in een flits gezien te hebben! Dat zou betekenen dat ze nog in de buurt is. Maar het blijft gokken, nietwaar? Wat zou ze kunnen doen om zich in het leven te houden? Ze heeft geen gerichte opleiding. Niet één die voltooid is!"

Emmie denkt hevig na. „Ik denk in zo'n geval: wat zou ik zelf doen? Waar liggen haar interesses? In de modebranche, zou ik denken. Heb je doelgericht die kant opgezocht?"

Daan schudt zijn hoofd. „Zo creatief waren we duidelijk niet. Mode... waar denkt u dan aan? Ontwerpen? Fotografie? Daar heeft haar belangstelling ook een tijd gelegen!"

„Dat zijn allemaal mogelijkheden. Zet een advertentie in het stadsblad. „Quincy, waar zit je?" Oh... ik bedenkt opeens iets afschuwelijks. Ze is toch niet in handen van de één of andere sexbaas gevallen? Hoe heten die lui ook weer? Loverboys... Ik kan me er persoonlijk niets bij voorstellen, maar wie ben ik?"

Daan kijkt Emmie vol genegenheid aan. „Dat denken we niet. Het idee is ook meteen bij ons opgekomen. Maar Quincy kennende..." Emmie kijkt hem medelijdend aan. „Geloof me, meneer Lancée... ook in het beste gezin kunnen mensen met de grootst mogelijke geheimen rondlopen. En als het op sex aankomt: dat is een veelzijdig fenomeen. Ik kan niet anders voor u doen dan mijn ogen open houden en wie weet, schiet me iets te binnen waar jullie wat aan hebben!"

Daan staat stuntelig op, hij begrijpt dat hij kostbare tijd van deze Emmie heeft gestolen. Als hij dat hardop uitspreekt, lacht ze hem uit. „De kwestie Quincy is heel wat belangrijker dan wat voor opdracht ook. Wie weet zoekt ze me op... dan is het een zaak van zorgvuldig overbrengen wat ik zoal over de thuissituatie heb mogen horen!"

Ze loopt met Daan mee naar de deur en gelijktijdig bedenken ze dat het van groot belang is dat Emmie Daans adres en telefoonnummer krijgt. Hij vist een kaartje uit zijn zak en overhandigt dit aan Emmie. „Wacht, gelijk oversteken!" roept ze en loopt terug om voor hem een van haar kaartjes te halen.

Daan rest niets anders dan haar te bedanken voor de gegeven tijd en haar de hand te schudden. Emmie kijkt hem na als hij wegrijdt. Ze kan er met haar hoofd niet bij. Quincy,

een leuke meid die uit een goed nest komt. Met een broer zoals deze Daan! Dan loop je toch niet weg?
Nee, volgens haar moet er veel meer aan de hand zijn.
En ze is vast van plan contact met deze aardige Daan te houden! Zijn kaartje prikt ze op haar memobord.

HOOFDSTUK 7

De relatie tussen Mary en haar jonge huisgenote, is bezig te veranderen. Mary is bang geworden over dat wat haar zou kunnen overkomen. Tot voor een paar dagen gingen al haar gedachten uit naar Mirabelle. Ze fantaseerde over een mogelijke terugkeer. Dan weer was ze diep in de put omdat ze zeker dacht te weten dat Mirabelle niet meer onder de levenden was. Ja, ze was als een rollende golf die op het strand rolde en terug naar zee.

Maar nu ze een waarschuwing heeft gehad dat haar lichaam haar wel eens in de steek zou kunnen laten, lijkt ze ánders te denken.

Het eigen ik is plotseling belangrijker dan wat ook. Ze moet er niet aan denken om afhankelijk van anderen te worden. Nog meer dan ze dat nu al is. Want zonder Koos is ze nergens en zonder dat meisje kan ze met de dag minder! Want Quincy ploetert niet alleen in huis, ze wast en kookt, nee, ze maakt dat Mary meer houvast, meer grip op het leven van alle dag krijgt.

Gelukkig reageerde het meisje niet verbijsterd toen ze vertelde straatvrees te hebben. Dat en nog veel meer, maar daar heeft Quincy niets mee te maken.

Quincy, op haar beurt, is diep begaan met de situatie waar Mary zich in bevindt. Ze is bezorgd voor de vrouw en zich ergeren, ach, dat doet ze steeds minder. En als Mary en Koos haar niet de ruimte geven die ze graag wil, wel, dan néémt ze die.

Het valt niet mee werk in de zaak en het gedoe in huis te combineren. En dan is er ook nog Max, die recht op haar tijd en aandacht heeft!

Max, die er op aandringt dat ze bij hem komt wonen. Maar daar denkt Quincy niet over. De pas verworven vrijheid is haar lief. En stel, dat ze bij Max in zou trekken, dan weet ze zeker dat hij er vanuit gaat dat ze verder gaan dan zoenen en knuffelen. Nee, daar is de tijd niet rijp voor en bepaalde punten horen voor Quincy bij de huwelijkse staat. Zo is ze opgevoed, daar staat ze nog steeds achter. Het einde is voor haar zoek, als je je laat gaan in een relatie die nog verre van vast is. Ook al lacht collega Joanne zich tranen om de meningen van Quincy.

Wat Quincy dwars zit, is de ontmoeting met haar moeder en zus. Er komt vast en zeker een moment dat de familie dóórdenkt en op het idee komt dat ze wel eens „iets met mode" is gaan doen. Dat is een logische gedachte! Ze moet hen voor zijn. Maar hoe?

Op een maandagochtend, als Janke en de twee andere collega's druk bezig zijn in het magazijn, duikt Quincy op. „Hé jij, je had toch je vrije dag?" is de begroeting van Joanne. Quincy zet een doos met gebakjes op tafel.

„Ik was bij de bakker en zag dit lekkers staan. Reclame: „lentetaartjes" heten ze. Ik dacht bij mezelf: ik ga de dames van de Rozenberg blij maken!"

Janke haalt de vers gezette koffie plus de mokken. Ze is tevreden over het personeel dat het onderling zo goed met elkaar kan vinden. Er wordt vrolijk gebabbeld. Quincy weet het gesprek handig op zichzelf te brengen. Ze vertelt problemen te hebben met haar ouderlijk huis. Ja, het geadopteerd zijn is niet altijd feest. Waarop Kirsten meent te moeten zeggen dat ook in ander soort gezinnen wel eens wat aan de hand is.

„Het is triest om te zeggen… maar de mensen die me hebben groot gebracht kunnen me niet loslaten. Ze jagen op me… Vandaar dat ik er tussenuit ben gebroken. Het is niet erg elegant… maar ik zag geen andere mogelijkheid!"

Quincy denkt heftig na over de leugens die ze aanvankelijk als waarheid te berde heeft gebracht.

Janke kijkt zorgelijk. „Een probleem moet je altijd van twee kanten bekijken, Quincy. Anders bezie je het te eenzijdig. En heb je altijd gelijk. Denk nu niet dat ik zeg dat jij ongelijk hebt, het is meer een vaststelling.

Je mag hier gerust je hart uitstorten, het komt niet verder dan deze vier muren. Is het niet, dames?"

De dames knikken. Die Quincy is me er één. Giga problemen met thuis en dan ook nog eens een man als Max weten te strikken. „Ik wil Max er niet vaak mee lastig vallen. Maar jullie drietjes... dat is wat anders... Zo ben ik bang dat pa en ma me weten te vinden. Zo van: „Oh, je werkt? Dan kun je wel wat terug betalen voor alle onkosten die we voor jou hebben gemaakt..."Dat soort dingen ben ik bang voor. Terwijl ze er best warmpjes bij zitten, hoor. Stel dat ze hier komen vragen – je weet maar nooit – of jullie me kennen. Als klant, als collega, weet ik veel. Please... doe dan of jullie nooit van me gehoord hebben. Ik heb het in mijn kosthuis naar mijn zin, ik heb eindelijk de rust waar ik al jaren naar snak..." Quincy krijgt tranen in haar ogen bij het horen van haar eigen woorden. Ze maakt er wel een drama van. Maar wat moet je als je niet met de waarheid op de proppen kunt komen?

Als Max er niet was, zou ze besluiten verder weg een bestaan op te bouwen. Maar Max is er wel. En missen wil ze hem niet!

„Op mij kun je rekenen!" stelt Joanne vast. Waarop Kirsten zich haast daarmee in te stemmen. Janke is wat aarzelend in haar antwoord.

„Als jij je mocht bedenken, Quincy, anders over de situatie gaat denken, wil je ons dat dan tijdig zeggen? Want je hebt gelijk als je denkt dat je ouders of familie wel eens op het idee zouden kunnen komen jou in de modebranche te gaan zoeken. Ik haat leugens. Maar ja, als het moet en het voorkomt dat jij in de problemen raakt... dan maak ik een keus die tegen mijn gemoed ingaat!"

Quincy kijkt ietwat beschaamd naar de doos lentegebakjes. Een lijmmiddel dat nog werkte ook. „Ik dank jullie uit de grond van mijn hart. Echt, ik doe mijn werk hier met zoveel

plezier! Het zou me spijten als ik op de vlucht moet slaan…"
Janke klopt haar bemoedigend op de schouder en schenkt
nog eens koffie in. „Moed houden, Quincy. Wij zijn ook blij
met jou en je inzet. Wie weet hoe je leventje nog eens verandert! En ja, je hebt Max… dat is toch een reden om gelukkig
te zijn!"
Met een gevoel van opluchting laat Quincy de drie vrouwen
verder ploeteren met het uitpakken van dozen en het strijken van gekreukte kleding. Ze geniet van haar vrijheid.
Max… ze heeft tijd voor een knipbeurt. Max verwacht haar
en beweert dat hij op de uitkijk stond. Het knippen van
Quincy's haar is méér dan een knipbeurt. Het is een bijna
erotisch gebeuren… Max laat zijn hand in de hals van haar
shirtje glijden, als hij de cape omdoet. Streelt met een bege-
rige vinder een haarlok uit het gezicht. Kleine handelingen
waar beiden een gevoel aan verbinden. Quincy giechelt van
spanning, zoekt in de spiegel de donkere ogen van Max en
het meest spannend vinden ze het dat ze zich temidden van
anderen bevinden. Kapsters, klanten. Clientèle… dat zegt
Max altijd. Dat klinkt iets deftiger dan klanten.
Na de knipbeurt gaan ze samen lunchen in een zogeheten
lunchcafé. En daar vertelt Max iets dat Quincy schokt.
„Ik heb het hier allemaal wel gezien, liefste. Ik word onrustig. En dat betekent dat ik verder moet. Andere mensen,
andere stad. Nieuwe plannen, nieuwe zaken. Ik heb aanbiedingen voor tv. Dat mag ik niet afslaan. Want dan komt een
ander in mijn plaats en dat is funest. Als je aan de top staat,
moet je ervoor zorgen dat te blijven en een ander geen kans
geven. Dat heb ik ooit met een vriend zien gebeuren.
Topkok. Ja? Hij maakt furore op tv. Kwam in de bladen te
staan met zijn recepten. Deed mee aan allerlei radio – en tv-
spelletjes. Je kent ze wel. Op een moment dacht hij te kunnen pauzeren. Sloeg enkele geweldige aanbiedingen af en
wat denk je? De concurrentie sloeg onmiddellijk toe. Voor
jou een ander. Nieuwe ideetjes, nieuwe recepten en een

nieuw gezicht. Hij boerde achteruit... treurig om mee te maken. Nu is hij kok in een derderangs hotel aan de kust!" Quincy stikt bijna in haar mosterdsoep. „Dat meen je niet. Weg? En ik dan? Waar wil je heen?" Een warme hand over de hare. „Schat... ik neem jou toch overal mee naar toe! Jij zit toch aan niets en niemand vast! Ik denk dat ik afzak naar Parijs. Niet rechtstreeks. Nee, ik wil naar Brussel. Of Antwerpen. Daarna... Parijs? Wie zal het zeggen? Ik verbeter me, maar ik ga behoedzaam te werk. In mijn vak kun je de perfectie bereiken als je het goed aanpakt. Zorgvuldig opbouwen, dat is de kunst! Steeds breder opereren!"

Verbijsterd lepelt Quincy haar soepkom leeg. Staart naar het broodje dat een fantastische naam op de menukaart heeft. Maar in werkelijkheid niets anders is dan een broodje gezond met flinters ham en stukjes ei.

De trek is haar vergaan.

„Je maakt me bang, Max. Want wie weet, ruil je mij ook in, net als je prachtige zaak hier. Er zijn zoveel vrouwen die mooier zijn dan ik, hoger opgeleid, uit een geweldig milieu komen... wat moet je dan nog met mij!"

Max lacht haar uit. Zijn ogen plagen. „Ik ben er trots op dat je jaloers bent, liefste schat van me. Nee, jou laat ik niet los. Wees gerust. Ik zeg toch dat je mee mag?"

„Naar Brussel? Naar Antwerpen? Wie zegt dat ik dat wil?" roept ze wanhopig. „Zo ver van huis..." het is er uit voor ze er zelf erg in heeft. Ver van huis, dat is het toch wat ze wil? „We praten er nog wel over. Voorlopig ben ik nog niet verder dan het maken van plannen. Ik ben nog in de onderzoeksfase, schatje!"

Onderzoeksfase. Alsof de vloer onder Quincy's voeten wankelt. Ze beëindigen hun lunch, wandelen gearmd naar de kapperszaak terug. Voor de deur kust Max haar overtuigend. „Niet tobben. Bel me zodra je weer tijd voor me hebt!" Teleurgesteld in zichzelf en het leven zoekt Quincy de stalling op waar de roze fiets van Mirabelle geparkeerd staat. De vrijheid van deze dag heeft zijn glans verloren. Ze kan naar huis fietsen, of een tochtje in de omgeving maken. Ze kiest voor het laatste. Even de stad uit. Niet richting ouderlijk huis. De tegenovergestelde kant is veel beter...

Quincy durft haar vrees om Max te verliezen, met niemand te bespreken. Niet dat ze geen vriendinnen heeft... die heeft ze wel, maar ze „wonen" in een ander leven.

Joanne en ook Kirsten zijn min of meer haar nieuwe vriendinnen, maar ze durft het niet aan over intimiteiten te spreken. Joanne zou roepen dat zij wel weet waarom die angst gegrond is. Het is Quincy's eigen schuld. Ze houdt Max teveel op afstand. „En dat pikt niet één man!" Daar is Quincy het niet mee eens. Een man die oprecht van je houdt, kan zich beheersen.

Dat is haar thuis geleerd en ze hoopt dat het waar is, dat ze het ooit zelf mag ervaren. Maar of Max dat voor haar over heeft? Ze weet het niet.

Veel over haar opvoeding en ouderlijk huis heeft ze hem niet verteld. Wel dat ze geadopteerd is.

Max heeft al een paar keer opgemerkt dat ze er achter moet zien te komen wie haar biologische ouders zijn. Vroeger was het een schande als een meisje ongehuwd zwanger werd, vaak stond ze de baby meteen na de geboorte af. Misschien is dat bij Quincy ook het geval.

Ze zitten samen op een terrasje, na een middag op het water doorgebracht te hebben. Niet ver van hun plekje vandaan spelen donkerogige kindertjes, terwijl hun ouders blond en blank zijn.

Max zíet Quincy denken en begint zoals vaker het geval is, over het feit dat Quincy geadopteerd is. „Als je je eigen ouders terugvindt, lieverd, heb je niets meer met die lui te maken die zich je vader en moeder noemen. Je wilt toch zo graag los van hen zijn? Je echte ouders zoeken... dat is een oplossing!"

Quincy droomt weg, met een glas tomatensap in haar handen. Eigen familie, mensen met hetzelfde bloed als dat door haar aderen vloeit. Stel je voor... er is spijt dat ze haar hebben afgestaan. Dat kan toch? Net als bij abortus. Vaak lees je er over. Vrouwen krijgen soms na jaren spijt dat ze hun baby hebben laten weghalen.

Niet langer de vrees dat ze uit huis zal worden gezet. Maar wie weet... is ze meer dan welkom. Het verloren schaapje. Onthaald worden, zoals dat met Mirjam en haar gezin is gebeurd. Misschien komt ze uit een eenvoudig gezin. Het maakt haar niet uit! Het moet geweldig zijn karaktertrekken in die anderen te herkennen. Bijvoorbeeld haar behoefte om expressief bezig te zijn. Thuis is altijd met een glimlachje naar haar behoefte iets met haar handen te scheppen, gekeken. Toen ze klein was heette het: „Laat Quincy maar lekker knoeien!" Een baan in de kunst? Armoede!

„Zou je denken, Max?"

Ze drinkt het lauw geworden sap op en zet haar glas terug op tafel. De zon blikkert op het water, onwerkelijke schitteringen zijn het. Ze gluurt naar Max, die er zo knap uitziet in zijn witte pantalon, instappers en blauwe sweater. Ze is nog net zo verliefd als toen ze hem voor het eerst zag. Ook al is het vervelend om te merken dat Max ándere vrouwen met zijn ogen volgt tot ze uit zicht zijn.

Zelf beweert hij dat het hun kapsels zijn die hem boeien. Dat geloofde ze in het begin ook. Maar toen ze ontdekte dat meisjes en vrouwen met een petje op hun hoofd of een leuke hoed, net zo goed zijn belangstelling hebben, is ze gaan twijfelen.

„Max... hoe pak je zoiets dan aan? Ik heb geen zin om in een tv programma te gaan zitten snikken. Dan weten mijn ouders – mijn adoptieouders, meteen waar ik me ophoud! Nee, díe moeten denken dat ik ergens op de Bahama's zit!"

102

Max gaat er op in, geeft haar een tikje op een knie. „Is Parijs ook niet ver genoeg!"

Brussel, Parijs. Quincy huivert. Wat zou ze zich eenzaam en verlaten voelen, zo ver van huis. Ook al is Max er wel.

Max denkt hardop na over het vinden van haar biologische ouders. „Om te beginnen: is er iets dat je van je adoptie weet? Een plaats, een kindertehuis... een naam! Vaak weten de mensen die een kindje adopteren wel iets van de voorgeschiedenis van de baby. Heb je bijvoorbeeld een geboortebewijs?"

Quincy heeft haar diploma's en nog wat officiële papieren van huis meegenomen. Ze moest er wel voor inbreken, het bureau van pa in de voorkamer is vanaf ze kan denken, verboden terrein geweest. Niet dat pa de laden afsloot. Maar toch... ze had er met haar vingers van af te blijven.

„Ik heb een geboortebewijs. En daar staat de naam van een plaats op. Ik geloof dat die aan de rand van de Veluwezoom ligt. Eerlijk gezegd heb ik me er bewust nooit in verdiept, Max. Misschien was ik bang voor wat ik zou ontdekken. Bovendien had ik er geen enkele reden toe... maar nu mijn ouders zo duidelijk voor hun eigen vlees en bloed hebben gekozen... ik weet het niet. Langzamerhand ga ik er anders over denken. Wat ik denk, is dat één van mijn ouders uit het buitenland afkomstig was. Misschien wel allebei! Nou ja, dat zie je ook aan mij. Wat denk je... uit wat voor land zullen ze komen? Maar hoe dan ook, ik ben in Nederland geboren!"

Ze kijkt over de rand van haar zonnebril Max ernstig aan met haar glanzende, bruine ogen. Max glimlacht.

„Je komt regelrecht uit het paradijs. Als je naar me lacht, zoals nu, dan stel ik me voor dat je van de engelen afkomstig bent!"

Quincy schudt haar hoofd. „Je weet best dat je daast. En mooi ben ik bij lange na niet. Alleen mijn ogen, die zijn nogal apart, heb ik me laten vertellen!"

Max kijkt haar verliefd aan, werpt haar een paar handkusjes

toe. „Zonder gekheid: ik denk dat je uit Zuid Europa afkomstig bent. Grieks misschien? Italiaans... Turks, Joods!"
De kleine kindertjes maken ruzie, ze jengelen en maken het hun ouders lastig. Max kijkt geërgerd en zegt er niet tegen te kunnen als kinderen beginnen te zeuren. „Daarom knip ik zelf ook nooit kinderen! Ze halen je het bloed onder de nagels vandaan!"
De jonge, blonde moeder troost een klein meisje dat luid klaagt dat haar broertje haar aan de vlechtjes heeft getrokken. De papa sust en belooft ijsjes te gaan halen. Max zegt: „Met recht zoethoudertjes. Mooi manier van opvoeden!"
Quincy denkt hoe het zal zijn om eigen kindertjes te hebben. Zeker weten dat ze er meer dan goed voor zou zijn. Opeens is daar een ongekend verlangen een eigen kindje te hebben. Hoe denkt Max over het hebben van kinderen? Ze kijkt wat onzeker in zijn richting. Kijk... één van de kindertjes legt een handje dat vies is van chocolade, op de lichte gekleurde rok van de moeder. Met een zakdoek veegt de vrouw de kleine handjes schoon, kijkt spijtig naar de vlek op haar rok maar maakt er geen punt van.
Hoe zou Max reageren als een kind zijn witte pantalon besmeurde? Quincy krijgt een onaangenaam gevoel.
Ze voelt meer dan ze weet, dat hun relatie de langste tijd heeft geduurd. Ze kan er om huilen. Want: hoe langer ze met elkaar omgaan, des te vaker stuit ze op uitlatingen van hem die haar kwetsen. Soms is ze het oneens met hem, maar niet altijd neemt ze de moeite dit te verwoorden.
De familie stapt op, de kinderen gelukkig met hun ijsje. Max: „Hè hè, dat ruimt lekker op!"
Quincy kijkt weg van hem, tuurt naar de lichtvlekken op het water en opeens is daar weer dat diepe verlangen naar vroeger, toen ze nog gewoon thuis woonde.
„Ik zal eens bekijken wat ik zoal van huis heb meegepikt... misschien zit er inderdaad wat bruikbaars aan. Je eigen ouders... het kunnen schatrijke mensen zijn. Maar ook

schooiers, of misdadigers. Stel je toch voor! Is het wel wijs om op onderzoek uit te gaan?"

Max beweert dat „weten" altijd beter is dan „niet weten" en er over prakkiseren. Quincy wil roepen dat ze dit nog nooit heeft gedaan. Maar in Max is de detective ontwaakt. „Jij zoekt je papieren en zaterdag gaan we naar dat stadje waar jij denkt vandaan gekomen te zijn!"

„Geen stadje... gewoon een plaats, een dorp, meen ik ooit opgevangen te hebben!"

„Maakt niet uit... als er wat te ontdekken is, lukt mij dat. Zeker weten!"

Zoals gezegd snuffelt Quincy in de map waarin haar diploma's en enkele andere officiële stukken. Ze moet toegeven dat pa alles keurig geordend heeft, en niet alleen voor haar. Pa is een man die nooit ergens naar hoeft te zoeken, weet ze. Ze vindt wat ze zoekt, nooit is het in haar ouders opgekomen wat dan ook voor haar te verbergen. Ze herinnert zich vaag dat het onderwerp „biologische ouders" ter sprake kwam toen de zussen Marcia en Pop besloten naar het buitenland te gaan. En nee, geen van beiden had er behoefte aan om uit te laten zoeken wat er over verwanten bekend zou kunnen zijn.

Twee hardwerkende, nuchtere meiden, vond Quincy altijd. Twee die recht op het doel afgaan. Vooruit kijken, de handen uit de mouwen. En daar hoort geen gemijmer over het verleden bij. Ze zijn super zelfstandig, altijd al geweest.

Ze heeft bewondering voor de zussen. Ze weet dat pa en ma super trots op die twee zijn! En dat ze hen financieel steunen. Quincy griezelt als ze bedenkt aan de ontberingen die ze in hun leven moeten ondergaan. Zelf zien ze het niet als iets negatiefs. Ze hebben voor zichzelf weinig nodig.

Hoe zouden ze haar zien? Het kleine zusje... ook al is ze volwassen. Ze zal in hun ogen altijd de kwetsbare jongere zijn. Er is een vergeeld document bij de papieren, ze heeft er nooit echt naar gekeken. Ook al heeft pa het haar ooit laten zien. Het is scheef opgevouwen geweest, zo te zien. Ellecom, staat er op te lezen.

Wacht, ze kan op internet nazien waar dat plaatsje ligt. Geboeid zit Quincy enkele minuten achter haar laptop. Vreemd idee, waarschijnlijk is dit de plaats waar ze is geboren. Het zegt haar niets. Maar een mooie omgeving is het wel! Als Max persé de detective wil uithangen, doet ze wel mee. Wie weet wat het oplevert!

Quincy, zo heet ze. Maar haar eigenlijke naam is het niet. Evangeline Lubbink.

Hoe kán een vrouw haar baby afstaan? Is er een excuus voor die handeling? Zeker weten van wel. Maar welke is die in háár geval? Ze heeft niet direct behoefte aan het ontdekken van feiten, als wel het vinden van vervangers voor de familie thuis.

Quincy voelt zich niet prettig als ze over deze dingen nadenkt. Ze sluit de computer af en bergt de papieren weer op. Had ze die maar niet meegenomen!

Diezelfde week moet Mary voor controle naar het ziekenhuis. Quincy ziet er tegenop vrij te vragen. Dat betekent wisselen van werktijden. Janke is beslist geen moeilijke cheffin. Integendeel, en juist daarom staat het Quincy tegen om haar lastig te vallen.

Maar: Mary heeft een man, waarom laat Koos dit soort dingen aan een ander over?

Ze klampt hem aan, op een avond vlak na het eten. Koos is op weg naar zijn eigen kamer, heeft al een voet op de onderste traptreden als Quincy hem staande houdt. „Meneer Wortelboer, uw vrouw moet voor controle naar het ziekenhuis en ik vind het vervelend om telkens vrij te moeten vragen. U kunt toch zelf wel met haar meegaan... voor één keer!"

Koos Wortelboer kijkt haar wazig aan. Alsof hij haar niet verstaat. Ze dringt aan.

„Meneer Wortelboer, luistert u wel? Het gaat om de gezondheid van uw vrouw! Ik heb ook mijn werk buiten de deur!"
De voet wordt van de trap gehaald. Langzaam, slowmotion. En naast de andere geplant. „Je bedoelt dat ik voor Mary thuis moet blijven. Wel, als jij het niet kunt of wilt, dat is mij om het even. Ze kan heel goed zelf, per taxi.
Ze is niet sterk, maar best in staat om dit op die manier te doen. Ze zal er heus niet in blijven!"
Einde gesprek. Quincy kijkt hem ziedend na. Wat een man! Twee merkwaardige mensen die tot elkaar veroordeeld lijken te zijn. Of er nog sprake is van liefde? Of dat er ooit is geweest? Ze zou Koos terug willen roepen en vragen wat de aard van zijn werk wel mag zijn, dat hij niet eens een halve dag kan verzuimen! Misschien hééft hij geen werk, brengt hij zijn dagen in vreemde steden door. Slenteren door een centrum, een dierentuin of een museum.
Quincy steekt haar tong uit naar zijn verdwijnende rug en besluit Mary niet aan haar lot over te laten.
Dus toch maar weer Janke lastig vallen.
Gelukkig is Janke soepel als het om haar personeel gaat. „Natuurlijk moet je meegaan. Knapt ze al wat op?"
Quincy is zuinig met haar informatie, begint snel over iets anders. Het eerste dat haar te binnen schiet, is de adoptie. Janke vindt het een boeiend idee dat Quincy wéét waar ze is geboren. „En je gaat niet op onderzoek uit? Zou ik wel doen. Misschien heb je broers, zussen! Je hoeft je niet afgewezen te voelen door het feit dat je bent geadopteerd, want niemand heeft je gekend zoals je geworden bent. Alleen was er een probleem: men kon niet voor je zorgen. Wie weet hoe gelukkig je mensen maakt door je bekend te maken!"
Zo heeft Quincy het nog nooit bekeken. „Max wil er achteraan maar ik ben er wat bang voor. Nou ja... we zien wel! Enne... bedankt dat ik mijn werktijd mag ruilen! Niet dat Mary er dankbaar voor is, hoor. Ze vindt zulke dingen vanzelfsprekend!"

Einde gesprek.

Mary is met zichzelf bezig, het feit dat Quincy iets heeft moeten doen om zich naar haar te schikken, komt niet in haar op. Ze moet het huis uit, de taxi in, mensen ontmoeten in die enge buitenwereld. Een onveilig terrein.

„Moet het echt, meisje?" Ja, Mary, het moet. „Je wilt toch niet hulpbehoevend worden, volkomen afhankelijk van anderen? Kom op, mevrouw Wortelboer, u moet vechten!"

Het ziekenhuisbezoek is een herhaling van vorige keer, alleen gaat alles veel sneller. De onderzoeken duren minder lang en tot Quincy's opluchting kan ze Mary na een klein uurtje al weer meenemen.

Ze hoeft zelfs niet in een rolstoel, maar is in staat op eigen kracht vooruit te komen. Quincy loert om zich heen, bang voor een herhaling van vorige keer. Het zou te toevallig zijn als ma met Mirjam opnieuw haar pad kruiste. Maar zijn toevalligheden niet juist vaak de breekpunten van wandaden?

Wandaden? Denkt ze al zo over haar vertrek uit huis? Weg, wég met die gedachten! Ze concentreert zich voor honderd procent op Mary en pas in de taxi komt ze tot rust. Mary is doodmoe van de spanning en de voor haar zware opgave het huis uit te moeten.

Quincy kan het niet opbrengen Mary abrupt in de steek te laten. Ze zet thee, babbelt wat en houdt de vrouw in de gaten. „Wat doet Koos – pardon, ik bedoel meneer Wortelboer – toch voor werk? Toen ik hem voor het eerst ontmoette zei hij iets over zaken… maar kan hij die thuis niet afwikkelen? Dat hoor je tegenwoordig zo vaak. Mensen die met de computer thuis werken!"

Mary haalt haar schouders op. Nee, ze kan er niet veel over zeggen. Koos is nogal zwijgzaam. „Maar hij verdient wel genoeg om de onkosten te dekken en daar gaat het om. Trouwens: dat zijn dingen die jou niets aangaan, meisje!"

Mary is er weer voor de volle honderd procent bij. Geeft

orders en dat is voor Quincy het sein dat ze haar wel alleen kan laten!

Gelukkig is het nogal druk in de zaak, zodat ze haar gedachten hard nodig heeft om bij de les te blijven. Toch woekert het idee dóór om binnen niet al te lange tijd huize Wortelboer te verlaten. Ze moet méér moeite doen om een andere kamer te vinden... ze is dom geweest om niet eerder actie te ondernemen. Straks komt er een nieuwe lading studenten die onderdak zoeken. Maar gelukkig zijn er mensen, weet ze, die wel willen verhuren, maar persé niet aan studenten. Hopelijk weet ze zo'n adres op te sporen!
Maar eerst moet er naar wat anders gespeurd worden. Max blijft bezig met het idee Quincy's herkomst te achterhalen. Als hij haar op haar vrije zaterdag komt halen, is hij nogal enthousiast.
„Wat, lieve Max," zegt Quincy zodra ze is ingestapt en haar gordel vastgespt. „wat als blijkt dat ik uit een nest kom waar jij niets mee te maken wilt hebben! Dump je me dan?"
Max is verontwaardigd en toont dat door een dot gas te geven. „Jij bent jij. Een mooie meid, die bijna klaar is voor Parijs! Nee, ik zal je nooit afrekenen op wie je ouders zijn, schatje van me! Want dan zou ik gelijk mijn eigen afkomst verloochenen!"
Quincy ontspant zich en probeert van de tocht te genieten. De Veluwezoom, dat klinkt prachtig, vindt ze. Max weet te vertellen dat een vriend van hem daar ooit een tocht is begonnen met bezitters van oldtimers.
Quincy vertelt wat ze op internet heeft gevonden.
Als ze via Arnhem richting Ellecom rijden, komt Max met nog een wetenswaardigheid over de plaats. „In de oorlog hebben ze daar, in één of ander buitenhuis, Joden vastgehouden. Niet zo mooi. Afschuwelijk als je bedenkt wat daar is geleden..."
Quincy kijkt opzij in het landschap, waar van de tegenover-

gestelde richting een trein aan komt denderen. „Op diezelfde rails zijn mensen als beesten vervoerd, Quincy!" Ze rilt.
Hij heeft gelijk, maar als je bij zulke dingen stilstaat, kun je
nergens zijn zonder akelige gedachten over dingen en
gebeurtenissen die al geschiedenis zijn. Het land, de wereld,
is er vol mee. Ze krijgt het er benauwd van. Wat leeft ze fei-
telijk oppervlakkig! Het is „gewoon" dat alles voorhanden is.
Alles wat aan de basis van het bestaan ligt tot en met onnodige weelde.

„Jij kijkt somber!" zegt Max en hij wijst op de borden waar
de naam Ellecom op staat. Ze knikt. „Dat komt doordat wat
jij zei. De oorlog enzo… wat weet ik daar nu van? Op school
hebben we er wat over gehoord. En pa stond er op dat we er
goed van doordrongen waren dat we dankzij de Engelsen en
de Canadezen bevrijd zijn, destijds. Nou ja… het ís voor
onze generatie geschiedenis. Ja toch?"
Max kijkt zuinig. „Vergeet niet dat veel jongelui niet eens
weten wat vier mei betekent! De vijfde mei wel, dan wordt
er gefeest… ik vind dat triest. Zeg, nu wat anders… jammer
dat het zaterdag is. Alle officiële instanties zijn gesloten.
Gaan we er toch nog eens op uit. In het midden van de week.
Laat me weten wanneer je de volgende vrije dag hebt!"
Ze rijden door de plaats, slaan af als op een bord „Posbank"
staat. „Dat moet een natuurgebied zijn!" weet Quincy. Ze
wijst en rekt haar nek uit om goed te kunnen zien. De lente
is in aantocht, oude beuken worden al heel voorzichtig
groen. Even later rijden ze een heuvel af en belanden in een
wijds heidelandschap. „Dat we hier nooit eerder zijn
geweest!" verwondert Quincy zich. „Ik tenminste niet. Jij?"
Als ze vroeger als gezin uitgingen, was het een bezoek aan
een museum of een tentoonstelling. Pa en ma wilden hun
vijftal een opvoeding met een culturele achtergrond meege-
ven.
Ze stappen uit, wandelen een stukje over smalle paden van
wit zand. Ze zijn niet de enige wandelaars. Quincy bedenkt

dat haar bloedeigen ouders hier misschien wel hebben gelopen, hand aan hand. Misschien is zij hier, ergens tussen de bosjes, wel ontstaan.

Het zoeken naar alles wat met haar geboorte te maken heeft, staat haar nog steeds tegen. Max praat en praat, het schijnt dat hij van alles en nog wat heeft onderzocht en hij is er zelfs vóór dat Quincy zich opgeeft voor bepaalde tv-uitzendingen.

„Néé Max Heesters! Dat doe ik niet. Zet het uit je hoofd!"

Hij zoent haar, trekt haar mee naar de grond, ze belanden op de stugge heidestruiken die dood lijken. Maar het niet zijn. Over enkele maanden zullen ze bloeien, een zee van paars en lila.

„Schat… wat ben je mooi als je zo ligt. Ik zie de zon in je ogen!"

Zouden haar echte ouders ook zo hebben gelegen? Wie zal het zeggen!

Even laat ze Max begaan, geeft zich over aan zijn liefkozingen. Tot ze stemmen hoort.

Quincy krabbelt overeind. Een vrijend paar in de heide, niets nieuws. Maar ze wil niet op die manier door anderen gezien worden.

„Zullen we verder?" stelt ze voor.

Terug naar de auto. In de plaats rijden ze langs het gebouw – het is een prachtig stuk architectuur – waar zoveel oorlogsleed is geweest. Quincy kijkt bewust de andere kant op. Kijk, rondom het gebied bevinden zich vrolijke mensen, ze lachen, hebben misschien allerlei plannen voor deze mooie lentedag. Ze zoekt de hand van Max, niet in staat onder woorden te brengen wat ze voelt.

Max rijdt tot de rivier de IJssel. Ook daar parkeren ze, zittend in de auto genieten ze van het landschap en de voorbijvarende schepen en plezierjachten. Later, vertelt Max, als zijn carrière over de top heen is, wil hij zich hier ergens vestigen. „Bossen, een rivier, steden in de buurt. Ideale combinatie!"

Quincy leunt tegen hem aan en vraag zich af of zij dan aan zijn zijde zal zijn... Vast niet.

Ze kan zich toch niet meten met het vrouwelijk schoon dat in Brussel, Parijs of waar dan ook rond stapt. „Max..." het klinkt zielig, vindt ze zelf, Max is met zichzelf bezig, zijn toe-komstdromen.

Na verloop van tijd besluiten ze ergens wat te gaan eten. Van een onderzoek is helaas geen sprake. „Maar wie weet... ont-moeten we straks een oude Ellecommer, of hoe je een bewo-ner van deze plaats ook moet noemen, en die persoon gaat bijna tegen de vlakte omdat jij zo sprekend op 'die en die' lijkt!" Quincy schatert. „Je hebt fantasie genoeg om een film-script te schrijven. Of een toneelstuk!"

Toneelstuk... associatie. Theater... kleding, Emmie Hoorneman.

Max zegt zin in pannenkoeken te hebben. Ergens meende hij een restaurant gezien te hebben waar op een bord dat gerecht stond vermeld. Ze hoeven niet lang te zoeken, de bewuste eetgelegenheid is snel gevonden.

„Ben je teleurgesteld?" informeert Max als hij zijn tweede pannenkoek heeft verorberd. Quincy kijkt hem verbaasd aan. „Hoe kom je erbij? Omdat er niemand flauw is gevallen toen hij of zij me zag?"

Max zegt nog één puntje te willen afwerken. Hij wil een kerkhof bezoeken en de grafstenen lezen. „Misschien is er een... wat was de achternaam ook weer? ...een Lubbink bij. Zou toch kunnen?"

Ze dwalen door straten en over een kerkhof waar ze hen onbekende namen lezen. „Ik wil hier weg, Max. Laten we naar huis gaan... of een bioscoopje pakken!"

Ze worden het niet eens over de soort film die ze willen zien. Quincy denkt: hébben we eigenlijk wel punten van overeen-komst, behalve verliefdheid op elkaars uiterlijk? Ai, die vraag doet pijn. Hoog tijd voor zelfonderzoek!

HOOFDSTUK 8

Het vinden van een nieuw onderkomen valt Quincy tegen. Als ze al iets geschiktst in de krant ziet staan, is het te duur of in de verkeerde buurt. Of... de kamer is al vergeven. Misschien kan ze beter advertenties ophangen in openbare gebouwen. Supermarkten, bijvoorbeeld.

Het huis van de Wortelboers begint haar te benauwen. Hoe ze ook poetst en lucht, de vreemde geur is niet te bevechten. Soms denkt ze dat ze muizennesten ruikt. Het zou kunnen, de vloeren beneden zijn deels van hout.

Ze neemt haar toevlucht tot allerlei schoonmaakartikelen, dat wat het scherpst ruikt, heeft haar voorkeur. Poetsen en schoonmaken doet ze het meest op haar vrije dag. Ze moet op die manier haar huurschuld voldoen...

Nooit krijgt ze een bedankje of een complimentje. Dat geeft haar het gevoel een stukje huisraad te zijn.

Heel onverwachts krijgt Mary een of andere benauwdheidsaanval. Koos is net thuis en wordt door Quincy van boven geroepen. Hij schrikt als hij zijn vrouw apathisch op haar rustbed aantreft. Quincy zegt nerveus dat ze haar medicijnen al gehad heeft. „Zal ik de huisarts bellen? Misschien één één twee? Er moet wel wat gebeuren... ze is kwetsbaar!"

Koos staat als aan de grond genageld. Quincy krijgt de neiging hem door elkaar te schudden. Mary probeert wat te zeggen: „Ziekenhuis... ik mocht komen als... zonder afspraak..."

Quincy besluit het ziekenhuis te bellen. Mevrouw mag inderdaad meteen komen, of ze per ambulance vervoerd moet worden? Is de huisarts gewaarschuwd?

Mary maakt een wanhopige armbeweging. Géén ambulance. Taxi... ze fluistert er achter aan: „Alsjeblieft!" Quincy heeft met haar te doen en zorgt ervoor dat er met spoed een auto komt voorrijden. Ze zet haar handen in de zij en kijkt Koos gebiedend aan. „Nu kunt u gelukkig wel van de partij zijn!"

Het is een opluchting wanneer de twee vertrokken zijn. Even alleen in huis... een zeldzaamheid! Quincy bedenkt zich geen moment en rent de trap op. Ze geeft een ruk aan de deur van de kamer van Koos.

Net zoals ze dacht en hoopte: Koos heeft in de haast vergeten zijn kamer af te sluiten.

Het is er tamelijk donker, de gordijnen zijn half gesloten. Ze knipt het licht aan en kijkt rond. Zo op het oog een normale mannenkamer. Er staat een rustbed in ouderwetse stijl, zoals ze alleen van plaatjes kent. Een versleten vloerkleed met vlekken en een enorm bureau. Met ervoor een keukenstoel.

Wat hoopt ze hier te vinden?

Iets wat haar meer kan vertellen over wie de man Koos Wortelboer is. Ze probeert één van de laden. Niet afgesloten, maar er is ook niets van belang te vinden. Kantoorbenodigdheden. Een nietmachine, een perforator. Een nieuwe bloknoot en pennen.

Op het bureau staat een computer, zo te zien een vrij nieuw exemplaar. Ze drukt resoluut de „aan" knop in en gaat op de keukenstoel zitten wachten tot het systeem is opgestart.

Als de man Koos iets illegaals doet, zal ze zijn bestanden niet kunnen openen zonder zijn wachtwoord te kennen. Wat ze ook probeert, het lukt niet verder in het systeem te komen. Ook de e-mails leveren niets op. Twee onbeduidende briefjes vindt ze. Vreemd, een fantastische computer en zo weinig te vinden... Waarschijnlijk wist de man alles wat binnenkomt en naar buiten gaat. Ook de „prullenbak" is leeg, er staan geen gewiste programma's of mails in.

Met een zucht van teleurstelling moet ze het opgeven. Toch rommelt ze, na het afsluiten van de computer, nog eens in de laden en daar vindt ze een sleutelbos. Iedere sleutel heeft een labeltje waarop de naam van de desbetreffende kamer staat. Kamer, keuken, kelder, kamer Isabelle... kamer Koos. Brutaalweg peutert ze de sleutel van de ring en laat hem in haar broekzak glijden. Wie weet kan ze ooit een tweede poging doen om er achter zien te komen wat Koos zoal in zijn dagelijks leven uitspookt.

Na een uur komt een taxi voorrijden, met alleen Koos er in. Mary moet voor onderzoek in het ziekenhuis blijven. Dat is voor Koos een tegenvaller.

Quincy is met hem begaan, maar nog meer met Mary. Ze doet alsof ze druk in de keuken bezig is geweest, dient Koos het eten op en praat honderduit. Ze wil alles weten wat er over Mary's toestand is gezegd. Koos kijkt gekweld.

„Jij denkt wat Mary denkt... dat het de schuld van Mirabelle is!" gooit hij er uit. Het eten smaakt hem niet en zonder een woord te zeggen sjokt hij de trap op.

De volgende ochtend, als Quicy het ontbijt klaarmaakt, sukkelt Koos Wortelboer de keuken in. Geeuwt een keer hartgrondig en mompelt een groet.

Quincy schenkt een kop thee in en zet een gekookt eitje – in – dop voor hem neer. „Hebt u het ziekenhuis al gebeld? Dat mag altijd, heb ik horen vertellen, vooral de dag na de opname!"

„Hng?" Koos kijkt verstoord van Quincy naar het klaarstaande ontbijt. Ze knikt hem bemoedigend toe. „Echt waar. Ze zullen u heus niet afsnauwen. Ik wil het ook wel doen, maar omdat ik geen familie ben is dat misschien een beetje raar!"

Koos mompelt iets dat klinkt als: „Eerst maar eens eten!" Quincy krijgt de nijging hem een tik op zijn hoofd te geven. Ze zou willen schelden. Maar ze doet geen van beide.

Zelf eet ze snel, staand bij het aanrecht. Er is nog veel te doen vóór ze het huis uitgaat. Een hap brood, terwijl er warm water uit de kraan in de afwasbak stroomt. Een scheutje afwasmiddel. De broodplank duikt als eerste in het sop.

Koos eet traag en of hij van zijn ontbijt geniet, zou Quincy niet weten. Wat ze wel weet is dat hij een liefdeloos karakter heeft. Niet dat ze dol op Mary is, maar om als een hond behandeld te worden, dat heeft niemand, ook Mary niet, verdiend.

„Als u niet belt, doe ik het wel!"zegt ze op bitste toon. Koos veegt met zijn servet zijn mond af en schuift zijn stoel achteruit, gaat staan en begeeft zich naar de huiskamer. Ondertussen tobt Quincy hoe ze het moet regelen om af en toe Mary een bezoekje te brengen. Toch zo vreemd dat er geen familie of vrienden zijn die contact met hen hebben. Kluizenaars, als kluizenaars, zo leven ze.

De tweepersoonsafwas is snel gedaan. Ze hoort de voetstappen van Koos in de gang en als ze de keukendeur opent om te vragen of er nieuws is, staat hij klaar om te vertrekken. Hoed op, tas in de hand. „En!"

Koos schraapt zijn keel. „Geen nieuwe problemen. Ik neem aan dat jij vanmiddag wel even bij haar kunt kijken!"

Quincy gaat tegen de voordeur staan. Kijkt hem recht aan en zegt dat ze dit niet kan beloven. „Als ik u was, zou ik..."

Hij maait haar opzij en zegt: „Je bént mij niet en bovendien heb jij niets over mij te vertellen! Het naar Mary gaan behoort bij je werk hier!"

Hij opent de deur en stapt naar buiten, de nieuwe dag tegemoet alsof er niets aan de hand is.

Quincy wenst hem in gedachten de vreselijkste scenario's toe. Maar haar handen doen automatisch het werk. Ze maakt Mary's rustbed netjes, schudt de kussens op en trekt de overgordijnen wijd open. Dat scheelt wat sfeer betreft al een heel stuk, vindt ze. Ook al zie je nu de slijtplekken op de vloer en meubels beter dan dat anders het geval is.

Toch maar zien dat ze er tussen de middag even uitbreekt om naar Mary te gaan! Ze zal van alles en nog wat nodig hebben. Schoon ondergoed, een nachthemd.

Quincy besluit de spulletjes vast bij elkaar te zoeken en ze in een plastic tasje te doen. Dat scheelt later weer tijd. Kam, borstel, zeep, hemden en onderbroeken. Zou ze ook prijs stellen op de foto van Mirabelle die naast haar bed staat? Quincy neemt het portretje in beide handen en spreekt Mirabelle toe. „Wat ben jij voor soort meid om van huis weg te lopen zonder een reden te hebben, zoals ik? Je bent nota bene eigen kind... zoiets doe je toch niet! Of ben je een geweldige vent tegen gekomen? Zit je in de prostitutie? Zo zie je er wel uit, sorry, Mirabelle!" Ze zet Mirabelle in lijst met een smak terug op de plaats en haast zich met het tasje in de hand, naar buiten. Jammer dat ze weg moet, ze zou mooi de gelegenheid hebben gehad om nogmaals de kamer van Koos te doorzoeken. En ditmaal wat grondiger!

Ze vertelt het gebeurde nog voor de zaak open gaat, aan de collega's. Janke vindt dat Quincy niet anders kan dan de vrouw in het ziekenhuis op te zoeken. Ze hoeft niet eens vrij te vragen!
„Er zijn van die mannen die niet weten hoe ze met een vrouw moeten omgaan. En heus, ik ken dat soort. Ik ben niet voor niets van mijn man af! Als ik zoiets hoor, Quincy, is het of mijn nagels vergroeien tot die van een kat. Ik zóu ze ik weet niet wat willen aandoen!"
Kirsten is het met haar eens en Joanne, zij geniet van de sensatie. Janke die aan het vechten slaat, ze zou er getuige van willen zijn.
Ondanks alles kan Quincy zich toch goed op haar werk concentreren. Altijd is er de angst aanwezig dat ma of Mirjam de winkel binnenstapt. Terwijl ze het niet in de gaten heeft en niet tijdig zich ergens kan verstoppen. Maar vandaag zijn die gedachten naar de achtergrond geschoven.
Na één uur stapt ze op de roze fiets en rijdt zo snel ze kan naar het ziekenhuis, dat net buiten de stad is gebouwd. De woonwijken rukken op, over enkele jaren zal het ziekenhuis ingekapseld tussen de huizen liggen.
Ze is aan de vroege kant, maar niemand die haar tegenhoudt.

Ze vindt Mary in een éénpersoonskamer. Ze ligt achterover in de kussens. Ze ziet bleek en lijkt opeens jaren ouder. „Slaapt u, mevrouw Wortelboer?" Quincy legt een hand op het witte voorhoofd. Mary opent geschrokken haar ogen en het duurt een paar seconden voor ze Quincy herkent. „Ik dacht dat je een zuster was... wat kom je doen? Waarom is Koos er niet? Ik heb van alles nodig, meisje!"

Quincy haakt met een voet een krukje naar zich toe en laat zich zakken. Ze is nog buiten adem van het snelle fietsen en het rennen door de gangen.

„Hij kon niet. Maar hij heeft vanochtend wel gebeld hoe het met u ging. Hij vroeg of ik wilde gaan... en hier ben ik dus. Met schoon goed. En wat toiletspullen. Zeg het maar als er nog wat moet komen! Lang kan ik niet blijven, maar ik hoop morgen weer te komen..."

Mary gluurt in de plastic tas en knikt. „Goed, meisje. Bedankt. Ik weet niet hoe lang ze me hier willen houden. Het hart is niet stabiel... vandaar. En ze proberen andere medicijnen uit. Daarom moet ik een paar dagen blijven. Ik viel bijna flauw van angst. Toen belden ze mijn huisarts en die vertelde hen over mijn straatangst. Dat ik de deur niet uitga... eigenlijk nooit. Het gaf me een heisa... Enfin, om een lang verhaal kort te maken: de één of ander die het hier allemaal regelt, wist het zo te schikken dat ik alleen kwam te liggen. Een uitzondering, werd me duidelijk gemaakt. Een gúnst..."

Tranen in Mary's ogen. Quincy krijgt nog meer medelijden.

„Ik zal helpen waar mogelijk is, mevrouw Wortelboer. Wat kan ik de volgende keer meebrengen? Misschien het portret van Mirabelle? Dat hebt u altijd naast u staan..."

Mary knikt dankbaar. „Dan is ze voor mijn gevoel niet zo ver weg. Als je eens wist wat ik met dat kind heb meegemaakt..." Mary is loslippiger dan ooit. Quincy denkt dat de emoties van de opname daar debet aan zijn. En misschien de ontspannende medicijnen.

„Ze was moeilijk opvoedbaar. Maar ja, dat wist ik toen ik trouwde met haar vader... die man is niet oud geworden. Dankzij mij werd Mirabelle geen wees. Ik stond er lange tijd alleen voor. Want Koos kende ik nog niet... hem heb ik leren kennen toen ik een baan zocht waar ik de baby bij me kon houden. Hij woonde alleen in het grote huis. Ik was behoorlijk onder de indruk. Want zelf kwam ik uit een heel ander soort buurt... het hebben van geld betekent nog niet dat je ook „van stand" bent. Zo is het gekomen!"

Aha, dus Koos is niet de biologische vader van Mirabelle, net zo min als Mary haar moeder is. Wie weet heeft Koos het haar zo moeilijk gemaakt, denkt Quincy, dat het meisje er vandoor is gegaan. Zou kunnen.

„Maar jullie zijn toch wel getrouwd? Dat fotootje op de tv is toch een trouwfoto?"

Mary sluit haar ogen en knikt bevestigend. „Jawel, en hij heeft Mirabelle ook geëcht. Hij heeft altijd goed voor ons gezorgd. Maar ja, nu kan ik niets meer voor hem betekenen..."

Er komt een verpleegkundige binnen en eigenlijk is Quincy dankbaar voor de storing. Ze weet zich geen raad met de zielenroerselen van Mary.

„Mevrouw moet met me mee voor onderzoek. Dus mag ik u verzoeken te vertrekken?"

Het blijkt dat Mary met bed en al weggereden zal worden, de verpleegkundige haalt uit de gang een apparaat dat ze onder het bed schuift.

Ze glimlacht naar Quincy. „Het gemak dient de mens. Er wordt rekening met onze ruggen gehouden!"

In de gang blijft Quincy wachten tot het bed uit de kamer wordt geschoven. Het elektrische apparaat eronder is gemakkelijk te bedienen, ziet ze. „Dag mevrouw Wortelboer! Sterkte en ik kom zodra ik kan, weer langs!"

Terugfietsend bedenkt Quincy dat ze voor Mary wel iets uit de zaak kan meenemen. Een zachte trui of een lentebloes.

Heeft ze ook eens iets dat niet uit de folder van een postor-
der bedrijf afkomstig is!

's Avonds meteen na het eten blijkt dat Koos op zijn fiets
naar het ziekenhuis zal gaan. Quincy geeft hem de door haar
gekochte bloes mee. „Zegt u er bij dat ik het kan ruilen? Een
andere maat, andere kleur..."
Koos knikt stug en verdwijnt zonder groet.
Ze kijkt hem door het kamerraam na. „Dag Koos, blijf maar
lekker lang weg!" zegt ze hardop. Op een holletje gaat ze
naar boven, opent de deur van Koos zijn kamer met de gestolen sleutel. Dom, ze had het exemplaar vandaag kunnen
laten namaken.
Ze begint weer met het bureau. Neust in zijn kledingkast,
snuffelt in de zakken van zijn colberts en pantalons. Niets
van haar gading. Het is of Koos hier slechts gast is, vindt ze.
Nergens iets te vinden dat ergens heen verwijst. Geen adressenboekje, nergens een kladje met een notitie. Zelfs de
meest ordelijke mens laat zoiets wel eens slingeren. Hij ver-
schoont zelf zijn bed. Quincy besluit teleurgesteld de sleutel
terug aan de bos te doen. Een vreemd angstgevoel bekruipt
haar. Als Mary erg lang wegblijft, misschien niet eens terug
mag naar huis, dan is zij snel vertrokken. Stel je voor dat
Mary naar een verzorgingshuis moet. Om te herstellen. Dat
kan toch?
Ze besteedt een half uurtje aan het zoeken in de krant naar
woonruimte en bellen naar de bijgeleverde nummers. Niets.
„Helaas... iemand anders is u voor geweest..."
Ze kent langzamerhand de antwoorden uit haar hoofd.
Ze vouwt de krant op en legt hem klaar voor het geval Koos
er een blik in wil slaan.
Met naar bed gaan wacht ze tot de heer des huizes terug is.
Hoe of het met Mary gaat? Onveranderd. Afwachten. Bloes
was prima.
Die avond controleert ze het slot van haar deur wel drie

keer, zet er uiteindelijk een stoel stijf tegenaan, vlak onder de knop. Met een man als Koos in huis weet je maar nooit!

De volgende dag komt Max haar uit de zaak halen. Quincy zegt dat ze geen tijd heeft, in verband met Mary. „De stakker. Zeg haar maar dat ze gratis een behandeling bij me krijgt zodra ze uit het ziekenhuis is ontslagen!" zegt Max royaal. Waarop Quincy hem er aan herinnert dat Mary niet uit huis is te branden. „Ik breng je wel met de wagen. Hoef je niet op dat gekke roze fietsje van je!"
Tijdens de rit vertelt Max dat hij informatie heeft over de adoptie van Quincy. „Hoe ik er aan kom? Schatje, dat is niet moeilijk. Kwestie van weten waar en hoe je moet zoeken. De juiste paden bewandelen. Je heet inderdaad Lubbink. Evangeline... wat een naam zeg! De reden van de adoptie weet ik natuurlijk niet, maar ik heb wel een paar adressen gevonden. Wat zeg je me daarvan?"
Quincy hapt naar adem. „Je meent het... wat lief van je, Max. Ik wilde dat ik vrij kon nemen wanneer ik zin had. Gaat niet! Wat spreken we af? En van wie heb je namen en adressen? Familie, neem ik aan? Leven ze nog, de mensen die mij op hun geweten hebben?"
Als ze zover zijn met hun gesprekje, komt het ziekenhuis in zicht. Max parkeert en zegt dat Quincy zich moet haasten. „Als je even bij die vrouw bent, is het toch al goed? Zelf kan ik niet al te lang wegblijven uit de zaak. Ik heb vanmiddag een bespreking met een belangstellende koper!"
Mary lijkt er iets beter aan toe te zijn. Maar er is wel een probleem. De artsen hebben voorgesteld dat ze een paar weken naar een herstellingsoord gaat. „En hoe moet dat dan met Koos? Ik heb gezegd dat het onmogelijk is, meisje!" Dat is Quincy niet met haar eens... „Tob er niet over, mevrouw Wortelboer. Wie weet kan het zo geregeld worden dat u in een tehuis, hier vlakbij, geplaatst kan worden. Dan kan uw

man elke dag komen terwijl ik de boel in huis draaiende houd!"

Als Max haar aan ziet komen, start hij meteen de motor en rijdt in haar richting. Quincy gooit haar zorgen er uit. „Ik kan toch niet met die man alleen in dat huis wonen! Wat moet ik nou!"

Max legt een arm om haar heen. „Mee naar Brussel. Ben je ooit in Brussel geweest? Niet!? Wel, dan kun je er ook geen mening over hebben. Waar je hart is, daar is je thuis. En ik ben toch je hart?"

Quincy duwt hem van zich af. „Let nou maar op het verkeer, lieverd. Laten we praten over mijn familie... stel je toch voor: ik heb echte familie. Mijn eigen vlees en bloed... ik barst van nieuwsgierigheid. Waarom... Max, waarom heeft niemand ooit moeite gedaan me te vinden? Ik kan niet één reden bedenken die logisch is. Nou ja... het is dus afwachten. Als pa en ma dat wisten..."

Max houdt haar voor dat ze nu een eigen leven leidt. „Je bent een grote meid, Quincy! Gedraag je dan ook zo!"

Koos lijkt niet geschokt door het feit dat Mary even „niet mee mag doen".

Integendeel, het is of hij opleeft. Zodra hij is vertrokken, belt ze Max. Hoe of de onderhandelingen zijn verlopen?

„Zo goed als rond, schatje. Je moet Janke morgen vragen of je een dag weg kunt. Dat valt toch wel te regelen? Als het mij met mijn personeel zelfs lukt, moet dat bij jullie zeker mogelijk zijn!"

Met tegenzin voldoet Quincy de volgende ochtend aan zijn verzoek. „Je kijkt er zo raar bij!" verbaast Janke zich. „Ik zou toch zeggen dat je laaiend enthousiast moest zijn bij al die ontdekkingen!"

Quincy bekent dat het daarom niet gaat. „Ik vind het vervelend om telkens om een gunst te vragen. Want dat is het... als één van ons uitvalt, moeten de anderen voor twee werken!"

122

Janke vertelt haar dat ze er over denkt om er iemand bij aan te nemen. „Ik denk aan een parttime medewerkster. Een getrouwde vrouw bijvoorbeeld, die wat wil bijverdienen. Ik dacht altijd anders over herintreders, maar ik zie om me heen dat ik het fout had. Dus... Het wachten is op de gouden tip die iemand me geeft. Want adverteren doe ik niet."
Quincy zegt dat het haar spijt niet veel kennissen in de stad te hebben. Ze kent vanuit de kerk sinds kort wel een paar jongelui, maar géén van allen bevinden ze zich in het werkcircuit, het zijn stuk voor stuk studerenden.
„Hindert niet, meestal heb ik geluk en komt er vanzelf de juiste persoon op mijn pad. Net als dat met jou het geval was."
Maar... een onbetaalde vrije dag kan ze krijgen.
Ze belt meteen Max, die belooft in zijn agenda na te zien wanneer het hem schikt. Wat bij Quincy de vraag doet opkomen of ze de mensen waarvan hij de namen heeft, telefonisch om belet moeten vragen. Max tekent haar de beelden voor ogen zoals hij die van de tv-uitzendingen kent. Uitzendingen die over opsporing gaan.
Maar wat graag laat Quincy de leiding in deze aan hem over!

Drie dagen later is het zover.
Het is een stralende dag. Max bezweert haar dat ze, ongeacht wat ze tegen zullen komen, de dag niet bederven mag.
„Ook al ben je teleurgesteld, gefrustreerd, weet ik veel. Per slot van rekening heb jij je al die jaren gered zonder die eventuele familie. Laat alles niet te diep op je inwerken!"
Dat is gemakkelijker gezegd dan gedaan. Want Quincy zou zo graag „iets" in de hand willen hebben tegenover pa en ma. Iets? Véél! Dan zou het zijn: „Ik heb jullie niet meer nodig, ik heb nu mijn echte familie!" Ze ziet hen al kijken. Quincy dan toch, ons vijfde kind!
Oei, wat is ze van binnen hard geworden...
„Max, ik wil niet naar Brussel. Ik durf het niet en ik kan het

niet. Waarom ga jij toch weg... je hebt hier een náám van jewelste!"

Max haalt zijn vierkante schouders op. „De aard van het beestje. Dacht je dat ik lang in Brussel blijf? Welnee. Parijs... misschien nog Rome. En dan: Amerika, hier kom ik!"

Ze lachen samen, ook al is de inhoud van die twee uitingen zo verschillend als dag en nacht.

Onderweg herkent Quincy verscheidene punten die haar de eerste keer zijn opgevallen. Delen van het landschap, het silhouet van een dorp. „Het is een mooie omgeving, Max. Raar idee dat ik hier opgegroeid zou kunnen zijn!"

Hardop filosofeert ze over de reden van adoptie.

„Misschien is er wel een zwaar gestoord persoon in de familie. De één of andere gekte. Kan maar zo. Of... een misdadiger! Stel een meisje raakt zwanger van een misdadiger die wordt opgepakt wegens een zwaar misdrijf. Wat moet ze dan nog met een kind! Dat kind zou meteen zwaar belast zijn met zo'n soort vader... Of: ik ben het product van een buitenechtelijke relatie. Product van een verkrachting! Dat lijkt me het meest mogelijk. Want het kan toch niet zijn dat iemand die al zes kinderen heeft. Zegt: nummer zeven? Die hoef ik niet. Weg er mee. Geen abortus, maar adoptie. Wat denk jij?"

Ze wrijft haar hoofd tegen een schouder van Max, in de hoop er troost te vinden. Max schudt haar van zich af, hij is geïrriteerd.

„Kom op! Stop dat gefantaseer en houd je bij de realiteit. Het is altijd anders in zulke gevallen dan je denkt! Wat je ook bedenkt, het zal in niets op de waarheid lijken. Bovendien kan het heel goed zijn dat we vandaag nog niet veel bereiken. Stel je geen tafereeltjes voor van een aangedane moeder of oma die de armen naar jou uitstrekt!"

Tranen springen in Quincy's ogen.

De armen naar je uitstrekken. Wie doet dat tegenwoordig nog naar haar? Nou ja, Max. Maar hoe lang nog?

Daan, die buiten het perron op haar wacht. En zodra hij haar ziet met wijd geopende armen op haar afkomt. En ma, als ze thuiskomt na een vakantie bijvoorbeeld. „Pa, kijk eens wie er is!"

Pa's armen zijn hard, vergeleken met die van ma en weer zo heel anders dan de armen van Daan. Daar voelde ze zich altijd thuis. Grote broer die geen broer is. Van Daan houdt ze op een speciale manier.

De laatste tijd durft ze aan die gedachte toe te geven. Voor ze in slaap valt, fantaseert ze er over dat Daan vlak in de buurt is. Ergens, in de kamer van Mirabelle. Naast haar zit, wakend over haar en nee, niet ín haar bed. Dat kan niet, want ergens is hij toch nog haar broer... Die gedachten zijn zo verwarrend dat ze er de volgende ochtend maar liever niet meer aan terug denkt.

„Je bent stil. Boos?"

De tranen op haar wangen zijn opgedroogd. „Boos? Dat ben ik eigenlijk nooit. Nou ja... als ik het ben, beheers is me behoorlijk, vind ik zelf. Boos op jou? Ik zou niet durven en niet kunnen. Kijk..." ze wijst met een spits vingertje naar een bord. „We zijn er al. Kom op met je adressen!"

Max rijdt naar een rustig plekje en parkeert handig tussen een paar auto's.

„Ik heb de naam van een familie Lubbink. En het adres. Daar beginnen we, schatje. Laat mij het woord doen. Ik straal autoriteit uit terwijl jij het gezag van een spitsmuisje hebt!"

Even later lopen ze door het rustige dorp. Quincy snuift. „Ik ruik de bossen. Misschien kunnen we straks een wandeling maken, Max!"

Max torent boven Quincy uit. Hij legt onder het gaan een hand op haar ene schouder en leest hardop de namen van de straten waar ze doorlopen.

Op een gegeven moment roept hij: „Ai! Kijk nou toch eens wat een villa. Bed and breakfast! Daar woont een familie Lubbink, Quincy-schat!"

Quincy's hart slaat een slag over.

„Wauw! Kunnen we ons daar niet laten inschrijven? Nee …
jammer, we moeten morgen weer aan het werk. Maar het is
een idee voor de volgende keer, toch?"
Het gebouw ziet er geweldig uit. Goed onderhouden, een
strak aangelegd park er omheen. Op een verharde parkeerplaats staan auto's geparkeerd.
„Uitbouwtjes, erkers en balkonnetjes. Wat een mooi huis,
Max!"
Max is het met haar eens. Hij pakt een hand van Quincy en
zegt dat ze naar binnen gaan. „Informatie inwinnen. Folders
vragen… die liggen in dat soort gelegenheden voor het grijpen. VVV, weet je wel? Routebeschrijvingen van wandel- en
fietstochten. Bezienswaardigheden, weet ik veel!"
Hij trekt haar het bordes op. De voordeur wordt van bin-
nenuit geopend en een stel jonge mensen stapt naar buiten,
met koffers in de hand. Ze lachen en maken een gelukkige
indruk.
Quincy kijkt ze benijdend na. Zo gelukkig zijn Max en zij
nooit geweest. Zo onbekommerd, zo totaal in elkaar
opgaand.
Ze stappen de hal in, die ruikt naar verf en boenwas. Tapijt
op de vloer, een zithoek met meubels van notenhout.
Max laat Quincy los en wandelt naar de balie, die onbemand
is. In het kantoortje er achter zien ze een paar mensen met
elkaar praten. Quincy trekt zich achter zijn brede rug terug.
Ze is opeens doodsbang dingen te horen of te zien die haar
leventje overhoop zullen gooien. Een terug is er niet, beseft
ze.
Er komt een frisse, jonge vrouw uit het kantoor gestapt en
zodra ze Max ziet, verontschuldigt ze zich. „Ik had niet
gezien dat er iemand binnenkwam. U had kunnen bellen!" ze
wijst op een bel en Max glimlacht dat ze zich niet schuldig
hoeft te voelen. „Ik gaf mijn ogen de kost, en bewonder de
prachtige ambiance! Mijn compliment. Existeert deze loka-
tie al lang?"

De jonge vrouw is bereid de nodige inlichtingen te verschaffen. Zelf is ze nog maar kort werkzaam. „De bezitster is een oudere dame, freule Lubbink ten Hove, die iets met dit huis wilde doen, maar het duurde lang voor ze wist wat. En als je iets hebt bedacht dat je wel wat lijkt, dan stuit je op regels van de gemeente. Dit mag wel, dat mag niet. Kent u dat?"

Max zegt van wel en komt met een paar staaltjes voorbeelden waarvan hij zegt die zelf meegemaakt te hebben. Wat Quincy sterkt betwijfelt.

„Mijn vriendin en ik..." Max kijkt zoekend om zich heen. Alsof Quincy zich achter de zithoek verstopt zou hebben.

„Hier ben ik toch..." ze plukt aan de stof van zijn colbert. Hij trekt haar naar voren en herhaalt zijn woorden.

„Mijn vriendin en ik zijn op zoek naar bekenden en misschien kunt u ons verder helpen. Want we hebben slechts een adres. Het gaat om de familie Lubbink. Die naam zegt u iets? U noemde hem net?"

De dame in kwestie knikt langzaam. „Wat wilt u van mevrouw? Ze ontvangt zelden mensen en is erg op haar privacy gesteld, moet u weten. Ik kan u niet zonder meer haar verblijfplaats noemen!"

Quincy heeft het gevoel flauw te zullen vallen. Zoals vrouwen dat in stokoude films die ma geweldig vindt, plegen te doen. Zwart-wit films op tv, ma is er dol op, herinnert ze zich. Maar nee, ze valt niet flauw.

Haar handen klauwen zich om de rand van de notenhouten balie.

Achter hen klinken stemmen, nieuwe gasten, vermoedt ze.

„Wij wachten wel."

Max pakt Quincy bij een elleboog en voert haar naar de met rode stof beklede stoelen. Stijf rechtop gaat ze op een elegante bank zitten.

„Ontspan je, schatje. Je kijkt alsof je zo meteen het gevang in moet!"

Quincy klappertand. „Wie weet moet ik plaatsvervangend een straf voor een familielid uitzitten. Zulke dingen deden ze in de middeleeuwen toch wel? En in de tweede wereldoorlog, heb ik me laten vertellen. Als er iemand een persoon had geholpen met vluchten, dan moesten er tien voor worden doodgeschoten."

Max knikt afwezig. Quincy altijd met haar verhalen en fantasie! „Blijf bij de les, Quincy!"

De nieuwe gasten laten hun bagage achter en wandelen met folders in de hand naar buiten. Quincy zou ze zó achterna willen rennen.

De elegante baliejuffrouw komt naar hen toe en neemt zelf ook plaats.

„U moet wel een gegronde reden hebben en die kunnen bewijzen dat u de freule wilt spreken, zoniet, dan moet ik u teleurstellen. En u hoeft dat ook niet elders te proberen... het spijt me oprecht."

Ze kijkt Max vol verwachting aan.

Quincy denkt: „Als ze mij die vraag had gesteld, zou ik losgebarsten zijn en een zielig verhaal hebben opgehangen. Maar zo niet Max... die overdenkt, wikt en weegt wat hij prijs zal geven!"

„Het geval, mevrouw uh uh..."

„Breukink. Tessa Breukink!"

„Wel, mevrouw Breukink, het gaat om iemand die denkt familie van mevrouw Lubbink te zijn. Veel meer kan ik u niet vertellen!"

Tessa Breukink verschiet van kleur. „Dan kan het alleen om een bedrieger gaan, want mevrouw Breukink heeft geen familie meer. De meeste mensen is ze in de tweede wereldoorlog verloren. Haar man is verongelukt tijdens een rit op zijn paard. Ze had slechts één kind. Een dochter. En sinds de dood van die dochter is mevrouw er erg slecht aan toe. Ik aarzel even... ik moet nadenken of ik niet teveel prijsgeef. Wacht, ik zal u ondertussen van koffie voorzien, dan kan ik

nadenken hoe ver ik durf te gaan met het geven van inlichtingen." Ze kijkt om als ze van hen wegloopt en zegt schalks: „Ik ben zuinig op mijn baan, moet u weten!"
Max kijkt naar Quincy, met een blik van triomf. Het is minder moeilijk dan hij gedacht had! Hij ziet dat Quincy in- en in wit is geworden. Hij schrikt ervan.
„Kom, schatje, zie het als een spelletje!"
Een spelletje. Quincy kijkt hem woedend aan. Ze is niet eens in staat hem van repliek te dienen.
Tessa is snel terug met een blad waarop drie kopjes prijken met de naam van het huis. „Boschlust". Jawel, met sch is het geschreven op de ouderwetse manier.
Quincy drinkt van de hete koffie en voelt het leven in zich terug keren.
Max glimlacht zijn innemende lach wat Tessa doet opmerken „dat ze meneer toch ergens van kent". Max maakt misbruik van die opmerking, welke hij anders terzijde zou hebben geschoven. Hij haat strooplikkerij. Maar nu gaat het om iets belangrijks…
„Mag ik dan van u horen hoe de dochter van mevrouw heette? Als u ons dat vertelt, weten we met de juiste familie Lubbink van doen te hebben!"
Tessa denkt dat dit geen probleem is. Een collega roept haar dat er telefoon voor haar is. Max gromt. Tempo! Tempo! Dat is zijn motto.
Het duurt nogal voor Tessa Breukink terug keert.
Ze gaat onnavolgbaar elegant zitten. Quincy probeert haar benen net zo te plaatsen, wat niet lukt aangezien Tessa lange onderdanen heeft vergeleken bij die van Quincy.
„De familie heeft weinig geluk gekend. Veel sterfgevallen, zoals dat in oorlogsjaren bij velen het geval was. En later haar man… haar dochter. Beiden verongelukt. Zoals ik al opmerkte: haar man door een val van een paar. De dochter reed zich te pletter in een sportwagen. Tegen één van die grote beuken op de allee, hier vlakbij. Sindsdien is mevrouw

in de rouw. En de rest van het verhaal gaat niemand iets aan, meneer."

Max herinnert haar aan zijn vraag: „De naam van de dochter, mevrouw Breukink. Die kan toch niet geheim zijn? Ik denk dat iedere dorpeling me dat wel kan vertellen. Dus waarom u niet?"

Tessa bloost. Mannen als Max hebben een uitstraling die een vrouw laat voelen dat ze dat ook is: een vrouw.

„Zeker. De dochter heb ik vaag gekend, ze was uiteraard ouder dan ik. Ze heette naar haar moeder. Eva. Eva Lubbink ten Hove... meer kan ik u echt niet vertellen!"

Tessa doet haar best streng over te komen. Quincy wordt het teveel. Ze hangt apathisch achterover en sluit haar ogen. Dus toch. Er was een moeder die Eva heette. Evangeline... die naam is omgezet in Quincy.

Max legt een arm om haar heen. Ze voelt zijn gedachten als worden ze op een elektrische manier aan haar overgebracht. „In dat geval hebben we een reden om met de oude dame in contact te komen. Haar verongelukte dochter had namelijk een kind dat ze heeft afgestaan!"

Tessa's mond valt open. „Meneer, dat is afschuwelijke roddel van de bovenste plank. Volgens mijn ouders gonsde het na haar dood over dat soort verhalen die de oude dame erg gewond hebben!"

Max haalt zijn schouders op. „Feiten, beste mevrouw Breukink, liegen echter niet. Nu is het mijn beurt vertrouwelijk te worden. En ik reken op úw discretie! De jonge vrouw aan mijn zijde is geadopteerd, als baby, meteen na haar geboorte. En op de papieren die in haar bezit zijn, staat de naam van de dochter van de oude dame. Eva Lubbink!"

Tessa staart naar Quincy alsof ze zojuist per satelliet van de één of andere planeet is binnengesuisd. „U meent het... in dat geval... ik weet het niet. Zelf durf ik mevrouw niet lastig te vallen. Ik zal iemand moeten inschakelen die kan bemiddelen. Wacht, ik haal eerst nog een keer koffie. Wat mij

betreft: ik heb wel een hartversterking nodig."
Ze geeft haar collegaatje opdracht verse koffie te halen. Van Max staart ze naar Quincy. „Nu u het zegt… het zou kunnen. Maar wie is dan uw vader? Er is niets bekend over een relatie tussen Eva en wie dan ook!"
Max zegt berustend dat doden helaas hun geheimen mee in het graf nemen. „Maar via bloedonderzoek kan vastgesteld worden of Quincy inderdaad Evangeline Lubbink is!"
Waarop Tessa reageert met: „Lubbink ten Hove is de naam…"
Verse koffie met cake.
Quincy probeert met geweld aan andere dingen en andere mensen te denken. Pa en pa. Daan, de zussen. De winkel waar de zomercollectie in het magazijn klaar hangt. Mary, in het ziekenhuis. De roze fiets van Mirabelle.
Het werkt niet. Ze ziet haar vóór zich. Een verongelukte moeder, een jonge vrouw die met een sportwagen tegen een oude beuk is geknald. Met opzet? Was het een wanhoopsdaad? Of een ongeluk? Ze zal het nooit weten.
En er moet een man in het spel zijn geweest.
Zou de oude dame waar Tessa het over heeft, haar grootmoeder kunnen zijn?
Tessa denkt hardop. „Ik geloof dat ik wel iemand weet die als bemiddelaar kan optreden. Meneer Simons. Dat is een gepensioneerde notaris en een vriend van mevrouw. Hij is de enige die ik kan bedenken die vrije toegang tot haar privéleven heeft. Wat doen we…" ze drinkt haar koffie en knabbelt van de goudkleurige cake. „Ik kan meneer bellen. Of ik contact kan maken weet ik niet. Meneer Simons is vaak in het buitenland. Vroeger, samen met mevrouw. Maar nu spreek ik over lang geleden… Zal ik bellen?"
Max knikt geërgerd. Wat een vraag. Hij is in staat de oud – notaris zelf op te zoeken.
Als ze alleen zijn, zegt Max: „Het lijkt te lukken, schatje. En als ik het goed zie, kom je uit een welgestelde familie. Blijft

de vraag waarom die Eva jou heeft afgestaan. Ik kan me er wel iets bij voorstellen. Als ze een loeder van een moeder had, één die altijd op haar strepen stond, dan wordt het begrijpelijker. Maar weten doen we het niet en misschien moet je op een gegeven moment stoppen met wíllen weten. Gewoon doorgaan met leven en blij zijn met wat je wel hebt achterhaald... En: met dat wat je gehad hebt!"

Tessa komt nogal opgewonden bij hen terug, maar gaat niet zitten. „Meneer was thuis. En wat dacht u? Hij is zeer geïnteresseerd in de kwestie. Maar met mij sprak hij er verder niet over, ik ben in zijn ogen slechts personeel, als u begrijpt wat ik bedoel!"

Max gaat ook staan. „U hebt voor ons een afspraak gemaakt, neem ik aan? We zitten krap in onze tijd en kunnen niet zonder gegronde reden weer deze kant op komen!"

Zeker, zeker. Tessa is een efficiënte vrouw, gewend aan regelen en het nemen van beslissingen. „U kunt over een half uur bij meneer de notaris terecht. Ik zal u wijzen hoe u moet rijden!"

Ze loopt met hen naar de deur en als Max haar voor laat gaan als ze naar buiten lopen, accepteert ze dat met een hoofdknikje. De collega die nu achter de balie staat, kijkt hen met onverbloemde nieuwsgierigheid na.

Ondanks de heerlijke lentezon, rilt Quincy. Stel je toch voor dat ze een oma heeft. Een echte, eigen oma. En stel je voor dat het een onaangenaam mens is, iemand die haar dochter heeft gehaat om diens gedrag. Dat kan...

„We komen er wel uit. Tot zover onze dank!"

Hij drukt haar hand en kijkt haar op een manier aan die zelfs een ijspegel zou kunnen doen smelten. Quincy ergert zich. Ze weet dat dit een spel van Max is. Een machtsmiddel ook. „Dank u wel en misschien tot ziens!" zegt ze zelf als Tessa haar hand uitsteekt.

Ze lopen zwijgend naar de auto, stappen in en Max rijdt met een zwierige boog de parkeerplaats af. „Zwierig," denkt

Quincy. „Dat woord past als niets anders bij hem." Maar ze is hem dankbaar voor zijn inzet aangaande deze zoektocht. De oud-notaris woont zeer geriefelijk aan de bosrand. Met uitzicht over een glooiing waar een geel gewas op groeit. „Koolzaad!" weet Quincy. Max, volledig stadsmens, is verbaasd dat ze dit weet. Ze legt uit: „Mijn ouders... mijn adoptieouders, sloofden zich uit ons van alles en nog wat bij te brengen van dingen die je niet op school leerde. Vandaar het museumbezoek... de vele wandelingen in de natuur. We werden overhoord wat betreft de namen van vogels en planten die in het wild groeien. Enfin, ik weet tenminste het verschil tussen een koekkoeksbloem en fluitenkruid!"

Max zet zijn wagen niet op de smalle oprit naast het huis, maar kiest er voor om op de straatweg te parkeren. Quincy volgt zijn voorbeeld en stapt uit. Max monstert haar uiterlijk. „Haal alsjeblieft een kam door je haar. En heb je geen lippenstift bij je? Je ziet er niet uit!"

Ze scharrelt een kam op en mompelt: „Bedankt!" Een vleugje lippenstift dan heft ze haar gezicht naar hem op. Hij knikt genadig en pakt haar bij de elleboog, alsof ze opgebracht wordt.

Een oudere gedienstige opent de deur voor hen, ze mogen haar volgen, meneer verwacht hen.

De oud-notaris kan zo uit één van ma's lievelingsfilms zijn gestapt, denkt Quincy. Beleefd, gehuld in tweed, netjes geschoren en geknipt. Een strak uiterlijk.

Ze worden ontvangen in een echte herenkamer met veel nog net niet versleten leer, de geur van sigaren, cognac en oude boeken.

Quincy verdrinkt bijna in een leren clubfauteuil.

De gedienstige brengt koffie die in kleine kopjes van porselein is geschonken. Of meneer maar wil beginnen met het wonderlijke verhaal dat hem ter ore is gekomen?

Max verstaat de kunst om met weinig woorden te kunnen zeggen wat hij kwijt wil. De oud-notaris luistert zonder hem in de rede te vallen en houdt geen oog van hem af. Meneer zou immers een bedrieger kunnen zijn?

Als Max is uitgesproken kijkt de notaris Quincy welwillend aan. Of hij het document mag zien waaruit zal blijken dat ze de waarheid spreken? En hoe is ze aan de papieren gekomen?

Daar kan Quincy helaas niet veel over zeggen. De notaris moet het doen met: meegenomen uit het huis waar ik ben opgegroeid.

Hij knikt.

„U bent naar alle waarschijnlijkheid de dochter van Eva Lubbink ten Hove, mevrouw. Begrijp me goed: het is een schokkend verhaal om bij de oude dame mee aan te komen. Zij en haar dochter leefden in onmin, er was zelden een wederzijds begrip! Ze – nu bedoel ik Eva – heeft me in vertrouwen verteld dat ze zwanger was. Denkt u zich dat eens in, plaats het gebeuren in de tijd van uw geboorte. Toen waren dat soort kwesties in bepaalde kringen ongehoord. Een kind verwachten zonder gehuwd te zijn... de oude dame verwachtte van Eva dat ze in het huwelijk zou treden met iemand van haar eigen stand!"

Hij glimlacht haar vriendelijk toe. „Ik mocht Eva graag en zij mij. Ze vertrouwde me toe dat ze zwanger was van een piloot. Ze wilden er samen vandoor gaan, zo platvloers zei ze het. Ik heb destijds wel eens gedacht: alsof er een vloek op die familie rust. Want veel stierven of verongelukten zeer jong. Natuurlijk was de tweede wereldoorlog daar voor een deel schuld aan...maar de jonge vliegenier is op een domme manier om het leven gekomen. Hij verongelukte met een sportvliegtuigje. Zo'n klein gevalletje.

Eva heeft het zien gebeuren en was kapot. Ze kreeg haar kind en vertelde me niet wanneer het werd geboren. Wel dat ze het wilde redden van haar familie, haar eigen moeder bedoelde ze dus. En ja, toen reed Eva tegen een beuk, hier op de allee. Opzet? Ik vreesde van wel. Want ze hield erg veel van de vliegenier. Dat is het gebeurde in een notendop. Tja, en nu duikt u hier op, mevrouw. Natuurlijk is bloedonderzoek nodig maar als ik u zo zie zitten, is er voor mij geen twijfel mogelijk of u bent de kleindochter van mijn vriendin. U begrijpt ondertussen dat Evangeline van Joodse herkomst is? Haar meisjesnaam is Levi. Ze huwde destijds met Lubbink ten Hove, een vriend van me."

Het wordt Quincy teveel. Ze voelt dat ze huilt. Haar emoties zoeken een uitweg. De oud-notaris kijkt bescheiden een andere kant op als Quincy haar neus snuit.

„Mevrouw heeft er geen idee van dat ze grootmoeder is. Tja, hoe pakken wij dit aan?"

Hij biedt hen aan te blijven lunchen, dan kunnen ze ondertussen een plan de campagne maken.

Er zijn verschillende mogelijkheden.

Wat of de jongelui denken van overrompeling? Heel voorzichtig natuurlijk, maar wel zo dat het mevrouw aan het denken zet.

Quincy stelt voor dat ze incognito voor haar gaat werken. Ze ziet het gebeuren, weer een detail uit ma's films.

Nee, de notaris besluit dat hij tijd moet hebben om de kwestie te overdenken en „fijntjes" aan te pakken. Want: het blijft altijd mogelijk dat Quincy niet welkom is, ook al wordt bewezen dat ze het kind van de piloot en Eva Lubbink ten Hove is.

Het is spijtig, maar de notaris ziet nog geen oplossing.

„Belt u me over een weekje maar op. Dan weet ik misschien hoe ik de zaak moet brengen!"

Max krijgt een kaartje met alles er op wat hij weten moet. Hij stopt het zorgvuldig weg in zijn portefeuille.

De notaris brengt hen zelf naar de deur. „Mevrouw is zeer welgesteld, moet u weten. „Huize Boschlust" hoort haar toe, evenals meer soortgelijke panden in deze regio. Misschien vindt u het aardig om langs haar woning te rijden?"

Max denkt dat ze er langs zijn gekomen toen ze vorige keer

de buurt verkenden. „Is mogelijk. Wel, ik wens u beiden alle
goeds en een prettige tocht naar huis!"
Quincy kruipt in de auto en zakt prompt in elkaar. Als een
lappenpop zit ze daar. Max moppert: „Kom op, freule, we
gaan je toekomstige erfenis bekijken!"
Freule...
Freule? Nee, dat niet. Ze is gewoon wie ze is. Quincy Lancée.
En niemand anders!

HOOFDSTUK 9

Na het bezoek en de opgedane ervaringen in Ellecom is Quincy zichzelf niet meer. Ze móet haar hart bij iemand uitstorten. En ook al is Joanne nóg zo nieuwsgierig, toch kiest Quincy Janke uit om naar haar te luisteren.

Janke begrijpt dat Quincy de waarheid geweld aan heeft gedaan toen ze tijdens het sollicitatiegesprek over zichzelf en haar huiselijke omstandigheden vertelde. Janke heeft de nodige levenservaring opgedaan en heeft afgeleerd om snel te oordelen en iemand áán te spreken op zijn of haar manier van leven. Ze kan zelfs begrijpen wanneer een mens zijn toevlucht tot een leugentje om bestwil neemt.

Quincy zit met problemen, dat is haar duidelijk.

„Ik zou je geen raad durven geven, Quincy. Maar één ding: doe het rustig aan als het gaat om achter de waarheid omtrent je afkomst te komen. Die oudere dame... is ze echt een freule? Wel, die heeft het nodige meegemaakt. Het moet afschuwelijk zijn je dochter te verliezen op de manier waarop haar dat is overkomen. En ook al is het jaren geleden gebeurd, dan nog kan de gebeurtenis bepalend voor haar leven en toekomst zijn. Sommige dingen verjaren namelijk nooit, weet je... wie weet lijk je zoveel op je biomoeder dat ze alleen al door het ontmoeten van jou, in een crisis terecht komt!"

Quincy begrijpt dat ze de kwestie niet alleen vanuit haar eigen standpunt moet bekijken. „Je bent wijs, Janke. Dank je wel... Weet je, Max wil er opaf hollen als een stier met grote horens. Rammen. Openbreken, die kwestie.

Ik heb me tot nu toe kunnen redden zonder die grootmoeder, ik denk ook wel verder te kunnen zonder haar. Bedankt dat je geluisterd hebt. Eigenlijk heb ik een puinhoop van mijn leven gemaakt!"

Janke probeert Quincy te bemoedigen. „Je moet jezelf nooit zwart maken, ook niet in eigen ogen, meid. Je leven zit met haken en ogen vast aan dat van anderen en soms zijn die anderen of hun gedrag, hun houding, schuldig aan jouw reacties. Laat het maar even los... Je moet het laten bezinken. Kom op, ga aan het werk en probeer mijn advies op te volgen!"

Later op de dag belt Max haar. Jawel, hij heeft gebeld met de oud-notaris. Nee, hij heeft nog geen contact met de freule durven leggen om de kwestie aan te kaarten. „Maar ik blijf hem achter de vodden zitten!" is de mening van Max.

„Doe kalm aan. We hebben geen haast, Max. Ik wil de dood van dat oude mens niet op mijn geweten hebben!" Waarop Max een rede afsteekt over Quincy's rechten. „Je bent waarschijnlijk haar enige erfgenaam! Wie weet hoe gelukkig ze is nog iemand van haar familie over te hebben!"

Quincy voelt zich onbehaaglijk na zijn woorden en breekt de verbinding snel af. Ze is echt op Max gesteld, maar niet op zijn manier van omgaan met mensen.

Maar er zijn méér dingen dan haar afkomst die de aandacht eisen. Om te beginnen Mary, die in het ziekenhuis diep ongelukkig ligt te zijn.

Koos gaat iedere avond na het warme eten richting ziekenhuis. En tussen de middag wipt Quincy even voorbij, ook al lukt dat niet elke dag.

Als ze Mary huilend aantreft, en er maar niet achter kan komen wat de reden van dit verdriet is, klampt ze een verpleegkundige aan die thee komt brengen.

„Ik kan je niet wijzer maken, maar kom mee, dan breng ik je naar het hoofd van de afdeling. Die weet precies wat er aan de hand is. Misschien heeft mevrouw een slechte uitslag van de onderzoeken gekregen!"

Quincy laat Mary Wortelboer noodgedwongen achter met haar tranen. Het hoofd van de afdeling is een al wat oudere vrouw met hart voor patiënten.

Ze luistert naar Quincy's vragen en begrijpt dat die gesteld zijn vanuit oprechte belangstelling. „Ze is toch geen familie van je? Jaja, je bent een huisgenote. En buiten haar man om is er niemand, heb ik begrepen. Het zit zo: mevrouw Wortelboer moet geruime tijd revalideren. Ze kan voorlopig absoluut niet op zichzelf wonen en voor zichzelf zorgen. Er is vierentwintig uur zorg-op-maat voor haar nodig. Ze is wat we instabiel noemen. Goede voeding, rust, medicijnen, die combinatie kan haar er weer bovenop helpen. Het is zo jammer dat ze psychische klachten heeft en ik neem aan dat die de reden zijn waarom ze panisch is."

Daar kan Quincy over meepraten. „Ze komt normaal gesproken de deur niet uit, gaat nooit de straat op of naar een winkel toe. Ze leeft als een kluizenaarster die elke avond reikhalzend naar de thuiskomst van haar man uitziet. En dan is er ook nog eens het drama van de weggelopen dochter. Die heeft tot haar twintigste of misschien nog wel langer, thuis gewoond en is van de één op de andere dag verdwenen. Dat is voor een moeder... nou ja..." Opeens heeft Quincy een beeld van ma voor ogen. Ma, die zelfs door pa of Daan niet getroost kan worden.

De tranen die in haar ogen schieten hebben niets met Mary van doen... ook al lijkt het zo. De verpleegkundige legt beide handen op Quincy's schouders.

„Je bent niet in staat iets voor haar te doen. Je komt al zo vaak je kunt, heb ik begrepen. En dat is mooi. Ze heeft dat nodig, iemand die er voor haar is. Maar jij hebt je eigen leven, neem ik aan. We slepen mevrouw Wortelboer er wel doorheen. Morgen krijgt ze een psychiater aan haar bed. Een vrouwelijke, daar wil ze misschien wel mee praten. En dan gaan we op zoek naar de meest geschikte opvang voor haar. Vertel eens iets over meneer Worteboer? Is hun huwelijk wel wat je noemt hecht? Ik vraag je dat niet om je uit te horen, maar we moeten de toestand zo goed mogelijk in kaart brengen, vandaar!"

De relatie tussen beide echtelieden is ook voor Quincy een raadsel. „Slapen doen ze niet bij elkaar. Nou ja... mevrouw

Wortelboer kan ook bijna de trap niet opkomen en ik denk dat hun eh... zinnen zijn geblust!"
Ze schrikt zelf van de uitgesproken woorden. Want wat weet zij, Quincy, van uitgebluste zinnen? Ze heeft nauwelijks besef van haar eigen zinnen...
Ze worden gestoord door een broeder, die de hulp van het afdelingshoofd nodig heeft.
„We spreken er nog wel over, we doen ons best!"
Als Quincy terugkomt in de ziekenkamer, zit Mary thee te drinken. Ze kijkt beschaamd over het kopje heen naar Quincy. „Sorry, meisje. Ik zie het niet meer zitten. En dan móet het er even uit. Hoefde ik maar niet verder te leven.Waarvoor leef ik nou nog? Mirabelle... als zij er nog was... en dan Koos! Hij is van 's morgens vroeg tot 's avonds laat op pad. Voor de „centen", zegt hij zelf. Maar weet je, meisje... hij zou best kunnen gaan rentenieren. Want ík heb geld van mezelf. Mijn eerste man was welgesteld... een marktkoopman. Een handige koopman, dat was hij. Wist overal geld uit te slaan. Wat heb ik aan geld nu mijn dochter er niet meer is om het met me te delen?" Er volgen méér vertrouwelijkheden. Zo heeft Mirabelles vader een geldbedrag op de naam van zijn dochter gezet, het is Mary onduidelijk wat Mirabelle met haar kapitaaltje heeft gedaan. „Ook voor mij heeft de goedzak financieel gezorgd..."
Quincy probeert Mary aan het praten te krijgen over Koos. „Zou u het erg vinden om zonder uw man de rest van uw leven te slijten?" Ze schrikt van haar eigen woorden. Maar Mary niet.
„Zonder Koos? Wie zorgt er dan voor mij? Het huis is van hem... Hij is een goed mens. Ook al heeft hij aan mij niets meer. Niet als vrouw... ik kan het huis niet schoonhouden, niet echt voor hem zorgen zoals ik zou willen!" En ze klinkt gemeend bedroefd als ze zegt: „Je weet dat ik niet in staat ben hulp van buitenaf in te schakelen. Met jou was dat wat anders. Je was er opeens, meisje. Als jij er vandoor gaat, zal

ik niemand meer hebben die me helpt!"

Quincy loert op de wijzerplaat van haar horloge. Ze moet nodig weg.

Maar het is verleidelijk nog even te blijven omdat Mary loslippiger is dan ooit.

„Als u zonder uw man door het leven durfde te gaan, dan moet dat kunnen. Waarom zou u in dat grote huis blijven wonen als u er toch niet gelukkig bent? Een geriefelijke flat waar u verzorgd wordt... stel dat eens voor! Hulp bij de hand voor de noodgevallen, de boel wordt schoongehouden, het eten kant en klaar gebracht. Het gebeurt echt wel meer dat mensen die al lang getrouwd zijn, uit elkaar gaan. Echt waar..."

Mary staart in het niets. Weg van Koos. Een nieuw leven beginnen zonder Koos. Zonder het huis waar ze de stem en voetstappen van Mirabelle telkens meent te horen.

„Maar ik ben bang."

Quincy staat op, ze kan eenvoudig niet langer blijven.

„Luister, mevrouw Wortelboer! Ik denk dat u meer kunt dan u denkt. Praat er hier maar eens met de juiste mensen over. En over een dag of wat is er misschien plaats voor u in een zorginstelling waar gedaan kan worden wat hier onmogelijk is en thuis al helemaal niet kan! Denk terug aan de tijd toen u nog niet mevrouw Wortelboer was. Toen stond u op eigen benen en kon u van alles en nog wat, neem ik aan! Waarom zou dat niet wéér zo kunnen worden? Het spijt me zo... maar ik moet echt weg. Ik moet zuinig op mijn baantje zijn! Maar morgen kom ik terug en beloof me dat u nadenkt over wat ik gezegd heb!"

Mary knikt afwezig. „Goed, meisje. Dank je wel!"

Het „meisje" rept zich het ziekenhuis uit, terug naar de winkel.

Mary en haar problemen willen niet uit Quincy's gedachten. Ze voelt zich zo machteloos. Niemand kan Mary dwingen dingen te doen die ze niet aankan of durft.

Misschien wordt het tijd dat ze Koos wakker schudt! Maar of dat op haar weg ligt, is zeer de vraag. Op weg naar huis, na zessen, wipt ze langs bij de krantenkiosk die nog open is. Ze koopt voor Mary een paar tijdschriften, in de hoop dat die haar helpen terug te komen in het leven van alle dag. Voor zichzelf schaft ze een krant aan. Daar, het blad dat thuis gelezen wordt. Ze betaalt en haast zich op de roze fiets naar huis.

Koos komt gelijk met haar thuis. Hij loopt gelijk door naar zijn eigen kamer. „Roep maar als het eten klaar is!"

Veel werk maakt Quincy niet van de warme maaltijd. Er is nog stamppot van gisteren over, daar moet Koos het maar mee doen. Voor zichzelf bakt ze straks een paar eieren met spek. Voedzaam en lekker...

Koos eet zoals gewoonlijk, zonder te proeven en moet zich haasten om op tijd bij Mary te kunnen zijn. Quincy vraagt naar de bekende weg. Of er echt geen vrienden of mensen uit de familie zijn, die af en toe bij Mary een bezoekje kunnen afleggen?

Quincy krijgt te horen dat ze zich niet met hun privéleven moet bemoeien. „Jij bent hier om te werken, meisje!"

En weg is Koos.

Staand aan de keukentafel vouwt Quincy de krant open, terwijl het spek in de pan sist. Ze mikt er de stukgeslagen eieren bij en gaat zitten.

De koppen, het landelijk nieuws. De buitenlandpagina. Familieberichten. Haar ogen glijden langs de advertenties. Achter iedere advertentie, beseft ze, ligt een wereld van geluk of verdriet.

Geboren: Marcus en Lucas, zonen van Mirjam en Jesse, broertjes van Renate en Edie. „We danken God dat Hij ons voor de tweede keer een gezonde tweeling heeft geschonken..." de rest van de tekst dringt niet tot Quincy door.

Marjam heeft haar tweede tweeling. Het is dus allemaal

goed gegaan. Wat zullen ze thuis blij zijn!

Quincy schrikt op uit haar overpeinzingen als ze ruikt dat het spek méér dan gaar is. Ze vliegt overeind en redt haar avondmaaltijd.

Een tweeling. Ma kan haar hart ophalen en zal nu wel geen gedachte meer aan háár, Quincy, wijden. Ze is verleden tijd...

Ze brandt haar mond aan het gloeiend hete voedsel. Ze dwingt zich haar bord leeg te eten. Doorgaan, doorgaan met het leven van alledag.

Zou ze een kaartje sturen? Een teken van leven. Waarom niet? Ze ís per slot van rekening ook dankbaar dat het goed is gegaan. In de kamer rommelt ze in Mary's bureautje, op zoek naar een enveloppe, een postzegel, een velletje papier. Wat ze aan briefpapier vindt, is niet de moeite waard. Nee, beter kan ze morgen een kaart kopen die geschikt is.

Ze knipt de advertentie uit en vouwt hem klein op, zodat hij in een achtervakje van haar portemonnee past.

Zoals altijd wanneer het denken pijn bezorgt, gaat Quincy aan het werk. De keuken wordt opgeruimd, ze baant zich met de stofzuiger een weg door het huis. Tegen de tijd dat Koos thuiskomt, staat de koffie klaar.

„Hoe gaat het nu met uw vrouw? Ze was vanmiddag erg verdrietig omdat ze naar een herstellingsoord moet!" Met die woorden opent Quincy het gesprek. Koos neemt de koffie van haar aan en beent naar de zojuist gezogen en opgeruimde kamer. „Hm!" geeft hij als antwoord. Quincy loopt achter hem aan en gaat op de leuning van een stoel zitten. Koos probeert van haar weg te kijken. Dapper staart Quincy terug.

„Dit huis is te groot voor haar. Ze kan beter in een klein flatje wonen..."

Koos gromt.

Waar is ze mee bezig? Koos en Mary uit elkaar te drijven? Ze staat op in het besef dat ze te ver is gegaan. Ze moeten het zelf maar uitzoeken.

„Sorry…" net als ze bij de deur is, rinkelt de mobiele telefoon van Koos. Het ding zit in de tas van Koos, die onder de kapstok staat.

„Blijf af!'snauwt hij als hij ziet dat Quincy bereidwillig als ze is, de tas wil pakken. Hij duwt haar opzij, grijpt de tas en haalt zijn mobieltje er uit. Quincy loopt hem na, hoort dat hij zegt: „Wachten! Ik ben niet alleen, als je begrijpt wat ik bedoel!" Hij loopt de kamer in en gooit de deur achter zich dicht. Quincy kan het niet laten: ze sluipt naar de deur en probeert iets van zijn gesprekje op te vangen. Als pa en ma haar zo zouden zien…

Helaas kan ze niets verstaan. Alleen dat Koos, aan de toon te horen, op een manier spreekt die ze niet van hem kent.

Moedeloos om de situatie die ze niet kan veranderen noch beïnvloeden, kruipt ze vroeg in bed. Misschien heeft Max gelijk. Misschien is het Gods bedoeling wel dat ze de freule een bezoek brengt. Jammer dat er geen mobiel nummer van de Hemelse gewesten is. Maar ze heeft thuis geleerd dat bidden spreken met God is. Ook al lijkt het éénrichtingsverkeer. Ze vouwt haar handen, diep weggekropen onder de rozen van Mirabelle. En nu maar hopen dat er op de één of andere manier een antwoord komt…

Dat komt. De volgende dag al. Max belt op haar mobiel, terwijl ze bezig is de roze fiets te stallen. „Wat zeg je…"
Max heeft aangedrongen bij de oud-notaris haast te maken met het maken van aan afspraak.
„En wat denk je, schatje, het is gelukt. Mevrouw de freule wil ons ontvangen! Ik heb meteen maar een afspraak gemaakt en doe je best om vrij te krijgen! Morgenochtend, klokslag elf uur worden we verwacht!"
Quincy voelt dat ze wit wegtrekt. Ze hapt naar adem.
„Oh Max, ik ben zo bang voor een teleurstelling. Ik zie haar voor me, een antieke freule. Zo één met een hoe heet zo'n ding… een lorgnet. En hoog opgestoken haar… een kanten

bloes met een parelketting. Zwarte kousen... van panty's heeft ze nooit gehoord... schoenen met een fluwelen strikje... ringen aan iedere vinger..." Ze weet dat ze doorslaat. Max lacht ongeduldig. Hij háát het, weet ze, als ze zo kinderlijk bezig is.

"Kom tot jezelf en bedaar. Quincy... kleine freule van me... dit wordt groots!"

Met tegenzin doet Quincy aan Janke verslag. Kirsten en Joanne komen erbij staan en luisteren belangstellend mee. Joanne kijkt onverholen nieuwsgierig, Kirsten bezorgd. En dat is Janke ook.

"Ik hoop dat je niet teleurgesteld wordt, Quincy. In ieder geval moet je deze kans grijpen, ook al loopt het op een teleurstelling uit. Probeer begrip te hebben voor die oude vrouw. Jij bent jong, hebt menselijkerwijs nog een leven voor je. Zij moet het met haar herinneringen doen. En als die nou nog prettig waren..."

Joanne verzucht dat het net een "mijn geheim" verhaal is.

"Alleen is het geen verhaal, maar realiteit!" steunt Quincy. En ze wenst dat ze als kind al belangstelling voor haar afkomst had gehad. Want in dat geval zou ze nu staan te springen omdat een wens aan het uitkomen is.

"Weten jullie wat? Ik bereid me op het ergste voor. Dan kan het nooit tegenvallen!" besluit ze. Janke vindt het zondermeer vanzelfsprekend en goed dat Quincy een extra vrije dag krijgt. "Als je belooft me op de hoogte te houden!"

Tegen sluitingstijd besluit Quincy nieuwe kleding voor zichzelf te kopen.

"Het moet iets adellijks zijn, Janke!" Janke zegt niet gespecialiseerd in "adelijke kleding" te zijn. Maar ze is wel behulpzaam met het uitzoeken van iets dat geschikt voor de gelegenheid is.

Een rok, net onder de knie. "Het maakt dat je dan langer lijkt, Quincy! En probeer daarbij een bloes uit de nieuwe collectie. Het is weliswaar nogal zomers, maar met het weer dat we nu hebben, kan het best!"

Quincy bekijkt zichzelf zo kritisch of ze haar eigen klant is die tevreden de winkel uit moet gaan.

„Ik heb geen geschikte schoenen… help! Het is bijna zes uur!"

Rennen, vinden Janke en Kirsten.

Gelukkig is er vlak bij „Rozenberg" een schoenenzaak. Een verkoopster kijkt geërgerd als ze zo vlak voor sluitingstijd een klant ziet binnenhollen. Maar als ze merkt dat het een collega verkoopster is, bindt ze in.

„Je boft, ik was al bezig de kassa af te sluiten!"

„Wachten!" smeekt Quincy. „Ik moet deftige schoenen hebben. Met een hak die niet te smal is, anders ga ik wankelen. Please, help me!"

Er is volop keus, Quincy heeft geen lastige voeten dus staat ze binnen de kortste keren weer buiten. Janke en Kirsten wachten haar op.

„Je ziet er perfect uit!" vindt Janke als Quincy de nieuwe kleding showt.

„Wat nog ontbreekt is dit…" ze loopt weg en komt even later terug met een soort stola. Gemaakt van fijn weefsel en de kleuren passen precies bij de bloes.

„Ooit een partijtje aangeschaft. Was onverkoopbaar… ik vond het van de week in het magazijn terug. Jullie mogen er alle drie één uitzoeken…"

Quincy paradeert door de winkel. „Ik voel me net een prinses met dat ding om. Nu heb ik geen mantel nodig! Dank je wel, Janke!"

Max is verrast als hij Quincy de volgende dag in haar nieuwe kleding ziet staan. Zoals gewoonlijk wacht ze buiten op de stoep tot hij komt voorrijden. Ondenkbaar dat ze hem in het huis van de Wortelboers zou mogen ontvangen.

„Je lijkt wel tien jaar ouder. Geweldig… zie je tegen het bezoek op?"

Dat doet ze zeker. „Omdat we niet weten hoe ze zal reageren. En wat heeft meneer Simons tegen haar gezegd? Dat ik de dochter van die Eva ben... of laat hij het haar raden?"

Dat weet Max ook niet.

„We gaan er op af. We zien wel hoe het loopt, schatje!"

De rit duurt Quincy veel te kort... ze had er graag langer over gedaan. Om meer tijd te hebben waarin ze kon fantaseren. Helaas gaat dat soort fantasie altijd over in getob...

„Ik krijg pijn in mijn buik, Max! Help!" zucht ze wanneer hij tegen de heuvel oprijdt en stopt voor het huis van de oud-notaris.

„Hij komt al naar buiten, zie je dat? De oude man heeft op de uitkijk gestaan. Wie weet is hij net zo nerveus als wij..." zegt Max terwijl hij uitstapt. Quincy volgt zijn voorbeeld.

Met uitgestoken hand komt de oude heer op hen afgestapt. „Jullie brengen heerlijk weer mee!" is zijn begroeting terwijl hij hun handen drukt. Quincy gloeit van trots als hij haar aandachtig bekijkt. Wat kleren al niet kunnen bewerkstelligen!

Max maakt een uitnodigende beweging: de notaris mag voorin plaats nemen. „Jongeman, we gaan te voet. Hier achterlangs loopt een verhard pad dat ons binnen vijf minuten bij de woning van de freule brengt. Ik kan het blindelings vinden!"

Hij biedt Quincy een arm en wat ongemakkelijk accepteert ze dit gebaar.

Max loopt grinnikend achter hen aan. „Het is hier een wonderschone omgeving!" zegt Quincy welgemeend. Het pad is meer een holle weg en omzoomd door laag struikgewas, het tere groen van de beuken lijkt bijna onecht. De notaris vertelt zijn leven lang in deze streek gewoond te hebben. „Ik ben aan de omgeving verknocht. Net als de freule... Tussen haakjes: ik zal u aan haar voorstellen als een jeugdige vriendin, die met haar partner bij me op bezoek is. Dat lijkt me een goed begin!"

Jeugdige vriendin met partner.

Quincy hoort achter haar Max grinniken.

Dan komt de villa van de freule in zicht. Quincy houdt haar adem in. Wat een stukje architectuur. Hier heeft haar bloedeigen moeder vroeger gelopen, gespeeld, geleefd. Het ontroert haar diep vanbinnen. Ze heeft ooit een moeder gehad, een vrouw die gestorven is toen ze jonger was dan Quincy nu is. Hoe zou ze aan die persoon kunnen denken als aan een moeder?

Het park rondom de villa is wonderschoon aangelegd, maar dat hebben ze vorige keer in het voorbijgaan ook al kunnen constateren.

Bij het bordes gekomen, laat de notaris Quincy los en gaat voorop om aan de bel te trekken.

Een jong meisje doet open en zegt dat de freule hen verwacht. En nee, het bezoek heeft geen mantel of jas om weg te hangen. Quincy trekt als wil ze zich beschermen, de stola van Janke strakker om zich heen.

„Mevrouw bevindt zich in de achterkamer, meneer!"

De notaris richt zich op en stapt met afgemeten passen achter het meisje aan.

Quincy vraagt zich af of haar bloed zal roepen: hier hoor je thuis! Of iets dergelijks… maar nee, ze ervaart niets.

„Dag lieve! Wat een kostelijke ochtend!" Het klinkt als een zin uit een ouderwets toneelstuk.

Max legt een hand onder een elleboog van Quincy. Om haar te steunen, maar ze voelt dat ook hij gespannen is.

De freule lijkt in niets op het beeld dat Quincy zich in het hoofd had gehaald.

Ze is niet groot, maar wel statig. Haar kleding is modern te noemen en ze draagt maar weinig sieraden. Ze omhelst de notaris op een manier die duidelijk maakt dat ze wel heel goede vrienden zijn.

„En dit is mijn jonge vriendin, Evangeline… met haar partner." Hij duwt Quincy in de richting van de freule en doet zelf

een stap opzij. „Ze wordt in de wandeling met Quincy aangesproken, maar in werkelijkheid heet ze – merkwaardig toeval, of niet? – net als jij, lieve. Namelijk Evangeline!"
De hand van de freule voelt droog en sterk aan. Ze kijkt zonder iets te zeggen recht in Quincy's gezicht. Dan glijden haar ogen van het vlot geknipte haar naar beneden, tot aan de nieuwe pumps. „Zo! Evangeline. En waarom word je dan... wat zei je ook alweer?" Ze heeft nog steeds Quincy's rechterhand in de hare, kijkt langs haar heen naar de notaris.
„Jacques?"
De notaris kucht een keer, doet een pas naar voren en weer terug.
„Dat moet ze je dadelijk maar zelf uitleggen. Deze jongeman is haar vriend... ach, nu ben ik zijn naam even kwijt!"
Max gaat vlak naast Quincy staan. En stelt zich voor. „Wij zijn bevriend, mevrouw, mijn naam is Max Heesters!" De freule laat Quincy's hand vallen.
„De kapper met internationale faam! Heb ik het goed? Jawel, ik heb over u gelezen. En gehoord van vriendinnen. Grappig, uiterst grappig!"
Ze nodigt het gezelschap plaatst te nemen. Het jonge meisje dat hen binnen heeft gelaten, brengt koffie en een schaaltje cake.
De notaris wijdt zich aan zijn koffie, negeert het feit dat er een stilte is ontstaan. Ook de freule tilt haar kopje van het schoteltje en even denkt Quincy dat ze ziet dat de hand die het tere porselein vasthoudt, trilt.
„En nu is de beurt aan jou, Quincy. Heeft je naam iets met het cijfer vijf van doen?"
Quincy knikt gretig om deze geboden invalshoek.
„Zeker, mevrouw. Ik was het vijfde kind dat bij mijn ouders terecht kwam!"
De freule zegt: „Vreemde manier om over een geboorte te spreken. Terechtkwam... is dat een moderne kreet?"
Quincy krijgt het warm. Ze schudt haar hoofd, de donkere

lokken zwieren mee. „Nee… dat bedoel ik niet. Mijn ouders kregen twee kinderen, de andere drie zijn geadopteerd. Ik als laatste en vandaar de naam Quincy. Dat vonden ze toepasselijk. Gelooft u me dat ik het vaak moet uitleggen!"

„Geadopteerd? Dat is iets lijkt me, dat men zijn hele leven meedraagt. Die onzekerheid… op de televisie zijn dikwijls programma's waarin mensen op zoek gaan naar de biologische ouders. Dramatisch… maar jij schijnt mij geen type te zijn dat daar mee zit. Waarschijnlijk heb je met je ouders geboft. Je maakt een stabiele indruk!" Even denkt Quincy dat ze er „meisje" aan toe wil voegen. Het maakt dat ze bijna gaat gillen.

„En hoe is de naam verder: Evangeline…"

De koffie is op. De notaris voelt dat de spanning oploopt. Het kan niet anders of zijn oude vriendin speurt dat er iets gaande is.

„Wel… toen deze jonge vrouw mij dat vertelde, Evangeline, ging er veel in mij om en zo zal het jou ook vergaan. Ze heeft papieren waarop de naam van haar biologische moeder staat." Hij last een korte pauze in, de spanning loopt op en het maakt dat Evangeline hem met grote ogen waarin angst en nog vele meer, te zien is.

„Namelijk: Eva Lubbink ten Hove… het kan niet anders, of haar moeder was jouw dochter, mijn lieve!"

Evangeline sluit haar ogen alsof ze daardoor de waarheid kan ontlopen.

Quincy denkt: „Als ik nu opsta en wegloop, het huis uit, red ik deze vrouw van veel verdriet. Want haar wonden zullen ongetwijfeld openscheuren…"

Maar nee, daar is het nu te laat voor.

„Jij denkt te weten, Jaques, dat mijn dochter een kind heeft gebaard? Wat maakt jou zo zeker!"

Ondertussen houdt ze geen oog van Quincy af. Max schijnt vergeten te zijn, een figurant in deze kwestie.

„Omdat jouw dochter mij toevertrouwde dat ze zwanger

was. Ze was hard naar jou toe, dat weet je. En andersom was dat ook het geval! Ze wilde niet dat haar kind... jouw volgende slachtoffer zou worden. Ja, Eva was hard. In woord en daad. Het spijt me zo voor je... ze kreeg haar kind en gaf het ter adoptie. Haar grote liefde was verongelukt..."

Het gezicht van de freule wordt als van steen.

„Verdwijn, Jacques, met je zogenaamde vrienden. Ik wil alleen zijn!"

Ze wijst als een koningin met een gebiedende vinger richting deur. Quincy staat al, struikelt bijna over haar eigen voeten en wordt ingehaald door Max, die een arm om haar taille legt. De kamerdeur wordt van de andere kant al geopend en beiden haasten zich de ruime hal in.

De notaris aarzelt, blijft bij Evangeline Lubbink ten Hove geboren Levie staan. Ze maakt nogmaals de gebiedende beweging. De notaris buigt zijn hoofd, knikt en volgt zwijgend de anderen naar de hal.

Daar vindt hij Quincy in tranen, terwijl Max haar in zijn armen houdt.

Het dienstmeisje heeft ondertussen de indrukwekkende voordeur al wijd geopend.

De notaris zucht, kucht zijn nerveuze kuchje en zegt gevreesd te hebben dat het bezoek op deze manier zou verlopen. „Maar geloof me... het zaad is gezaaid en ik laat jullie beiden weten wanneer de freule er wél klaar voor is... Zeker weten dat dit moment ooit komt!"

Eenmaal buiten kalmeert Quincy. De notaris staat er op dat beiden met hem mee naar zijn huis gaan, om de kwestie – hij zegt: kwástie – door te spreken.

„Geef de moed niet op, jongedame. Het recht zal zijn loop vinden!"

Quincy en Max blijven bij de oud-notaris lunchen.

Het gesprek gaat – hoe kan het anders? – over de reactie van de freule. Jaques zegt dat hij er al bang voor was. „Hoewel ik haar bijna mijn leven lang ken, weet ook ik niet van te voren hoe ze zal reageren. Ik had gehoopt dat ze nieuwsgierig zou zijn naar haar kleindochter…"

Max kan niet nalaten op te merken dat hetgeen de notaris zei, wel hard bij de bejaarde dame moest aankomen.

„Hoe zei u het ook weer… Eva wilde niet dat haar kind het volgende slachtoffer van de freule zou worden. Als u dat anders had gezegd, wat milder ingekleed, had ze misschien positiever gereageerd!"

De notaris vouwt zijn handen, die bekleed lijken te zijn met perkament in plaats van huid, over elkaar. „En juist dat wilde ik niet. Eerlijkheid is hier op zijn plaats! Dacht je dat de freule niet van zichzelf weet dat ze vaak onhebbelijk is? Vroeger praatte ook ik haar naar de mond. Het is hoog tijd dat ze beseft dat ze zich niet alles kan veroorloven. Maar geloof me… het is een kwestie van dagen, misschien twee of drie weken, voor ze terug komt op haar beslissing. Ze is een eenzame vrouw. Ze heeft bijna geen vrienden die op haar gesteld zijn. Komt ook nog bij dat ze op een leeftijd is, net als ik, dat velen je ontvallen."

Met tegenzin laat de notaris zijn bezoek gaan. Wat Quincy doet vermoeden dat ook hij eenzaam is.

Als ze bijna thuis zijn, is Max weer optimistisch gestemd. Hij denkt dat de notaris gelijk heeft en dat de freule al gauw spijt krijgt van haar gedrag.

„Ik weet het niet. Als het zo moet, Max, heb ik liever geen familie dan wel." Wat haar doet beseffen: niet alleen de notaris en haar grootmoeder zijn alleen, ze is het zelf ook.

Max zet haar af in het winkelcentrum. Op haar hoge klik-klak hakjes stapt Quincy naar een boekwinkel waar ze de mooiste felicitatiekaart voor Mirjam en Jesse koopt die ze kan vinden.

Ze schrijft een paar woorden en een felicitatie met de geboorte van de baby's. Geen woord richting pa en ma. Ze zou willen dat ze zich triomfantelijk voelde omdat ze haar grootmoeder heeft opgespoord. Misschien komt dat nog, hoopt ze!

Als Koos die avond naar het ziekenhuis is, overvalt Quincy opnieuw een gevoel van intense verlatenheid. Ze probeert er tegen te vechten. Wat wil ze dan? Met hangende pootjes terug naar huis, waar geen plek voor haar is? Troost zoeken bij Daan? Oh, kon dat maar! Maar Daan is de zoon van pa en ma.

Ze zoekt opnieuw in Mary's bureautje naar briefpapier en een enveloppe. Boven, zittend op haar bed, de rug in de kussens, neemt ze een boek op schoot waarop ze het briefpapier legt.

Schrijven, dan nalezen, uiteindelijk beslissen of het epistel op de post gaat.

Ze sluit even haar ogen en haalt zich de freule voor de geest. Ze heeft best gezien dat ze veel op de oude dame lijkt. Dezelfde ogen, de iets gebogen neus en de slag in het haar. Dat van de freule is spierwit, het hare donker.

Misschien lijkt ze nog wel meer op haar eigen moeder. Of op de vader, de piloot. Van wie zou ze de karaktertrekken hebben? Dat speelse, het creatieve... Ze staart naar het blanco vel papier en besluit op te schrijven wat er in haar opkomt. Wat er in haar hart speelt.

Wat zet ze er boven?

De vrouw ís haar grootmoeder. Dus: „Beste grootmoeder. Neemt u me niet kwalijk dat ik u zo noem, maar ik zou niet weten wat ik er anders boven zou moeten zetten. Allereerst dit: ik kan uw schrikreactie heel goed begrijpen. Ook dat u nogal boos was op de notaris en ons. Misschien hadden we het subtieler moeten aanpakken. Maar gedane zaken nemen geen keer.

Waarom ik u schrijf?

Ik kan me voorstellen dat u best wilt weten hoe het mij in het leven is vergaan. Het spijt me zo dat ik mijn biologische ouders nooit heb gekend. En eerlijk gezegd heb ik tot voor kort, nooit of zelden aan hen gedacht.

Ik ben opgenomen in een keurig, burgerlijk gezin. Ik was geen bijzonder kind, hoor, grootmoeder. Alles middelmatig. Toen ik een beroepskeuze moest maken, koos ik voor iets in de mode en ging naar de academie.

Daar leerde ik van alles. Tekenen, fotograferen, veel over de geschiedenis van de mode en over trends en stoffen. Ik was in het tweede jaar toen ik er mee stopte. Dat kwam zo…"

Quincy zuigt op het uiteinde van haar pen en wacht op inspiratie. Ze kan het best proberen een eerlijk verslag over de gebeurtenissen te geven.

„U moet weten dat mijn zussen alle drie in de zending zijn gegaan. Mirjam, een eigen kind van mijn ouders, is getrouwd en heeft een tweeling. Ze wilde naar huis komen omdat ze opnieuw zwanger was van een tweeling. De kindjes zijn inmiddels geboren.

Mijn ouders, die in een niet te groot huis wonen, wilden dat Mirjam, haar man en de kinderen bij hen in zouden trekken. Natuurlijk is het huis daar te klein voor. Dus leek het mijn ouders logisch dat ik op mezelf ging wonen. Dat was een klap: het kwam over alsof een eigen kind belangrijker was dan één van de adoptiekinderen. Ik wist wat me te doen stond… ik pakte mijn boeltje en ging er vandoor, zonder te weten waar ik terecht zou komen. Door toeval ontmoette ik een man die hulp voor zijn vrouw zocht. Ik ben bij die mensen ingetrokken. En ik heb werk gezocht. Ik sta nu in een modezaak en heb het er goed naar mijn zin. Misschien maak ik de studie ooit nog wel eens af.

Voor het eerst begon ik te verlangen om te weten waar ik vandaan kwam. Ik had geen idee wat – of wie ik zou vinden. Erg moeilijk was het niet… ik had namelijk mijn geboortebewijs bij de hand. Dat u een freule bent verraste me erg. En ik vind het ook vreselijk voor u dat u geen goede relatie met uw dochter, mijn moeder, had! Zoiets kan zomaar gebeuren:

een breuk bedoel ik. Want zie mij nou. Ik kon het altijd best met ma vinden. Tot bleek dat ik teveel was. Want zo blijf ik het zien, grootmoeder. Ook al zal ik u nooit meer ontmoeten, dan toch blijft u dat: de moeder van mijn moeder. Dat is een goed gevoel, het maakt dat ik me minder verlaten en eenzaam voel!"

Als Quicy zover is, leest ze het geschrevene over. Ze moet er van huilen – zo zielig vindt ze haar eigen levensverhaal.

Wat valt er nog meer mee te delen?

„Wilt u alstublieft niet langer boos zijn op de notaris? Hij is zo vriendelijk voor ons geweest. En hij vindt het heel erg als hij u moet missen.

Als u hem spreekt, doet u hem dan mijn groeten!

Ik stop met schrijven, meer is er niet te vertellen. Ik hoop dat u nog lang mag leven in gezondheid. En wie weet: héééééll misschien tot ziens."

Uw kleindochter Quincy (Evangeline) Lancée (Lubbink ten Hove).

De vouwt de brief zo op dat hij in de enveloppe past en plakt de postzegels van Mary erop.

Op internet zoekt ze het adres van de freule op.

Meteen posten! Dan kan ze zich niet meer bedenken. Ze verwacht geen reactie, want iemand die zo hoogmoedig is als haar grootmoeder, zal zich niet vernederen en terug schrijven!

Maar ze heeft nu in elk geval laten weten wat ze had willen vertellen!

HOOFDSTUK 10

Er is een plaatsje in een verzorgingstehuis voor Mary gevonden. Hoewel ze nog erg slap is en veel aandacht nodig heeft, vinden de artsen dat ze daar beter af is dan in het ziekenhuis. Wat Koos er van vindt, is Quincy onduidelijk. Wel weet ze dat Mary doodsbenauwd voor de verandering is.

Quincy probeert haar op te beuren.

„Denkt u zich eens in, mevrouw Wortelboer... u kunt daar uw eigen kleding dragen. Want u hoeft niet de hele dag in bed te liggen. En er zijn mensen van uw eigen leeftijd met wie u kunt praten. Samen tv kijken, een wandeling in het park maken. Want ik weet zeker dat uw angsten daar zullen verminderen!"

Alsof ze tegen dovenmansoren spreekt.

Quincy zoekt thuis in Mary's kasten naar kleding, schoeisel en persoonlijke spullen. Een paar sieraden, de foto's van Mirabelle die her en der te pronk staan... dat alles stopt ze in een weekendtas die ze onder in een kast vond.

Koos laat dat alles aan haar over. Hij neemt zelf geen vrij op de dag dat Mary verkast gaat worden. Het is Quincy die deze taken op zich neemt.

Met een taxi rijden ze naar een prachtig tehuis, dat buiten de stad is gelokaliseerd. Het lijkt wel iets op de villa van de freule, vindt ze.

Mary zit als een etalagepop naast Quincy en als de taxi voor het bordes stopt, krimpt ze in elkaar.

Quincy kan wel huilen om zoveel onnodige spanning en pijn. Ze loodst Mary uit de auto en ondersteunt haar met alle kracht die ze kan opbrengen. Mary is afgevallen, loopt moeilijker dan ooit. De chauffeur stapt kwiek langs hen heen, zet de weekendtas op de stoep en belt aan.

Meteen vliegt de deur open, een stevige gedaante begroet hen hartelijk. „U wordt verwacht, mevrouw Wortelboer, is het niet?"

Quincy betaalt de chauffeur terwijl Mary naar binnen wordt gebracht.

Even later voegt ze zich bij hen en loopt mee, richting één of ander kantoor.

„En wie bent u? Een dochter zeker?"

Quincy vertelt dat ze een huisgenote is. Ze helpt Mary met het beantwoorden van een paar vragen en in haar hart is ze woest op Koos die Mary zo aan haar lot overlaat.

„Dan laten we mevrouw nu haar kamer zien. Het kostte wat moeite... maar het is gelukt om een éénpersoonsvertrek te regelen. Dat was toch de bedoeling?"

Het is een simpele kamer, niet erg groot maar het uitzicht op de tuin is geweldig. Een bed met nachtkastje, een kleding-kast en een zitje. In een hoek staat een kleine eetkamertafel met twee stoelen.

Het ruikt er fris en de stoffering lijkt wel nieuw. Dat alles in zachtblauwe tinten. „Mooi, mevrouw Wortelboer! Hier kunt u het best uithouden... en ik kom zo vaak ik kan!"

Terwijl Mary uitgeput op een stoel neerzakt, pakt Quincy de tas uit en legt en hangt de kleding op de juiste plek. De foto's van Mirabelle zet ze op goed geluk her en der neer. Mary volgt zwijgend al Quincy's handelingen.

Een jong meisje met een schort voor, komt twee kopjes kof-fie brengen.

Of Quincy denkt mee te eten? Dat mag voor een keertje best. Helaas: Quincy kan in de winkel niet gemist worden.

„Maar ik kom gauw... is er een vaste tijd voor het bezoek?"

Ze kan in het kantoor een folder halen waarop van alles staat dat goed is om te weten in verband met Mary's verblijf hier.

„Ik wil naar bed..." fluistert Mary als het meisje hen alleen heeft gelaten. Quincy helpt haar met het uit- en aankleden, het in bed stappen. „Kijk, dit is een bel, op deze knop moet u drukken als u hulp nodig hebt. En als ik weer kom, breng ik een bos bloemen mee!" belooft ze.

Mary kijkt haar triest aan. „Ach, meisje toch!"

Ze wendt haar hoofd af, naar de muur en geeft aan te willen slapen.

Quincy besluit het hoofd van de inrichting op te zoeken om te vertellen met welke problemen Mary kampt. Ze laat ook het bestaan van Mirabelle niet onvermeld.

„We zullen goed voor mevrouw zorgen, wees gerust!"

Maar dat is Quincy nu juist niet. Gerust. Nu is ze veroordeeld tot het samenwonen met Koos die ze met de dag meer wantrouwt.

Reden om zich met vernieuwde energie te storten op het vinden van betere woonruimte!

„Als Quincy dit allemaal eens kon zien!"

Daan zit tevreden, zittend op de grond, de verbouwde zolder te bekijken. „Pa, dit hadden we veel en veel eerder moeten doen. Een stuk woonruimte erbij. Het was niet nodig dat Quincy het huis uitging... kon ik haar maar bereiken! Soms dwaal ik uren door de stad, pa, in de hoop haar tegen het lijf te lopen. Ik bel geregeld met die Emmie Hoorneman... af en toe ook met de Academie om te horen of ze iets van Quincy hebben vernomen. Nul op het rekest, pa..."

Flip Lancée doet er het zwijgen toe. Bij iedere hamerslag tijdens het verbouwen gingen zijn gedachten naar Quincy. Alsof haar naam werd geroepen: Quin-cy... Quin-cy...

Hij gaat naast zijn zoon zitten. Knieën opgetrokken, de armen er om heen. Het samen klussen heeft vader en zoon dichter bij elkaar gebracht.

Van beneden komt een hels kabaal. De tweeling dendert door het huis, zich niets aantrekkend van de vermaningen het rustiger aan te doen vanwege de baby's. Mirjam moet noodgedwongen veel aan haar moeder en Jesse overlaten. De bevalling was zwaar en ze heeft te horen gekregen dat ze de eerste jaren absoluut een zwangerschap moet zien te vermijden. Mirjam vindt haar gezin compleet. Twee keer een tweeling is samen vier!

„Jong, ik weet het ook niet meer. Ik zoek constant naar mogelijkheden. Wat kunnen we nog meer proberen? Ik heb een moment gedacht: ze zal toch niet op zoek zijn gegaan naar haar biologische ouders? Wel, die zíjn er niet. Over haar afkomst weten we niets, dat was niet toegestaan en we wensten dat ook niet. Ze was wees toen we haar toegewezen kregen. En heel vreemd: ik kan in mijn papieren bepaalde stukken niet vinden! Dat geeft te denken, Daan!"

Dat feit zet ook Daan aan het denken. „Pa, Quincy is slim. Ze zou best in het bezit van die paparassen kunnen zijn. Er moet achter te komen zijn waar ze vandaan komt. Zal ik er voor je naar op zoek gaan? De instanties bewaren vast en zeker alle mogelijke gegevens heel erg lang!"

Het ruikt naar hout en nieuwe vloerbedekking, daar op zolder. De ruimte is klaar voor een bewoner. En het liefst zou die Quincy moeten heten.

Ze klampen zich vast aan dat wat Mirjam beweert: ze denkt in een flits Quincy tijdens een bezoek aan het ziekenhuis, gezien te hebben.

Van beneden wordt geroepen. „Pa! Daan… kijk eens wat de post bracht!"

Daan grinnikt. „Ma blijft zich verbazen, pa, over de hoeveelheid post die vanwege de nieuwe baby's wordt bezorgd! Mirjam en Jesse zitten goed in de kennissen en relaties!"

Gestommel op de zoldertrap, het hoofd van Edia Lancée duikt op. Ze wappert met een kaart. „Voor Mirjam… van Quincy!"

Vader en zoon rukken bijna gelijktijdig de ansicht uit Edia's hand. Pa wint.

Hij leest hardop voor wat Quincy heeft geschreven.

„Een teken van leven, mama!" zegt hij ontroerd. Het is niet veel, maar altijd beter dan niets.

Daan kruipt op handen en voeten richting het trapgat. „Wat denk jij, ma, zou Quincy in staat zijn op zoek te gaan naar haar afkomst? Het is maar een idee, maar pa en ik denken dat het niet tot de onmogelijkheden behoort!"

Edia Lancée doet een stap naar beneden. „Tot voor kort zou ik hard „nee" hebben geroepen. Waarom zou ze! Maar nu… misschien is het de moeite waard om het adres van die familie op te snorren. Ze voelt zich door ons afgewezen, dus kán het zijn dat ze een andere basis zoekt. Maar we weten zeker dat ze wees is, dus veel kans dat er nog andere familie in leven is, zit er niet in!"

Met de kaart in de hand, als was het een kostbare schat, daalt ze de trap weer af. Ditmaal om Mirjam blij te maken!

„Je vriendje staat in de krant!" roept Joanna als Quincy de winkel binnenstapt. Quincy haalt haar houders op. „Nou, én? Hij adverteert bijna elke week, beste Joanne!"

Joanne trekt Quincy mee naar de ruimte achter de winkel. „Lees!"

Inderdaad, dit is geen advertentie.

„Max Heesters gaat ons verlaten!" staat boven het bewuste artikel. Met gretige ogen leest Quincy de regels. De zaak blijft zijn naam behouden, maar de „meester" vertrekt definitief naar Brussel om daar de Belgische madammekes te kappen. Quincy schuift na lezing de krant van zich af. „En na Brussel wordt het Parijs. Dan misschien Rome, weet ik veel. En nee, Joanne, ik ga niet met hem mee."

Joanne kan zoveel dwaasheid niet bevatten. „Kun je hem niet aan mij overdoen? Hoe is het mogelijk… wie laat er nu zo'n kans schieten!"

Quincy zegt niet wat ze denkt! Namelijk: het is zeker mogelijk dat Max haar op een bepaald moment laat vallen. Zonder dat er onenigheid of ruzie is geweest. Hij is geen type dat in staat is zich te binden, dat heeft ze tot haar verdriet al snel, in het begin van hun relatie, gemerkt.

„Hij is een artiest, Joanne. Een individualist die zijn eigen gang gaat. Hij moet de vrijheid hebben om zich te kunnen ontplooien… ach… weet ik veel!" Ondanks dat ze het zo duidelijk ziet, wordt het haar toch even teveel.

Joanna probeert Quincy te troosten. „Je hebt in ieder geval een paar leuke maanden met hem gehad…" Quincy lacht door haar tranen heen. „Hij is geweldig gezelschap. Weet je dat hij zelfs een keer met me mee naar de kerk is geweest? Hij verzint altijd de leukste uitstapjes. Zeilen… etentjes… ja, hij weet wel hoe hij met een vrouw om moet gaan."

Joanne kan het niet nalaten te vragen: „En het bleef echt bij een paar zoentjes… ik dacht dat een man van zijn soort toch wel…" ze maakt haar zinnen niet af. Maar dat is ook niet nodig. Quincy snapt haar zo ook wel.

„Raar? Maar je voelt aan dat het niet echt wat kan worden en dan denk je ook: tot hier en niet verder!"

Joanna wil doordrammen over het onderwerp, maar Quincy schudt haar van zich af. „Aan het werk, meid. Zo meteen komt Janke en ik wil niet nog eens over Max beginnen. Berg alsjeblieft die krant weer op!"

De rest van de dag blijft ze doordenken over Max. Eén ding is zeker: ze moet de eer aan zichzelf houden. Kappen. Ook al doet dat pijn. Waarom wachten tot Max bepakt en bezakt naar het zuiden afreist? Lang zal hij niet zonder vriendin zitten en dat doet best pijn. Het idee dat je er één uit een rij bent geweest.

Ze heeft een paar dagen tijd om er over na te denken hoe ze het moet aanpakken. Maar zoals vaker het geval is, dient de mogelijkheid tot een gesprek zich vanzelf aan. Quincy zoekt hem op in de zaak, ze wil zich nog één keer door hem laten knippen.

Hij vertelt bij die gelegenheid dat de nieuwe eigenaar eigen personeel meebrengt. Met als gevolg dat de huidige kapsters elders werk moeten zien te vinden. „Maar… jij zult me niet geloven, schatje, ik neem er twee mee naar Brussel. Die meiden zien het daar wél zitten, in tegenstelling met jou!"

Hij bekijkt kritisch het hoofd van Quincy aan alle kanten en is tevreden.

Zij ook.

„En ik heb vrijdagavond een afscheidsfeestje waar ik collega's en andere middenstanders uit de naaste omgeving heb genodigd. Jij komt natuurlijk ook… kun je kennis maken met mijn opvolger hier!"

Quincy loopt met hem mee naar zijn kantoortje. Zodra hij zit, wil hij haar op schoot trekken, maar ze weert hem af. „Niet doen, Max. Ik kom niet naar dat feestje, ik ben te druk met Mary. Bovendien wil ik twee adressen afgaan die ik uit de krant heb geknipt. Woonruimte… een flatje dat wel te duur zal zijn en een kamer boven een bakkerij. Lijkt me wel wat. En nog wat… Max…" Het hoge woord moet er uit.

„Als jij in Brussel zit, zien we elkaar niet meer. En ik geloof niet dat jij iedere week even terugkomt om mij te zien. Ik, op mijn beurt, kan het me financieel niet eens permitteren om regelmatig een retourtje Brussel te nemen. Begrijp je wat ik bedoel?"

Max is slim, knijpt zijn ogen tot spleetjes. „Ach schatje… ik had niet anders verwacht. We hebben het geweldig gehad, saampjes. Nietwaar? Maar ja, als jij me niet wilt volgen zit er niets anders op dan dat we uit elkaar gaan."

Hij kijkt haar open aan, alsof hij een simpele opmerking heeft gemaakt. Iets over het weer of iets dergelijks. Alsof ze speelgoed geweest is dat wordt afgedankt.

Hij strekt zijn handen naar haar uit. „Maar dat wil nog niet zeggen dat we elkaar uit het oog moeten verliezen. Ik wil weten hoe het met de freule en jou afloopt! Beloof me af en toe te bellen. Ja?"

Quincy probeert net zo nuchter als hij te zijn. „Zal ik doen. Enne… moet ik de knipbeurt betalen nu we niet meer close zijn?"

Max schatert. Ja, hij ziet de opmerking als een goede mop. „Kom, dan krijg je een afscheidspakkerd van me. En je bent nog steeds welkom op het feestje!"

Ze ontwijkt zijn vurige zoen.

„Dank je wel voor alles, Max. Je was af en toe een echte steun voor me."

„En jij een lekker diertje… wie weet komen we elkaar later in ons leven nog eens tegen en besluiten we samen tot het eind toe bij elkaar te blijven!"

Ze wil roepen: „Geloof je het zelf?"

Quincy voelt zich beroofd van iets moois als ze door de straten van het winkelcentrum loopt. Het voelt alsof ze een bord op haar rug heeft waarop te lezen staat: „Het is uit met Max!" Hij zal niet lang treuren, hoogstens tot zijn afscheidsavond. Daar zullen genoeg mooie meiden zijn die hem willen troosten. Quincy concentreert zich op andere dingen. Andere mensen die haar nodig hebben, Mary bijvoorbeeld.

Het blijkt al snel dat Koos niet van plan is elke dag een bezoek aan het tehuis waar Mary verblijft, te brengen. Hij zegt stug tegen Quincy, als ze hem daarop aanspreekt: „Ik heb mijn eigen dingen te doen!"

Ze hoeft niet bang te zijn dat hij haar lastig valt, want de volgende stap is dat hij af en toe een nacht niet thuis komt. „Ik moet te ver reizen. En Mary wordt nu toch goed verzorgd!" is alles wat Quincy uit hem loskrijgt.

Het valt niet mee Mary te motiveren haar best te doen op te knappen. Ze werkt niet mee. Als Quincy bij de post een dikke uitgave van een postorderbedrijf vindt, besluit ze het exemplaar mee naar Mary te nemen.

Ze heeft er geen idee van hoe de Wortelboers er financieel voor staan. In het bureau van Koos heeft ze niets kunnen vinden dat haar wat wijzer maakt. Als Mary zegt „geld" te hebben, blijft de vraag hoevéél. Een mens dat leeft zoals zij dat doet, geen contact met de buitenwereld heeft, zou wel eens alle besef over de hoogte van de bankrekening kwijt kunnen zijn.

En ze wil zo graag méér over die twee mensen weten. Niet uit nieuwsgierigheid, maar om iets te ontdekken waar ze Mary mee zou kunnen helpen. Vandaar dat ze in de kamerkasten gaat zoeken naar meer persoonlijke dingen zoals fotoalbums.

Die zijn er genoeg. Met veel onbekende gezichten. Maar óók een waar Mirabelle als baby op staat. Kleuter, schoolkind. Een mooi meisje dat uitdagend de wereld in kijkt.

Na lang rommelen vindt Quincy een adressenboekje. Ze neemt het mee naar haar eigen kamer om de namen te bestuderen. Misschien vindt ze er een familienaam in. De naam Wortelboer komt er een paar maal in voor, maar ze zijn grondig doorgestreept en dat zegt genoeg over de verhoudingen. Het kan ook zijn dat de doorgestreepte personen niet meer in leven zijn... Quincy besluit op een moment dat ze er de moed voor heeft, een paar nummers te bellen in de hoop dat ze op een bekende van Mary stuit.

Mary lijkt verrast als Quincy haar de prospectus van het postorderbedrijf in de handen duwt. „Kies toch wat leuks voor de zomer uit, mevrouw Wortelboer! U heeft niet veel van dat soort kleding, heb ik ontdekt." Vanaf het moment dat Mary in het ziekenhuis is opgenomen, heeft Quincy de vrije hand om in de kledingkasten te rommelen.

„Nou ja... ik kom toch nergens!" zucht Mary terwijl ze wél naar de zomerjaponnen staart. Quincy besluit niet al te enthousiast te doen.

„Nou ja... hier ontmoet u toch ook mensen. En wie wil er nu niet af en toe wat nieuws? Zullen we samen kijken?"

Mary knikt lusteloos. „Ik kon eigenlijk wel wat rokken gebruiken. Ik ben zo afgevallen, meisje. En wat van die shirts. Of denk je dat me dat zal misstaan? Ik zag gisteren een vrouw lopen... ze woont ook hier... en die had een shirt aan met bloemen op het voorpand. Zo'n ding wil ik ook wel!"

Quincy denkt: „Hoera!" en gaat naarstig op zoek naar iets dat op die beschrijving lijkt.

Na een half uurtje is Mary nog net niet enthousiast, maar wel bereid één en ander op de bestellijst in te vullen. „Koos zal wel denken…" zucht ze als Quincy de bestellijst in haar tas stopt.

„Het is toch uw eigen geld?" zegt Quincy.

Mary heeft haar antwoord al klaar. „Dat weet ik wel, meisje. Maar je moet een man niet het idee geven dat je hem niet nodig hebt. Koos kan zo… zo somber zijn, alsof hij geen levensdoel meer heeft. En nu ik hier zit, wordt het er vast niet beter op!"

Quincy beweert dat hij erg druk is met zijn zaken. „Anders zou hij toch niet een nacht wegblijven, dunkt me. Jammer dat hij nooit over zijn werk spreekt. Hadden jullie vroeger ook geen vrienden of kennissen?"

Mary sluit vermoeid haar ogen.

„Ik had veel vriendinnen!" gooit ze er opeens uit. „Maar Koos was nogal jaloers en wilde mij voor zichzelf. Geleidelijk aan zijn de contacten verwaterd. Dat gaat zo… in een goed huwelijk!"

Quincy weet niet of ze moet lachen of huilen. Wat, goed huwelijk?

Ze denkt aan het adressenboekje en besluit diezelfde avond nog een begin te maken met het lijstje!

Op de stadspagina van de krant komt een verslagje van het feest dat Max heeft gegeven, te staan. Quincy voelt een steek als ze de foto's ziet en de onderschriften leest. Heeft ze goed gekozen?

Heel even is er de twijfel, maar als ze een foto ziet van Max met een zwarte schoonheid aan zijn zijde, weet ze de juiste weg ingeslagen te zijn.

Ze wandelt een keer, tijdens de middagpauze, met Joanna langs de kapperszaak. De naam van Max staat er nog op, maar de etalage is al veranderd. „Kijk nou toch!" jubelt Joanne. „Een foto van jou, Quincy! Volgens mij toen je voor de eerste keer bij Max kwam om te knippen en hij meteen als een blok voor je viel!"

Quincy staart boos naar haar evenbeeld. Dat was niet de afspraak. Hoe komt de nieuwe kapper aan háár foto! Ze is in staat naar binnen te gaan en de man – of vrouw? – ter verantwoording te roepen. „Laat ook maar!" De verontwaardiging is van het ene moment op het andere omgeslagen.

Ze trekt Joanne mee, weg van de kapper. Ze dringt de foto, het moment van de opname en het feit dat er een afdruk van in de etalage hangt, diep weg.

Ze dwingt zich de vergeten.

De uitvergrote foto is een blikvanger. Argeloos kijkt Quincy de wereld in, verrast als ze was door de interesse van een man als Max voor haar persoontje. De nieuwe kapper heeft behalve die waar Quincy op staat, nog meer gefotografeerde modellen geëtaleerd.

Af en toe houdt een voorbijganger de pas in om er een blik op te werpen. Zo ook Daan. Hij haast zich door de straten, op weg om software te kopen voor zijn computer. En zoals altijd loert hij om zich heen, hopend een glimp van zijn kleine zusje op te vangen. Dan – hij is de kapperszaak al gepasseerd – klikt er iets in zijn hoofd. Een seintje dat hij even niet thuis kan brengen.

Hij kijkt om, in de hoop iets of iemand te zien wat hem intrigeerde. Hij loopt een paar stappen terug en dan ziet hij haar. Quincy, die met haar stralend bruine ogen vrijmoedig de wereld in kijkt.

Daan hapt naar adem. Zijn Quincy! Zijn kleine zus! Drie tellen later staat hij in de winkel, roept om de chef. De nieuwe kapper is bezig een man in de herenafdeling te knippen en komt haastig op het tumult af. Een ontevreden klant? Iemand die kwaad in de zin heeft? Hij heft in een verdedigende beweging zijn schaar op.

Daan wijst naar de etalage en is zich er niet van bewust dat de kapsters hun werk staken en de klanten gedraaid op hun stoelen zitten.

„Hoe komt u aan de foto in de etalage? Man, zeg op! Het is

mijn zusje… ze is vermist, al maanden! Hoe komt u aan die foto?"

De kapper slaakt een zucht van opluchting. Geen lastige klant, gewoon een meneer die de kluts kwijt is. Hoe komt hij aan die foto? Hij zou het niet meer weten. „Ik heb de zaak plus een groot deel van het interieur overgenomen." Nee, hij zou niet weten waar die foto ooit is gemaakt. Niemand van zijn personeel zou licht op die kwestie kunnen werpen.

Daarom geeft hij een draai aan de waarheid. „Die foto's, meneer, die kopen we van een bedrijf dat gespecialiseerd is in dat soort zaken. Ik ken geen van die hoofden. Gelooft u me… sommigen zijn al wat ouder, maar hun kapsels doen het nog goed en daar gaat het hier om. Niet om wie wie is!"

Daan is niet tevreden. „U kunt er best achterkomen wie die vrouw… dat meisje… is. En waar ze is gefotografeerd! Het telefoonnummer van het bedrijf waar u inkoopt… dat eis ik!"

De kapper schudt zijn hoofd. Wat denkt meneer wel, dat hij zijn klanten en afspraken zondermeer kan verschuiven? Of afzeggen! „Ik wil wel mijn best voor u doen, maar niet nu. Er zit een klant half geknipt op me te wachten! Na sluitingstijd wil ik één en ander voor u nazien, maar niet eerder. Dat kunt u niet van me verwachten."

Hij stopt zijn schaar terug in zijn heupgordel en duwt Daan zacht maar dwingend richting de deur, die hij snel opent.

Daan kan niet anders dan bedanken en de winkel verlaten. Hij vat post voor de etalage. Quincy, ze ís het, ongetwijfeld. Weer een aanwijzing. En toch is het ook weer niet het zusje dat hij zo goed kent. Ze heeft een verandering ondergaan. Ze kijkt ánders de wereld in. Wijzer, niet meer zo argeloos als ze altijd is geweest.

Verbitterd loopt hij door en ziet niet dat de kapper de bewuste foto uit de etalage haalt. Hij heeft geen behoefte aan nog meer mannen die beweren dat dit model een zusje of weet-ik-wat van hem is!

Weer niets bij de post. Quincy legt teleurgesteld de post die voor Koos Wortelboer is bestemd, op het haltafeltje. Ze had toch min of meer verwacht dat de freule haar zou terugschrijven. Helaas. Maar misschien komt het nog, ze moet niet zondermeer aannemen dat de oudere vrouw direct haar brief zal beantwoorden.

Het eerste wat Quincy doet als ze thuiskomt, is voor het eten zorgen. De boodschappen haalt ze zoveel mogelijk op haar vrije dag.

Terwijl ze de aardappels schilt, kijkt ze vreemd om zich heen. Ze heeft een apart gevoel dat ze vaker heeft, de laatste tijd. Alsof er iemand anders in huis is geweest. Een geurtje, misschien een vleugje van een parfum doet haar dat denken. Maar ook meent ze vaker gemerkt te hebben dat er dingen zijn verplaatst. Buiten haar en Koos komt er niemand in huis, weet ze. Misschien moest ze er met Koos over praten, maar de man is zo afwerend dat ze het er maar bij laat zitten. Zelfs in haar eigen kamer – die van Mirabella – zijn dingen verzet. Alsof er in kasten en laden is gezocht.

Ze schudt het gevoel met kracht van zich af en gaat over naar de dingen van de dag.

Koos vertrekt met een nors gezicht richting het verpleeghuis. Quincy zou willen vragen waarom hij geen auto rijdt. Het is Mary die geld heeft, en zij zou best bereid zijn een wagentje aan te schaffen, meent ze.

Het is een bevrijdend idee alleen thuis te zijn.

Ze snort het adresboekje op en gaat in bed zitten, de telefoon in haar hand.

Ze besluit het rijtje namen af te werken, en alles wat Wortelboer is over te slaan.

Het is geen etenstijd meer, dus ze hoeft niet bang te zijn dat mensen denken dat er door de één of andere instantie wordt gebeld. Om abonnee van een krant te worden, of een bepaalde verzekering af te sluiten.

„Mevrouw de Wit!"

„Goedenavond, mevrouw de Wit. Ik val u met het volgende lastig. Uw nummer vond ik in het adresboekje van mijn uh… huisgenote. Kent u iemand die Mary Wortelboer heet?"

Stilte aan de andere kant.

„Wortelboer zegt u? Die naam ken ik wel… wacht eens: een vroegere vriendin van me is met een Wortelboer getrouwd. Ik heb al járen niets meer van haar gehoord…"

Quincy is verheugd. Ze proeft de belangstelling van de vrouw aan de andere kant van de lijn.

„U was ooit een vriendin van Mary? Het doet me goed dat te horen, mevrouw de Wit. Want Mary is momenteel erg eenzaam en ik ben bezig haar oude vriendinnen en bekenden op te sporen, weet u!"

„Ach nee toch. Mary en ik zijn samen opgegroeid. Ze was nogal een zwak meisje. Niet sterk, deed nooit mee aan sport. Maar hoe gaan die dingen? We raakten beiden verloofd en hadden andere dingen dan meisjesvriendschappen aan het hoofd! Leeft haar man nog? Wortelboer… ja, ik herinner het me opeens goed!"

Quincy snuift tevreden.

„Het zit zo… Mary bevindt zich momenteel in een verzorgingstehuis. Ze is erg nerveus en gedeprimeerd. Ze heeft straatvrees en komt nergens. Het verblijf in het ziekenhuis en nu ook weer de inrichting waar ze nu is, maken dat ze zich ongelukkig voelt. Ik bezoek haar af en toe, maar dagelijks lukt het me niet. En haar man… Koos…"

Ze zwijgt veelbetekenend. Mevrouw de Wit roept: „Zo heet hij, Koos. Vroeger vond ik hem een kwal van een vent. Dat ze nog samen zijn! Maar ja, Mary heeft geld van zichzelf!"

Mevrouw de Wit, vindt Quincy, is nogal openhartig, zo tegen een vreemde. Want dat is ze, per slot van rekening!

Quincy informeert of mevrouw de Wit de andere namen uit het boekje kent. Ze somt ze op.

Af en toe roept mevrouw de Wit: „Ja, die ken ik!" Dan

169

zet Quincy een streep onder de naam.

„Wat wilt u bereiken?" vraagt ze uiteindelijk. Quincy zegt het niet precies te weten. „Ik hoop dat er één oude vriendin is die weer contact met haar wil opnemen, een briefje schrijft of er op bezoek gaat…"

Mevrouw de Wit hoort blijkbaar tot de spontane mensen. „Ik heb met haar te doen. Straatvrees? Dat had ze als meisje al. Niet aan één stuk door. Bij vlagen… geef me haar adres maar, dan zie ik wel wat ik ga doen…. Wáár zegt u? Lieve help, dat is niet ver bij mij vandaan. Ik zou er zo heen kunnen rijden! Maar ja… als ik dan niet welkom ben! Dat is helemaal afwachten!"

Quincy zegt dat een mens in zulke gevallen iets moet durven wagen.

„Ze is eenzaam, bang, verlaten en tussen ons gezegd en gezwegen: die Koos is een akelig soort man!"

Quincy aarzelt om een volgend nummer te bellen. Even afwachten wat mevrouw de Wit gaat doen!

Daan komt aangeslagen bij zijn ouders op bezoek. Hij troont zijn bezige moeder mee naar de keuken waar het rustig is en vertelt onomwonden over zijn gesprekje bij de kapper. Edia slaat haar handen in elkaar.

„Dan is ze helemaal niet ver uit de buurt! Ze zit gewoon in de stad! Ze moet te vinden zijn, Daan, lieverd! Schudt die kapper uit… dwing hem het adres van dat bewuste bedrijf te geven!"

Daan wil niets liever. „Ik kan niet anders dan mijn best doen, ma!"

De volgende dag breekt Edia er even tussen uit, rijdt naar de stad en zoekt de kapper op. Helaas: het portret staat er niet meer. Ze vat moed, vraagt binnen de kapper zelf te spreken. Weer iemand die om die ellendige foto hem lastig komt vallen!

„Mijn zoon is gisteren bij u geweest… u zou hem na slui-

170

tingstijd ontvangen maar u had de zaak al op slot toen hij kwam! Hoe zit dat!"

De kapper geeft toe dat ze gisteren nogal vroeg gesloten waren. „Ik heb uw zoon wel te woord gestaan, hij belde me later op de avond en was op z'n zachtst gezegd onbeleefd, mevrouw. Ik heb hem gezegd dat hij later terug mocht komen. En nu heeft hij zijn moedertje op me af gestuurd... Ik kan u niet verder helpen! U moet afwachten tot ik tijd kan vrijmaken er achter aan te gaan. Ik zit hier pas... heb de handen vol. Letterlijk. Ik zal de foto naar het bedrijf waar we modellenfoto's van kopen, bellen en de foto faxen. Zodat zij in hun bestand kunnen nazien of de bewuste dame er nog tussen zit. Geloof me als ik zeg dat dit soort foto's vaak momentopnames zijn die zo weer in de prullenbak verdwijnen. Terwijl anderen jaren meegaan... mits het model er naar is! Kan ik verder nog wat voor u doen?"

Edia heeft geen zin in een behandeling en vertrekt zonder iets bereikt te hebben. Tegenwoordig komt ze niet zo vaak meer in de stad, in de wijk waar ze wonen zijn ook goede winkels. Toch wipt ze even aan bij Rozenberg. Daar hebben ze vaak aardige kleding. Ze heeft dringend behoefte aan een vest, voor de kille avonden.

De verkoopster is vriendelijk, meent haar als oud-klant te herkennen.

Vesten, zeker wel. Volop keus.

Janke hangt een paar modellen bij elkaar, zodat de klant ze kan vergelijken.

„Ze worden door jong en oud gekocht, grappig is dat!"

Aan de andere kant van de winkel staat Quincy, als aan de grond genageld.

Nu gebeurt waar ze al die maanden bang voor is geweest. Wat als ze tevoorschijn komt en zegt: „Hoi ma, hoe gaat-ie?"

Ze krijgt het benauwd en besluit zich in het magazijn terug te trekken. Als Janke eens wist wie haar klant is!

Zoals gewoonlijk heeft Edia niet veel tijd nodig om haar

keus te maken. Ze rekent af, haast zich terug naar huis. Er is veel te doen en Mirjam is nog lang de oude niet. Misschien krijgt ze haar verloren krachten wel nooit meer terug. Dat zou betekenen dat ze afgekeurd wordt voor het zendingswerk. Diep in haar hart zou ze er zo blij om zijn! Mirjam zo ver van huis te weten is een kwelling voor het moederhart. Quincy is ontdaan, het zien van haar moeder deed haar meer dan ze voor mogelijk had gehouden...

Er moet iets in haar leven veranderen, besluit ze nog diezelfde dag. Ze moet proberen een baan in een andere stad te krijgen. Met de opgedane ervaring moet dat zeker lukken. Misschien kan Janke haar behulpzaam zijn om een baan in een filiaal van Rozenberg te bemachtigen! Eén ding heeft Quincy in de afgelopen maanden geleerd: een mens moet zijn eigen leven creëren. In de hand nemen, niemand anders kan dat voor je doen. Ja natuurlijk... ze is een gelovige vrouw en zal niets zonder gebed doen. Bid en werk...

En dat zal ze doen, zo lang het mogelijk is!

HOOFDSTUK 11

Quincy doet haar best minstens drie keer in de week Mary een bezoek te brengen. Ze vindt dat Mary vooruit gaat. Ze praat niet uitsluitend meer over zichzelf, haar pijntjes, verdriet en angsten. Het blijkt dat ze af en toe contact met medebewoners heeft.

Omdat Quincy geen familie van haar is, krijgt ze van de arts en de verpleging niets los over haar lichamelijke toestand. Na enig aandringen komt ze er achter dat dit door Koos is verordend: Quincy Lancée is niets meer dan een hulpje in de huishouding, die alleen via hem op de hoogte gebracht mag worden mocht er iets in Mary's toestand veranderen.

Maar... het is dankzij Quincy dat Mary bezoek krijgt van oude vriendinnen. Wat Quincy vreesde blijft uit: Mary is absoluut niet verontwaardigd dat Quincy dit heeft bewerkstelligd. Ze hoopt van harte dat de eenzaamheid van Mary tot het verleden behoort!

Helaas is Koos vanaf dat hij over de visite hoorde, nog bitser tegen Quincy dan ervoor. Niet dat ze zich er iets van aantrekt! Ze heeft toch al de langste tijd in zijn huis gewoond.

Eén ding vraagt ze zich wel af: of ze hem moet vertellen dat ze het gevoel heeft dat er af en toe iemand in huis rondspookt. Heel misschien is het iemand die via Mirabelle de sleutel van het huis heeft... of zou het de verloren dochter zelf zijn die in het ouderlijk huis komt rondneuzen?

Als Quincy op een dag na thuiskomst ontdekt dat er in Mary's persoonlijk spullen is gerommeld, wordt ze ongerust. Er is ergens naar gezocht. Maar naar wat? En waarom? De hamvraag: door wie?

Ze ordent de rommel, herschikt de voorwerpen in de kamerkast en vouwt de door elkaar gerommelde kleding netjes op. Er is maar één oplossing: ze moet Mary vragen of ze in het bezit van iets is dat voor een ander van belang kan zijn. Omdat Koos die avond toch niet op bezoek gaat, stapt

Quincy na het eten op de roze fiets en rijdt naar het verzorgingshuis. Het is een behoorlijke afstand, maar omdat het een heerlijke lenteavond is, geniet ze van haar tochtje. Bovendien kan ze heel goed wat extra beweging gebruiken! Ze treft Mary in een goed humeur aan. Vriendin De Wit is geweest en heeft een prachtig boeket bloemen mee gebracht, plus een stapel foto's uit beider jeugd. Quincy geniet met Mary mee en bedenkt dat zíj, Quincy, het is die de vriendschap met alle gevolgen van dien, heeft aangezwengeld. Ja, ze is er trots op.

Ze wandelen gearmd een stukje door het prachtig aangelegde park, rusten uit op een bankje. Dan doet Quincy een poging Mary uit te horen of ze in het bezit is van kostbaarheden. Voorwerpen die de belangstelling van een inbreker hebben. In eerste instantie is Mary verbijsterd over deze vraag. Eerst wil ze het „waarom" ervan horen. Quincy echter, geeft niet alles prijs wat ze weet. Ze houdt een slag om de arm en beweert dat er in de buurt af en toe wordt ingebroken.

„Bij ons kunnen ze niets vinden, meisje. Dat wat ik heb, is goed opgeborgen. Mijn sieraden en dat wat ik heb geërfd, ligt veilig bij de bank in een kluisje! Daar kan niemand aankomen. Zelfs Koos niet. Wat zou hij met mijn sieraden moeten?"

Aha, dat zet Quincy aan het denken. Ze vertrouwt Koos voor geen cent, voor geen meter.

„En waar is dat sleuteltje van de kluis, Mary? Ik wil het zekere voor het onzekere nemen. Bedenk dat overdag niemand thuis is... jij hier, Koos op reis of aan het werk!"

Daar moet Mary even over nadenken. Ze bekijkt Quincy van opzij. Wel, het meisje is te vertrouwen, dat is wel gebleken.

„Ik geeft niks meer om uiterlijk vertoon. Sieraden... wat moet ik er mee? Een vlag op een modderschuit, zeg ik maar. Zie mij hier nou zitten. Voor wie moet ik me opdoffen?"

Quincy is snel met haar antwoord. „Voor jezelf. U komt toch

wel eens langs een spiegel, mevrouw Wortelboer? En als je naar je polsen kijkt en een mooie armband of horloge ziet, dan kun je ervan genieten omdat het mooie voorwerpen zijn. En dat heeft niets met jeugd of schoonheid te maken. We kunnen niet allemaal een koningin zijn. Wel?"

Daar moet Mary even over nadenken. „Ik heb wel mooie dingen. En misschien is het wel aardig om nu ik hier ben, af en toe iets ervan te dragen. Per slot van rekening komen mijn vriendinnen van vroeger wel eens langs en dan is het toch wel prettig als ik... er niet verwaarloosd uitzie. Weet je, mijn man gaf er nooit iets om. Ik kon parels dragen, of me met goud behangen... hij zag het niet. Voor hetzelfde geld had ik prut van de markt gedragen." Ze kijkt ernstig. Quincy wacht af, dringt niet aan en geniet ondertussen van de bloemen, de gladde gazons waar merels driftig staan te stampen en pikken om voedsel voor de jongen te bemachtigen.

„Als ik wat voor u doen kan..." begint ze voorzichtig, om Mary niet het gevoel te geven dat ze gedwongen wordt.

„Ik word opeens bang voor de kluis... die is niet te kraken. Maar als iemand het sleuteltje in handen krijgt... wil jij me dat brengen? Als je het hebt, doe het dan om je hals aan een ketting of zoiets. Tot je het mij hebt gebracht. Wil je dat doen? Er zijn zoveel slechte mensen op de wereld..."

Nu moet Quincy er nog achter zien te komen waar dat sleuteltje zich dan wel mag bevinden.

Nog even aarzelt Mary. „Het protret van dat jochie met die traan, dat in de kamer hangt. Daarachter heb ik het sleuteltje geplakt. Het zit goed vast met van dat sterke, zwarte tape. Breng het de volgende keer maar voor me mee, want hier is het veilig!"

Quincy weet niet hoe snel ze het bezoek moet afronden. Maar: Mary moet geen argwaan krijgen!

Diezelfde avond gaat ze op zoek. Jawel, het schilderij, dat ze zo vaak heeft afgestoft, hangt nog keurig op de plaats. Haar hart bonkt als ze het van de wand haalt. Rechts onderaan ziet ze het tape. Het is onbeschadigd. Met een nagelvijl peutert ze het los en jawel: het sleuteltje is er nog.

Ze laat het in de zak van haar rok glijden, peutert de restjes tape eraf en hangt het schilderij terug. Ze knikt tegen het huilende jongentje en zegt: „Je hebt er goed op gepast, kerel!"

Ze slaapt die nacht vanwege het sleuteltje dat om haar hals aan een ketting zit, onrustig. Ze droomt dat Koos haar overvalt en dwingt het voorwerp af te staan. Als ze 's ochtends zijn ontbijt maakt, legt ze telkens haar hand op haar bloes waar ze het kleinood duidelijk kan voelen.

Koos is zoals gewoonlijk zwijgzaam en pas als hij de voordeur achter zich in het slot heeft getrokken, herademt Quincy. Het liefst zou ze meteen naar Mary zijn gefietst, maar het werk gaat voor.

Tussen de middag, als ze een uurtje vrij heeft, racet ze richting het verzorgingshuis en ze is buiten adem als ze Mary in haar kamer treft. „Je ziet rood. Ben je ergens van geschrokken?" informeert Mary, die gelukzalig tussen het stapeltje foto's zit te snorren.

Quincy lacht ontspannen, maakt haar ketting los en laat hem voor de neus van Mary bengelen. „Alstublieft, mevrouw Wortelboer. Pas er goed op, je weet maar nooit! Ik doe u de ketting om... het is een goedkoop ding dat ik eigenlijk zelden draag."

Mary bekijkt het sleuteltje alsof het iets uit een vorig leven is. „Ach... het is goed dat ding bij me te hebben. Hartelijk dank. Heeft Koos er niets van gezegd dat je het mee hiernaar toe nam?"

Quincy is snel met haar antwoord. „Ik meende er goed aan te doen dit onder ons te houden. Mannen hebben toch geen idee wat sieraden en erfstukken voor een vrouw zijn... vertelt u het hem alstublieft niet, anders krijg ik de wind van voren. Hij is de laatste tijd nogal mopperig!"

Als Mary de ketting om heeft, tast ze op dezelfde manier als Quincy deed, aan het sleuteltje dat voelbaar is onder de stof van haar jurk. Ze knikt. „Koos is niet altijd zo geweest. Toen we pas met elkaar gingen was hij anders. Meer betrokken bij alles wat ik deed en ik moet zeggen dat hij een lieve vader voor Mirabelle was. Maar ja... dat is wel heel lang geleden, meisje!"

Quincy kan niet lang blijven en het is hard trappen wil ze op tijd terug in de winkel zijn!

Janke heeft haar personeel voorzien van nieuwe kleding. Bloesjes in de modekleur met bijpassende rok en een broek. Ook mogen de drie jonge vrouwen voorjaarskleding tegen een spotprijsje kopen, aangezien de zomercollectie in het magazijn klaar hangt. Janke zegt ruimte te willen maken!

Vooral Quincy is blij met de nieuwe aanwinsten. Ze heeft al haar zomerse kleding immers thuis hangen! Spullen die nu wel in dozen verpakt zullen zijn.

Na het eten heeft ze het rijk alleen, Koos is al vroeg vertrokken om Mary een bezoekje te brengen. Na de keuken opgeruimd te hebben, vult Quincy de wasmachine en onderzoekt of er in de kamer, Mary's domein, nog is gerommeld. Zo op het oog ziet ze niets verontrustend.

Met de plastic tassen waarin de nieuwe kleding zit, haast ze zich naar haar kamer. Uit de hangkast plukt ze alle kleding, die ze op de rozensprei gooit om straks uit te zoeken om te zien of er wat weg kan.

De nieuwe kleding hangt ze keurig op de hangers en zoals vaker denkt ze: „Dat moest ma eens zien. Quincy die haar kledingkast ordent!"

Kritisch bekijkt ze haar oude kleding, voelt in jaszakken of er nog iets van belang in zit voor ze naar een nieuwe bestemming gaan. En jawel: tussen kassabonnen en afgestempelde strippenkaarten vindt ze iets waar ze blij mee is. Het visitekaartje dat ooit Emmie Hoorneman aan haar heeft gegeven. Ze gaat op de sprei zitten, leest het kaartje alsof het nieuw voor haar is. Emmie, waarmee ze ooit hoopte bevriend te worden. Wel, daarvoor is het nog niet te laat. Ze stopt het kaartje zorgvuldig in een vakje van haar schoudertas. Zo gauw ze een gaatje ziet, stapt ze op de fiets en rijdt richting Emmies atelier. Jammer dat haar privé-adres er niet op staat vermeld. Wel een telefoonnummer, maar Quincy is bang dat als ze belt, Emmie aanvankelijk niet weet met wie ze te doen heeft!

De plastic zakken met oude kleding zet ze in de gang, onder de kapstok. Morgen dumpt ze de spullen in een daarvoor bestemde container. Misschien moet ze Koos vragen of hij ook afdankertjes heeft, en Mary net zo.

De volgende dag wordt Quincy met moeite wakker. Ze heeft het gevoel alsof er geen bloed maar vloeibaar lood door haar aderen stroomt.

Na een poging om uit bed te komen dringt het tot haar door dat ze ziek is. Het is geen verkoudheid die haar heeft geveld, maar griep. Op de één of andere manier lukt het haar zich aan te kleden en zoals gewoonlijk het ontbijt te maken. Koos ontgaat het dat Quincy zichzelf niet is. Zodra hij is vertrokken, belt ze Janke om mee de delen dat ze niet in staat is te werken.

„Blijf lekker in bed en laat het weten als we kunnen helpen. Bijvoorbeeld voor je naar de apotheek gaan… zul je de dokter laten komen als je het echt niet trekt?"

Dat is grif beloofd. Quincy heeft maar één wens: terug in het rozenbed!

Ze slaapt, droomt en wordt transpirerend wakker. Om vervolgens een glas water leeg te drinken, het toilet te bezoeken en opnieuw weg te zakken in het bed.

Aan het eind van de ochtend wordt ze uitgeput wakker. De koorts is wat minder, zo te voelen. Daar zullen de aspirines die ze geslikt heeft, aan bijgedragen hebben. Het onderlaken en dekbed voelen klam aan, Quincy wenste dat ze ma kon roepen om te vragen of ze verschoning voor het bed wilde halen.

Tja, nadeel van het op jezelf wonen is dat je nog zo hard om mama kunt roepen, ze zal het niet horen. Het kost de nodige strijd om tot het besluit te komen een poging te wagen op te staan. Thee, daar heeft ze zin in. Met een beschuit.

Ze luistert naar de geluiden die van buiten komen. Geluiden die inmiddels vertrouwd zijn geworden. Het huis zelf lijkt soms ook te leven, zoals dat met oude woningen vaak het geval is.

Zo piept de deur van de keuken naar de gang en hoewel Koos dat met een paar druppelt olie zou kunnen verhelpen, gebeurt dat nooit. In de kamer van Mary zitten onder de vloerbedekking planken los, weet ze.

Opeens schiet Quincy rechtop in het bed. De deur piept alleen als iemand er tegen aan duwt en de planken kraken ook niet uit zichzelf. Er is maar één conclusie mogelijk: er is iemand in huis!

Haar hart bonkt luid en het bloed gonst in haar oren. Ze voelt zich bedreigd.

Koos maakt, als hij thuis is, het normale geluid van voetstappen, hij slaat vaak met deuren. Kortom: voor Koos is er als bewoner geen reden om door het huis te sluipen.

Het kan niet anders of de inbreker die de buurt onveilig maakt, brengt hier weer een bezoek. Wat te doen? Ze durft niet uit bed te stappen, want het bed van Mirabelle kraakt hoorbaar. Ze probeert zichzelf gerust te stellen: de inbreker wéét niet dat er iemand in huis is. Ze moet zich verstoppen. Plekjes genoeg in dit oude pand. Als ze maar eerst het bed uit was!

Als er een vliegtuig nogal laag overkomt, grijpt ze haar kans en glijdt uit bed. Ze loopt zonder geluid te maken naar de deur, die ze opent en ondertussen spitst ze haar oren. Jawel, nu hoort ze duidelijk gerommel in de kamer beneden. Mary's heiligdom!

Er worden laden geopend, Quincy windt zich op. De inhoud heeft ze nog maar kort geleden keurig gerangschikt…

Ze durft niet verder te gaan dan tot de trap, hangend over de leuning van de overloop probeert ze iets op te vangen. Lang hoeft ze niet te wachten. Ze hoort praten. Is de boef niet alleen? Jawel, de persoon beneden gebruikt de telefoon. Ontzet slaat Quincy een hand voor haar mond. Het is een vrouwenstem die ze hoort.

Even later valt al het geluid weg en vliegt de kamerdeur open. Ze waagt het nog iets verder over de leuning te hangen om iets van de inbreekster op te vangen. Een vrouw met wit-blond haar, ziet ze. Stevig figuur, donker gekleed. Zeker van zichzelf loopt ze naar de voordeur. Quincy maakt zich los van de trapleuning en rent op haar blote voeten naar de kamer aan de voorzijde van het huis. Ze schuift de vergeelde vitrage opzij om de vertrekkende persoon te kunnen zien.

Blond, maar niet van nature, dat kan een kind vaststellen. Een stevig, maar goed geproportioneerd lichaam dat zich met vaste tred voorbeweegt richting de geparkeerde auto's. Een inbreker die haar wagen voor de deur van het in te breken huis zet! De motor wordt gestart en een paar seconden later is de auto om de hoek van de straat verdwenen.

Helaas heeft Quincy niet de tegenwoordigheid van geest gehad om het nummerbord te lezen. Laat staan dat ze het had kunnen zien.

Een inbreekster die zich gedraagt alsof ze het volste recht heeft binnen te komen.

Op wankele benen loopt Quincy de trap af, speurt rond maar ziet nergens een spoor van braak. Dit geeft ernstig te denken. De vrouw heeft zichzelf binnen gelaten met een sleutel, dat kan niet anders. En nee, ze voelt zich niet geroepen de politie te waarschuwen en van Koos heeft ze het mobiele nummer niet.

Een kopje thee is snel gezet, klappertandend smeert Quincy een beschuitje en eenmaal in bed valt ze op de thee aan. Wat nu te doen... Wachten tot Koos thuis komt. Hij hoeft vandaag niet op een warme hap te rekenen. Het bed voelt onbehaaglijk aan. Er zit niets anders op: douchen en het bed verschonen. Het kost haar drie keer zoveel moeite als het normaal gedaan zou hebben. Maar de beloning is groot: het is een heerlijk gevoel om gewassen en wel in een droog nachtponnetje in een verschoond bed te liggen.

Al snel valt Quincy in een droomloze slaap en ze wordt pas wakker als ze Koos hoort thuiskomen.

Nijdig omdat het eten niet klaar staat, kijkt Koos haar aan zodra ze gehuld in haar badjas, de keuken binnenstrompelt. „Ziek? Blijf dan daar staan en kom niet verder! Ik heb geen zin om door jou besmet te worden!"

Quincy voelt zich na de verkwikkende slaap herboren. Ze trekt de kraag van haar kledingstuk strak dicht, meer om zich een houvast te geven dan dat er een noodzaak voor is. „Er is een inbreker geweest. Ik werd wakker van gestommel. Omdat ik uw nummer niet heb, kon ik u ook niet waarschuwen. Het was een vrouw, die volgens mij gewoon met een sleutel binnen is gekomen!"

Koos staat aan de grond vastgenageld, zo lijkt het. Zijn mond valt open. Dan wordt hij zo woedend, dat Quincy achteruit deinst tot ze in de gang staat. Het is of Koos wartaal uitslaat. Ze begrijpt niets van wat hij roept.

Opeens kalmeert hij, duwt haar ruw opzij en beent het huis uit. Quincy kruipt weer in bed, maar slapen kan ze niet meer. Koos is snel terug, even later komen er heerlijke etensgeuren van beneden naar boven drijven. Meneer heeft voor zichzelf eten gehaald, stelt Quincy vast. Aan zijn kostgangster denkt hij niet. Nou ja, trek heeft ze toch niet...

Nog weer later hoort ze hem praten. Ze kan het niet laten: met minder moeite dan dat 's ochtends het geval was, verlaat ze haar bed en sluipt naar de gang, waar ze hem beter kan horen.

Hij is in zijn kamer, de deur staat op een kier. Quincy grijnst. Koos, zo meent ze, zal ervan uitgaan dat de door griep gevelde huisgenote hem niet kan horen. Maar dat kan ze lekker wel...

Hij praat met iemand over de inbraak. Toch de politie? Nee, daar schreeuw je niet tegen. Ze deinst van schrik achteruit. „Natuurlijk begrijp ik dat heel goed... je hebt er recht op! Meer dan wie ook. En ik zal er voor zorgen dat jij krijgt wat je toekomt. Maar overhaast niet..."

En dan, opeens mild, klinkt het: „Lieveling dan toch... niet huilen, daar heb ik nooit tegen gekund. Morgen praten we er verder over!" Een korte stilte en dan: „Ik verbied het je, begrepen? Laat het aan mij over!"

Quincy haast zich terug in bed.

Lieveling... Koos heeft een liefje, dat is duidelijk als wat. En de vrouw met wie hij sprak denkt ergens recht op te hebben. Op wat dan wel? Waar is zo naarstig naar gezocht? Het kan niet anders of het kluissleuteltje moet het doelwit zijn. Maar wie weet er van af, buiten Mary en Koos om?

Quincy zit rechtop in bed, haar ogen koortsachtig groot. Mirabelle, die zal er van af weten. De verdwenen dochter. Maar hoe ver weg is Mirabelle eigenlijk? En... de kernvraag: weet Koos wél waar ze zich ophoudt?

Arme Mary. Ze is bedrogen door haar man en kind.

Het vermoeden groeit bij Quincy dat Koos „iets" met zijn stiefdochter heeft. Een relatie. Een verhouding, misschien. Oh, wat moeten beiden de persoon van Mary verachten dat ze haar dit durven aandoen!

Later op de avond, als Koos al naar bed is, sluipt Quincy naar beneden op zoek naar iets eetbaars. Haar eetlust komt terug en ze snuift de geur op van Chinees eten. In de prullenbak liggen de lege bakjes. Maar ach, een boterham past beter dan Chinees voedsel in het menu van een grieppatiënt!

De volgende morgen voelt Quincy zich een stuk beter, de koorts is gezakt, vermoedt ze. Maar van gaan werken is nog geen sprake.

Ze zet thee, merkt dat Koos voor zichzelf een ontbijt heeft gemaakt voor hij vertrok en de rommel voor haar heeft achtergelaten.

Wat nu te doen? Moet ze iemand waarschuwen, haar vermoeden met de één of andere instantie delen?

Hoe ziek van geest moet je zijn om te handelen zoals Koos heeft gedaan en doet? Ze besluit, zodra ze zich beter voelt, hem op een ochtend te volgen. Hem schaduwen, met alle gevolgen van dien...

Maar zover komt het niet.

Na een klein weekje is Quincy, jong en sterk als ze is, weer opgeknapt. Koken voor Koos deed ze de tweede dag van haar ziek zijn al. Simpelweg om hem niet nodeloos te ergeren...

Quincy blijft tobben: er moet iets zijn dat de inbreekster wilde hebben. Zou het echt alleen om dat sleuteltje gaan? Wat als ze bedenken dat het in Mary's bezit is?

Dan gebeurt het: er wordt een sleutel in het slot van de voordeur gestoken.

Quincy bevriest bijna ter plekke, zittend aan de keukentafel. Ze hoort voetstappen naar de kamer gaan. De piepende deur wordt resoluut gesloten.

Ter wille van Mary vat Quincy moet.

Ze recht haar lichaam, dat nog slapjes is na de griep en loopt op blote voeten door de gang tot ze bij de kamerdeur is. Er klinken geluiden uit het vertrek. Er worden meubels verschoven, een boze stem roept een lelijk woord. Een klap, van een vallend voorwerp. Opeens vat Quincy moed. Ze opent de deur op een kier en ziet de blonde vrouw staan, midden in de kamer. Een mes in haar hand. Ze huilt.

Dat ontwapent Quincy en ze doet een pas de kamer in, zegt met bevende stem: „Wat doet u hier... wat hebt u gedaan!" De vrouw heft het mes op, kijkt naar wat ze zojuist heeft aangericht. Het schilderij met het huilend jongentje is van boven naar beneden stuk gesneden. Dwars over het gezichtje loopt een scheur. De lijst is gebroken en hangt uit zijn voegen.

„Wat ik hier doe! Wie ben jij dan wel…”

De vrouw heeft een ordinaire, schelle stem. En ze is prachtig om te zien, torent boven Quincy uit. „Alstublieft, doe dat mes omlaag. Dan zeg ik wie ik ben. Als u vertelt wat u hier komt doen! Wees blij dat ik de politie niet heb gewaarschuwd!”

De vrouw laat het gehavende portret vallen. En lacht honend.

„Ik hoor hier thuis. Maar jij niet!”

Quincy zoekt naar woorden. Zegt uiteindelijk dat ze hier een kamer huurt.

„De rozenkamer van Mirabelle en ik denk dat u dat bent. De verloren gewaande dochter. Of heb ik het mis!”

Ze kijkt van de foto's aan de wand naar de geblondeerde vrouw.

„En wat dan nog? Dat is niet jouw zaak, dom wicht. Ik kom halen waar ik recht op heb, begrijp je! Misschien kun je me zelfs helpen zoeken!”

Quincy staat onvast op haar benen en laat zich op een stoel zakken. „Hoe hebt u dat uw moeder kunnen aandoen. De vrouw is op sterven na dood van verdriet… en weet haar man ervan?”

Eén en al minachting is Mirabelle Wortelboer.

„De vrouw die zegt mijn moeder te zijn, is geen knip voor de neus waard. Zal ik vertellen hoe het zit!?” Het mes wordt op tafel gelegd, het schilderij laat ze uit haar handen vallen.

„Mijn moeders eerste huwelijk was kinderloos… ze is onvruchtbaar. En ik, ik ben de dochter van haar eerste man. Jawel, ze deed altijd voorkomen alsof ik háár product was. Om de één of andere reden wilde ze geheim houden dat ze onvruchtbaar was. Voel je? Ze heeft dingen in haar bezit die uit dat eerste huwelijk komen. En daar heb ik méér recht op dan zij! Nu ze niet meer thuis woont, kan ik net zo goed bij

Koos intrekken in plaats van dat we hokken in mijn te kleine woning!"

Quincy sluit duizelig als ze is geworden, haar ogen. Mary's
geliefde dochter is niet haar eigen vlees en bloed. Dat wist ze
al sinds kort. Maar ze houdt wel zielsveel van Mirabelle.
Liefde kun je niet veinzen, denkt ze te weten. Voor Mary ís
Mirabelle een eigen kind.

„Ik walg van jullie. Van u en van meneer Wortelboer. Ik
ga hier zo snel mogelijk vandaan. Advies nodig? Zoek
mevrouw Wortelboer op in het verzorgingstehuis... vraag
het haar! Ik mag hopen dat uw bezoek haar geen hartaanval
bezorgt!"

Mirabelle Wortelboer schatert.

„Mary? Die is zo stom als wat. Ik kan zonder moeite aan haar
geld komen. Maar dat is niet genoeg, ik wil de sleutel van de
bankkluis... hoe dan ook!"

Quincy krijgt opeens de kracht om te gaan staan, ze keert
zich walgend af en sjokt de kamer uit, ze hijst zich naar
boven en daar, liggend op het rozenbed, geeft ze zich over
aan haar gevoel. Ze huilt geluidloos. Om Mary, om het
bedrog.

De valsheid van de mensen waarvan ze ooit heeft gehouden.
Nog weer later hoort ze dat Mirabelle het huis verlaat. Was
ze maar niet zo oneindig moe, dan was ze zelf ook gauw weg.
Zelfs al moest ze op straat slapen, alles is beter dan onder dit
dak te vertoeven!

Van uitputting valt Quincy in een genezende slaap. Tegen het
eind van de middag ontwaakt ze, herinnert zich direct het
gebeurde.

Weg, ze moet hier weg. Ze haalt haar twee koffers tevoorschijn, propt al haar bezittingen er in. Ze moet zelfs uit de
keuken een plastic draagtas halen, ze bezit meer dan toen ze
kwam.

Uitgeput zakt ze op het bed neer, kijk moedeloos om zich

heen – over een uurtje zal Koos thuis komen en hém wil ze nooit meer zien.

Ze vouwt haar handen, sluit haar ogen. „Lieve Heer, wat moet ik dóen? Waar moet ik naar toe... zeg niet dat ik naar huis moet, want dat gaat echt niet!"

Als ze nu eens gewoon op pad ging, net als toen ze van huis weg liep, misschien komt er dan vanzelf een oplossing op haar pad. Toen was het de ontmoeting met Koos die haar naar dit huis leidde. Nou ja... een herhaling van die situatie... daar zit ze ook niet op te wachten. Misschien kan ze op de zaak in het magazijn een plekje voor de nacht zoeken. Was Max maar niet uit beeld! Ze zou zelfs – tijdelijk – bij hem ingetrokken zijn, al was dat op haar voorwaarden.

Ze sleept de koffers naar beneden. Ze neemt natuurlijk de fiets van Mirabelle. Per slot van rekening mist ze door te vertrekken ook haar laatste salaris. Al mag het bedrag dat op haar rekening wordt overgeschreven, die naam nauwelijks hebben.

En dan is Mary er ook nog.

Mary moet ingelicht worden. Liefdevol, behoedzaam. „Dat kan ik niet!" jammert Quincy luid. Ze sjouwt haar bagage naar de schuur, haalt de fiets er uit en bindt de koffers er op. Zonder om te kijken gaat ze via de tuin door de poort voorgoed weg van hier. De vrijheid tegemoet...

HOOFDSTUK 12

Na een half uurtje zwoegen op Mirabelles fiets, waarvan de banden te zacht zijn, ontdekt Quincy dat ze onbewust richting het verzorgingstehuis rijdt.

Waarom niet?

Ze overdenkt hoe ze het aan zal pakken. Mary zal geschokt zijn als ze hoort dat Mirabelle „terecht" is. Maar dat andere... het bedrog! Stiefdochter die er vandoor gaat met je man.

Nee, Quincy weet niet hoe ze dit aan moet pakken.

Ze zet haar fiets met bagage op een veilige plek naast het gebouw en besluit op zoek te gaan naar het afdelingshoofd. Of naar één van de mensen van de psychiatrie.

De baliemedewerkster kijkt zuinig als Quincy haar verzoek om iemand van het leidinggevend personeel te spreken, indient. Wat denkt mevrouw wel? Op dit tijdstip van de dag is er niemand te spreken, nee, er moet een afspraak worden gemaakt.

„Maar dit is een noodgeval. Echt waar, gelooft u me! En als mevrouw Wortelboer, want om haar gaat het, alles wat gebeurd is van een ander dan via mij, te horen krijgt, sta ik niet in voor de gevolgen! Terwijl ze zo vooruit is gegaan!"

De baliemedewerkster aarzelt en besluit het hoofd van de psychiatrie te bellen. „Maar het is hoogst ongebruikelijk!" zegt ze terwijl ze de nummers van zijn telefoon intoetst. Quincy moet zelf aan de telefoon uitleggen wat er aan de hand is. Ze is nog maar halverwege haar verhaal of ze wordt onderbroken. „Stop maar, ik kom er al aan!"

Opgelucht probeert ze zich iets te ontspannen. Blijft de vraag waar ze de nacht zal doorbrengen! Ze hoort vanaf nu bij de club van daklozen.

De psychiater is een al wat oudere man. Quincy heeft hem in de wandelgangen wel eens voorbij zien komen.

Nu stelt ze zich aan hem voor.

Terwijl ze nog in de gang lopen, op weg naar het kantoor van de arts, begint hij al over dat wat Quincy hem vertelde. „Ik brand van verlangen de details te vernemen! Maar eerst krijgt u een kop koffie van me!"

Maar al te graag doet Quincy verslag. Ze doet haar best niet in details die er niet toe doen, te treden. Wat wel verleidelijk is, want het verslag zou aan smeuïgheid winnen als ze zou illustreren hoe haar hart bonkte toen ze de inbreker ontdekte.

De koffie doet haar goed, maar ook de absolute belangstelling van de dokter.

„Ik heb in het dossier van mevrouw Wortelboer staan dat ze een dochter had, die van huis is weggelopen. Maar als ik u goed begrijp, was dat meisje een kind van haar eerste man. Ze heeft het wel zelf grootgebracht en het als eigen vlees en bloed beschouwd... tja, zulke dingen gebeuren. Maar gaat u vooral door!"

Als Quincy is uitverteld, zwijgt ook de arts. Hij schudt zijn hoofd. „Het zal moeilijk voor mevrouw Wortelboer worden om dit alles te accepteren. Hoe gaat ze met u om?"

„Meisje, ze noemt me altijd meisje. Aanvankelijk een noodzakelijk kwaad, later een noodzakelijke hulp voor van alles. Is die man van haar strafbaar?"

De dokter lacht smakelijk. Zoveel naïviteit had hij niet achter deze jonge vrouw verwacht. „Huwelijksontrouw? Ik neem aan dat hij niet met die Mirabelle is gehuwd... Hij is geen bigamist." Hij spreekt de naam Mirabelle uit alsof het een vies woord is.

„Vanavond doen we er niets meer aan. Ik heb een voorstel. U vertelt haar dat wat u te weten bent gekomen, maar wél in mijn bijzijn. Het is te verwachten dat ze een zware terugval krijgt. Ze is niet alleen op de hoogte van de misstap van haar dochter, ook haar man is verleden tijd. Terug naar dat huis zal ze niet willen. Ik ben blij dat u me als het ware gedwongen hebt hierheen te komen! Zullen we afspreken dat u hier morgen tegen een uur of elf aanwezig bent? Mag ik uw telefoonnummer?"

Quincy noemt de cijfers van haar mobiele nummer. Lachend voegt ze er aan toe dat ze nog niet weet waar ze de nacht zal doorbrengen. „Naar dat enge huis ga ik niet terug. Nooit meer. Ik slaap nog liever in de open lucht, het weer is goed, dus wat let me?"

De arts ontdekt verbaasd dat Quincy het meent, het is geen grapje. „Maar in dat geval hebben we hier wel een bedje voor u! Stel je voor... slapen onder de brug, zeker! Komt niets van in. Ik regel wel wat met het dienstdoende hoofd. Vertel me eens... hoe bent u zelf onder de gegeven omstandigheden? Het moet u persoonlijk toch ook geraakt hebben?"

Quincy haalt diep adem.

„Ik ben geen haartje beter dan die Mirabelle, dokter. Nee, ik heb geen relatie met mijn adoptief vader. Maar wél ben ik weggelopen van huis... omdat ik niet anders kon!"

Ze vergeet met een psychiater te doen te hebben. Maar de man luistert wel met de oren van een deskundige. Hij luistert „door de zinnen heen".

Volgens hem heeft deze jongedame net zo goed als dat bij Mary Wortelboer het geval is, hulp nodig!

Hij pleegt een telefoontje, licht de dame die dienst heeft summier in over het geval Wortelboer en na de verbinding verbroken te hebben, richt hij zich weer tot Quincy.

Het is niet langer „U en mevrouw". „Er komt dadelijk iemand om je te halen en je naar je kamer te brengen. Gratis logies en ontbijt!" Hij lacht innemend en probeert Quincy aan het praten te krijgen. Quincy, op haar beurt, heeft zo'n behoefte aan een luisterend oor, dat ze haar hart uitstort.

„Dus ik zit behoorlijk in de nesten. Ik begrijp zo langzamerhand ook wel dat ik het niet kan volhouden mijn ouders te ontlopen. Of ik moet mijn heil elders zoeken. Maar het rare is dat ik ze ook mis... vooral Daan, mijn broer!"

Dokter Frits Fluitsma is gewend aan huilende patiënten. Hij

schuift in een automatisch gebaar een doos met tissues naar haar toe, waar Quincy dankbaar gebruik van maakt.

„Terwijl ze me toch zo'n pijn gedaan hebben… beledigd ook. Ik heb echt het gevoel alsof ze me op straat hebben gezet!" Frits Fluitsma knikt. „Het is maar hoe je het benoemt. Je was geen klein meisje meer, toen dat gesprek plaats vond. Een studente die al langer op zichzelf had kunnen wonen. Zoals dat meestal het geval is met studerenden.

Het betekende niet, zoals je dat ervoer, dat je verzocht werd uit hun leven te verdwijnen, is het wel? Hun liefde voor jou is en was er niet minder om. Wat ze wilden is de zwangere dochter die verzorging nodig had, onderdak verschaffen. Vertel eens… woont je broer Daan ook nog thuis?"

Quincy schudt haar hoofd. „Daan! Welnee! Die is al jaren zelfstandig en heeft een heel goede baan. Een eigen appartement om „u" tegen te zeggen. Nee, Daan zou thuis niet meer kunnen aarden. Maar hij komt wel vaak… ik ben echt dol op hem. En als ik eerlijk ben dan moet ik bekennen dat ik Daan het meest van allemaal mis… Sniksnik. Is dat niet… slecht van me? Hij is toch mijn broer…"

Frits Fluitsma legt uit dat Quincy, nu ze afstand van het gezin Lancée heeft genomen, de familieverhoudingen anders is gaan zien. „Het voelt niet langer aan als: vader, moeder en vijf kinderen… je hebt ervaren dat er geen bloedband is. En ja, liefde voor een soort broer kan gemakkelijk omslaan, zoals in jouw geval, in een ánder soort gevoel. Ik denk aan verliefdheid. Dat was vroeger een ondenkbare situatie, jullie leefden als broer en zusje. Je hebt door afstand te nemen, een nieuwe situatie gecreëerd. Daar moet je mee leren omgaan. Zeker nu je hebt ervaren waar je wortels liggen, Quincy!"

Een dame van de huishoudelijke dienst komt hen storen. De gastenkamer is in gereedheid gebracht. Mevrouw kan meekomen, als ze wil.

Dokter Fluitsma wuift dat aanbod weg. „Ik breng haar straks

zelf wel. We zitten midden in een gesprek, maar dat kon jij niet weten. Bedankt zover!"

Quincy pakt nog een papieren zakdoekje, dept haar ogen en snuit haar neus.

Ze is inderdaad anders over haar „familie" gaan denken. „Hoe kan het dan dat ik ze mis terwijl ik toch zo boos ben?" Frits lacht zacht. „Van binnen woont een boos meisje, de kleine Quincy. Die leeft in onmin met de volwassen Quincy, ze wil haar dwingen te leven volgens háár regels. Dus boos zijn op de ouders... weglopen, een herkansing is onmogelijk. Tja, zo ontstaat er een conflictsituatie in je ziel, Quincy!"

Daar moet Quincy diep over nadenken. „Misschien hebt u gelijk!" zegt ze zuinigjes. Frits Fluitsma schatert. „Vooral niet toegeven, kleine Quincy... maar uiteindelijk word jij kleiner en kleiner, tot je van het toneel verdwenen bent en de volwassen vrouw Quincy het voor 't zeggen heeft!"

Hij slaat met zijn vlakke hand op het bureau en duwt zijn stoel achteruit.

„Kom op, dan breng ik je naar je kamer. Ik denk dat je in de keuken nog wel wat te eten kunt krijgen. Want heb ik het goed dat je de laatste uren er niet aangedacht hebt de inwendige Quincy van voedsel te voorzien?"

Samen lopen ze door de lange gangen, passeren de vertrekken van het inwonend personeel.

De kamer die Quincy toewezen krijgt, lijkt op die van Mary. Hoewel op een andere verdieping, is het uitzicht gelijk. „Ik wens je van harte een goede nachtrust toe en omdat ik er toch langs kom, stuur ik iemand van de keuken bij je langs! Tot morgen, Quincy!"

Quincy ploft op het goed verende bed neer. Wat een aardige man is die dokter Fluitsma. Ze zou graag nogmaals met hem willen praten. Over vroeger, over haar houding en om antwoorden te krijgen over het: hoe nu verder? Er zijn dus twéé Quincys. Een kind – Quincy en één die volwassen probeert te zijn. Wie heeft het voor het zeggen? Naar wiens eisen leeft ze?

Dat geeft te denken, het is een nieuw gezichtspunt dat een ander licht op al haar problemen werpt!

De familie Lancée gaat ver in het zoeken naar de verloren dochter. Omdat de papieren waarschijnlijk door Quincy zijn meegenomen, kost het de nodige tijd en moeite achter de adressen te komen. Gelukkig kunnen ze bij het bemiddelingsbureau terecht dit destijds de adoptie heeft geregeld. Vanzelfsprekend werken de mensen met wie zij te maken hebben gehad, er niet meer. Uiteindelijk duikt de familienaam op en blijkt al snel dat er nog een grootmoeder in leven is.

Edia en Flip proberen zelfs een afspraak met de dame in kwestie te maken, wat niet meevalt.

Tot hun verbazing blijkt dat de oude dame pas sinds kort op de hoogte is van het bestaan van de kleindochter. Reden genoeg om de adoptiefouders te ontvangen.

De freule is ontwapenend eerlijk.

Ze geeft ruiterlijk toe dat zij en haar dochter, de biologische moeder van Quincy, het samen niet goed konden vinden. Eva was een moeilijk meisje dit als puber onhandelbaar was.

„Ik heb toen de fout gemaakt om het kind naar een internaat te sturen. Het verblijf daar heeft ons nog verder uiteen gedreven..."

Het is een triest verhaal. De onmogelijke liefde tussen de adellijke dochter en een vliegenier. „Niet dat die jongen zo fout was... nee, maar ik had andere kandidaten in gedachten. Achteraf zie je pas dat je fout bezig bent geweest. Te hard, denk ik nu. En toen dat meisje, Quincy, onverwachts met haar vriend mijn huis binnenstapte, was het of ik opnieuw met Eva werd geconfronteerd. Ik kon niet anders dan haar de deur wijzen. Nu ik oud ben, durf ik toe te geven dat dit wéér een verkeerde reactie was."

Als de freule zover met haar verhaal is gekomen, kan Edia zich niet langer beheersen. Quincy is hier geweest... met wie dan wel? Een vriend! Iemand die zij niet kennen.

„Dan weet u ongetwijfeld ook haar adres!"

De freule knikt.

„En als ik dat niet wist, zou mijn goede vriend Jaques Simons dat geweten hebben. Want Quincy en haar vriend hebben hem gebruikt om hier binnen te komen. Hij is oud-notaris, moet u weten. En bekend met mijn familie.

Quincy heeft zich niets van mijn afwijzende houding aangetrokken en ik mocht onlangs een briefje van haar ontvangen. Daarin schreef ze haar levensverhaal…"

Edia en Flip mogen het bewuste briefje lezen. Beiden ontroeren al zodra ze het handschrift van Quincy zien. „Ze is erg gevoelig, die dochter van jullie. Ik herken dat zo. Alleen is die gevoeligheid bij haar moeder en bij mij verpakt in een jasje van hardheid. Zelfbescherming. Dat zie ik nu!"

Een adres, ze hebben eindelijk een aanknopingspunt! En meer dan dat: Quincy's houding is duidelijk als wat. Nu weten ze precies hoe ze het verzoek om op kamers te gaan wonen, heeft opgevat. Ze heeft het gezien als een regelrechte afwijzing. Dat doet onnoemelijk veel pijn.

Voor beiden vertrekken wil Edia nog één ding weten. „Wat had u gedaan als u geweten had dat uw dochter het kind ter adoptie had afgestaan, vlak voor ze verongelukte?"

Daar kan de freule kort in zijn. „Dat zou ik uit alle macht verhinderd hebben. Het is nu te laat om het tij te keren. Je kunt niet altijd goedmaken wat je fout deed, in het verleden. Ook al heb je er spijt van. Daar moet ik mee zien te leven. Wat ik wel terug kan draaien is dit: voorzichtig proberen een relatie met Eva's dochter op te bouwen. Ik hoop dat ik u hier geen pijn mee doe…"

Waarop Edia roept dat Quincy bij hen is weggelopen. „Dát doet pas pijn, mevrouw!"

De freule maakt een klein handgebaar. Alsof ze een stofje wegwuift. „Een dom kindergedrag, zo zie ik het. De jeugd denkt aan zichzelf. Ze weten niet beter. Het is toch allemaal

„jong – jong – jong" wat de klok slaat! Hoog tijd dat het meisje wakker wordt! En volwassen!"

Beide partijen zijn tevreden over het afgelegde bezoek.

Edia en Flip hoeven er niet over te discussiëren: zonder omwegen gaat de tocht verder, met als doel het adres waar Quincy zich maanden heeft schuil gehouden!

Mary is meer dan verbaasd als ze bezoek van Quincy krijgt, vanwege het onmogelijke tijdstip. „Mocht je zomaar weg van je werk... het is nog lang geen pauze!"

Quincy zegt er een bijzondere reden voor te hebben. „En omdat het een nogal erg bijzondere reden is, komt er nog iemand. Dokter Fluitsma!"

Natuurlijk kent Mary deze man. Ze heeft een paar gesprekken met hem gehad. „Niet dat ik er wijzer van werd. Maar het hoort bij de procedure!"

Frits Fluitsma arriveert op de afgesproken tijd. Terwijl Quincy drie kopjes koffie uit een zojuist gebrachte kan schenkt, opent dokter Fluitsma het gesprek, hij weet Mary in een goede stemming te brengen.

Na de koffie moet Quincy beginnen met het gebeurde, vindt hij. Hij houdt ondertussen Mary scherp in de gaten.

Het is afwachten hoe de oudere dame zal reageren...

Quincy begint te vertellen dat ze het gedrag van Koos onprettig begon te vinden en dat ze hem wantrouwde. Waarop Mary kalm zegt: „Daar was ik al bang voor. Want anders had je niet zo overdreven gedaan met dat kluissleuteltje!"

De inbreker die een vrouw bleek te zijn. Quincy beschrijft haar. Mary's ogen worden als schoteltjes. „Nee toch!"

Ze is slimmer dan Quincy dacht. Ze trekt snel conclusies. „En ze was op zoek naar de kluissleutel... want wie anders dan zij kon weten dat ik in het kluisje bezig was iets op te bergen of te halen...? Ze heeft het vroeger vaak genoeg gezien... ze wéét als geen ander wat ik bezit. En uiteindelijk van haar zal zijn, maar pas na mijn dood... ze is dus al die tijd..."

Mary breekt. Zo voelt Quincy het aan. Alsof ze lichamelijk en geestelijk knapt.

Ze wacht niet af hoe Fluitsma reageert, maar hij hurkt bij Mary neer. „Ze was uw stiefdochter... u hield van haar als van een eigen kind. Ja toch? En toen deed ze twee dingen. Ze betoverde uw Koos... kunt u daarmee leven? Dat dit onder uw ogen gebeurd is?"

Mary huilt met diepe halen, al het opgekropte leed komt er uit.

Quincy huilt met haar mee. Afschuwelijk om dit mee te maken. Maar het is wél aan haar oplettendheid te danken dat de zaak geklaard wordt.

„En het familiekapitaal... u zegt altijd dat er geld in de familie van uw man zat. Hebt u daar recht op? Ook nadat u met Koos Wortelboer bent getrouwd?"

Mary vertelt hikkend en snikkend dat er geld voor Mirabelle is. Dat heeft ze voor een deel er waarschijnlijk al door gejaagd, de helft krijgt ze nog niet in handen. Pas als ze dertig jaar is. Maar ook Mary zelf is niet onbedeeld. „We leefden van mijn geld. Nu weet ik dat Koos helemaal geen zaken deed... hij bracht zijn dagen bij háár door. En ik mocht het niet weten... vanwege het geld. Ohooo!"

Het wordt een emotioneel gebeuren. Maar Mary weigert om zich in bed te laten stoppen. Ze blijft zitten waar ze zit, namelijk op haar geriefelijke stoel.

Al pratend vallen veel onbegrijpelijke dingen op hun plaats. Af en toe wisselen de dokter en Quincy een blik van verstandhouding. Het gesprek gaat boven verwachting.

„Wat nu, mevrouw Wortelboer?" Dokter Fluitsma probeert een eind aan de zitting te breien. Mary haalt diep adem. Kijkt van de één naar de ander.

„Ik ben dus alles kwijt. In dat huis wil ik geen stap meer zetten. En die twee... die hoef ik nooit meer te zien. Scheiden, natuurlijk ik zal officieel moeten scheiden. En rouwen om de dochter die ik nooit heb gehad. Mijn Mirabelle… ze heeft ooit bestaan, maar hoe noem je dat? Ze heeft een metamorfose ondergaan. Ze mag Koos hebben… bah, wat een misselijke relatie! Als ik denk aan die twee samen… dan voel ik mij niet goed worden!"

Maar uit haar ogen spat vuur. Goed, de reden ervan is niet mis. Maar wél beter dan dat ze in de rol van underdog zou stappen. Quincy bewondert haar er om. „Nu kunt u toekomstplannen maken. U wordt met de dag gezonder. En ik denk dat u uiteindelijk best weer zelfstandig kunt wonen!"

Mary zegt dat één van haar oude vriendinnen onlangs al een opmerking in die richting heeft gemaakt.

Dokter Fluitsma wordt opgepiept en moet meteen opstappen. „Ik kom vanmiddag tegen een uur of vier kijken hoe het met u gaat, mevrouw Wortelboer!"

Als hij de deur achter zich heeft dichtgetrokken, stelt Mary een wonderlijke vraag, die Quincy doet lachen. Of ze zich vanaf vandaag anders kan laten noemen. Hoe?

„Zoals toen ik een meisje was. Gewoon…Mary Jansen. Eigenlijk was het Marie… maar ik ben zo aan dat Mary gewend!"

Mary Jansen.

„Geweldig!" vindt Quincy. Ze kan ook niet veel langer blijven en met pijn in het hart laat ze de oudere vrouw alleen, met de belofte 's avonds terug te komen. Ze mag zelfs nog één nacht van de logeerkamer gebruik maken, dankzij bemiddeling van dokter Fluitsma.

Ze neemt met een kus afscheid van Mary. „Dag Marie Jansen, houdt u goed!"

Het enige dat haar nog herinnert aan huize Wortelboer, is de roze fiets. Nooit meer slapen in de rozenkamer. Koken in de muf ruikende keuken en vruchteloze pogingen doen om de boel schoon te krijgen.

Maar het betekent wel dat ze op zoek moet naar nieuwe woonruimte, en snel ook!

Zonder dat ze het van elkaar weten, kruisen hun wegen elkaar. Die van Quincy en van haar ouders...
Edia en Flip rijden naar het adres waar Quincy zich voor hen verborgen wist te houden. Na bellen en lang wachten wordt er open gedaan door een jonge vrouw die hen op een grove manier te woord staat.
„Quincy en nog wat? Die heeft hier als hulp in de huishouding gewerkt. Maar ze is er vandoor... jawel. Ze heeft gestolen ook! Ze is er op mijn fiets vandoor! En geloof me als ik zeg dat ik niet zou weten waar ze zich ophoudt, want het is de waarheid. Misschien zit ze wel op het politiebureau!"
Edia en Flip hebben nog een naam en een adres. De freule wist te vertellen dat hun dochter omgang met een beroemde kapper had. Het adres is niet moeilijk te achterhalen. Het is de kapperszaak waar de foto van Quincy heeft gestaan.
Helaas is kapper Max Heesters uit beeld. „Brussel, hij zit in Brussel. Met als volgende stap Parijs. Volgens zeggen. Nee... daar hebben we het adres niet van!"
Maar daar neemt het echtpaar geen genoegen mee. Uiteindelijk worden ze doorgestuurd naar de flat waar de nieuwe kapper woont. Het is alleen jammer dat hij vakantie heeft. En onbereikbaar voor iedereen.
Nee, het is niet mogelijk dat ze gelijk doortoeren naar Brussel. Thuis wacht er teveel werk op hen. Maar nu ze een plaatsnaam hebben, moet het mogelijk zijn die kapper op te sporen. En ze vrezen dat hun dochter met hem mee is verhuisd...

Janke, Kirsten en Joanne hangen aan Quincy's lippen als ze verslag doet van het gebeurde. Ze vinden dat Quincy door het oog van de naald is gekropen. Die vent, die Koos Wortelboer, had haar wel ik – weet – niet – wat kunnen aandoen.

Quincy kan haar situatie nog niet goed overzien wat Janke doet vragen of ze behoefte heeft een paar dagen vrijaf te nemen. „We redden het wel zonder je, tenminste voor een dag of wat. Straks ben je overspannen en kun je langere tijd niet meer werken!"

Aanvankelijk weigerde Quincy dit vriendelijke aanbod, maar omdat ze dringend op zoek moet naar een nieuw onderkomen, besluit ze het toch te accepteren.

Net als ze moedeloos begint te worden, schiet haar het kaartje van Emmie Hoorneman te binnen. Natuurlijk! Emmie. Die weet vast wel iets voor haar te vinden! Ze hoopt dat er in het pand waar Emmie haar atelier heeft gevestigd, een hokje voor haar vrij is.

Diezelfde dag nog fietst ze op de inmiddels gehate roze fiets, naar het stadsdeel waar Emmie haar atelier heeft. Ze vindt het gemakkelijk, maar moet wel staand naast de fiets even bijkomen van de rit. Ze heeft snel gefietst en is bijna buiten adem.

Ze bekijkt de gevel, het naambordje. Zou Emmie nog wel weten wie ze is?

Op haar bellen wordt door Emmie zelf opengedaan. Ze is gehuld in een soort jasschort en in haar mond heeft ze een rijtje kopspelden. Ze maakt een vreemd geluid, plukt de spelen tussen haar lippen vandaan en mikt ze op een haltafeltje. „Quincy! En ik dacht nog wel je nooit en te nimmer terug te zien! Ik heb dagelijks in de trein en op het perron naar je uitgekeken... Kom toch binnen!"

Een warme omhelzing, gemeende woorden die Quincy's hart raken. Ze is welkom!

Allereerst bewondert ze het atelier, bekijkt met respect de kleding die op de poppen staat. Middeleeuwse japonnen, bedoeld voor een opera. „Ik ben echt toe aan een medewerkster, Quincy. En zie: daar ben je dan! Precies op tijd. Het kan me echt niet schelen dat jij je diploma niet op zak hebt. We begrijpen elkaar en je bent bereid, neem ik aan, te leren wat nodig is. Een erg hóóg salaris kan ik je voorlopig nog niet bieden... maar dat is over een half jaar anders. En wonen kun je hier ook, meid! Kom maar eens mee!"

Te mooi om waar te zijn!

Boven het atelier is een nog niet ingerichte verdieping. Aanvankelijk wilde Emmie daar zelf gaan wonen, maar voorlopig heeft ze nog geen zin om te verkassen. „Ik woon ginds veel te leuk, moet je weten. Mijn vriend in de buurt, mijn ouders: pas verhuisd uit het noorden, en al mijn vriendinnen ook nog eens. Maar ik leen de ruimte graag aan je uit. Je moet zelf wel voor de meubilering zorgen. Kunnen we samen naar de kringloopwinkel... zie je dat zitten?"

Quincy kan haar geluk niet op. Geweldig vindt ze het. Alleen... het zal haar spijten om Janke in de steek te laten. Ook daar heeft Emmie een oplossing voor. „Meid, dan werk je 's morgens in die winkel. En 's middags kom je hier. Dan ben je bovendien zeker van een behoorlijk inkomen!"

Ze drinken koffie aan de tafel waar Emmie aan werkt. Er liggen knippatronen op uitgespreid die ze zelf heeft ontworpen. „Er komt veel bij dit werk kijken. Ik moet de maten van de artiesten nemen. Dan stel ik de maten van de poppen in, op die van de artiesten. Het uitzoeken van stoffen is een klus, is ga met stalen naar hen toe en dan kunnen de managers of wie het daar maar voor het zeggen heeft, hun keus maken. Toestanden als de artiest het met ze oneens is! Enfin, tot op heden ben ik er goed van af gekomen. Maar echt, ik zit te springen om hulp!"

Als Emmie ontdekt dat Quincy nog niet heeft geluncht, zegt ze even naar de bakker om de hoek te rennen voor een paar broodjes. „Kijk jij hier maar ondertussen op je gemak rond!"

Dat laat Quincy zich geen twee keer zeggen. Ze bevoelt de stoffen die onder plastic op de schappen liggen. Aan de wanden hangen foto's van artiesten die door Emmie zijn gekleed. Petje af, denkt ze.

Op een prikbord staan voor haar onbegrijpelijke boodschappen op gele briefjes. Maar ook telefoonnummers, een boodschappenlijstje. Dat zijn de normale memo's zoals ieder mens die heeft.

Ze begrijpt dat deze Emmie een bijzonder gevuld bestaan heeft. In een hoek van het prikbord hangen naamkaartjes. Namen van artiesten die Quincy slechts van horen zeggen heeft. Bedrijven, één van een stoffenfirma. En dan schieten haar ogen naar een kaartje waar een overbekende naam op staat.

Daniël Lancée. Ze krijgt een bang vermoeden in haar hart.

Natuurlijk... ze denkt te weten hoe dit kaartje in het bezit van Emmie is gekomen. Ze weet nog goed dat ze Daan enthousiast over de ontmoeting met Emmie heeft verteld. Daan luisterde aandachtig zoals altijd.

Natuurlijk herinnerde hij zich dat gesprekje en na logisch nagedacht te hebben, veronderstelde hij dat zij en Emmie ondertussen het contact verstevigd zouden kunnen hebben. Dit betekent één ding: opnieuw vluchten. Zeker weten dat Daan Emmie heeft gesmeekt, gedwongen, bevolen, contact met hem op te nemen als zij, Quincy, mocht opduiken.

Ze heeft haar jas al aan.

Het is een kwestie van minuten, dan is Emmie terug, mét de beloofde broodjes. Ze schiet in haar korte jas, grijpt haar tas en haast zich naar buiten. Ze herademt pas als ze drie straten verder is. Natuurlijk belt Emmie met Daan. Dat betekent dat hij spoorslags naar Emmie snelt, van haar het adres van de winkel lospeutert en dan is het gebeurd met haar vrijheid. Ze is nog lang niet klaar om een confrontatie met de familie aan te gaan!

Terug naar de winkel. Janke kan aanvankelijk niet wijs worden uit de verwarde taal die Quincy uitslaat.

„Je wilt dus weer vluchten... ik heb nooit goed van je begrepen hoe het precíes allemaal in elkaar zit, Quincy. Dat komt omdat je verschillende versies de wereld in hebt gestuurd. Ik wil je behulpzaam en terwille zijn, maar dan moet je me eerlijk alles vertellen! Dat deed je al eerder, maar nu wil ik het in chronologische volgorde horen!"

Dat doet Quincy. Ze heldert één en ander op. Het spijt haar Janke op sommige gebieden voorgelogen te hebben. Maar Janke neemt haar niets kwalijk. „Je kon op een gegeven moment niet anders. En dan moet je wel wat verzinnen. Zand er over. Dus je bent bang dat die broer van je hier komt opdagen. Ik zou zeggen: wat dan nog?"

Ze kan Quincy maar met moeite kalmeren. „Sst... ik sta aan jouw kant. Maar waar wil je heen? Kun je die Emmie niet overhalen te verzwijgen waar je zit?"

Quincy vreest van niet.

„En die chique oma van je?" Quincy trekt haar neus op. „Kouwe bedoening, Janke. Daar hoor ik niet thuis. Nee, ik weet echt niet wat ik nu moet!"

Janke biedt haar aan te komen logeren. Haar zoon vindt het altijd tof als er een logee in huis is. „Je kunt toch niet in die instelling blijven... ze hebben die kamer vast snel voor nood-gevallen nodig."

Terwijl Janke weer aan het werk gaat, trekt Quincy zich in het kleine kantoortje terug om na te denken. Er ís altijd een oplossing, bedenkt ze. Het is slechts een zaak van goed nadenken en vinden.

Nee, de freule is geen optie. Maar de oud – notaris, die wil misschien wel behulpzaam zijn!

Ze snort op internet zijn telefoonnummer op en ze treft het: meneer is thuis.

Hij luistert geduldig naar het relaas dat nogal verward op hem over komt. Maar hij begrijpt waar het om gaat: de kleindochter van zijn geliefde vriendin zoekt onderdak. Ze zal redenen hebben, neemt hij aan, om zich van de adoptief-ouders te distantiëren.

„En omdat u me kent... kunt u een goed woordje voor me doen bij dat huis, dat bed- and breakfast gedoe. Hoe? Boschlust... juist!"

De notaris heeft destijds verteld dat de tot hotel verbouwde woning bezit is van de freule. „Maar mevrouw Tessa Breukink heeft daar de leiding, Quincy. Zij neemt personeel aan, niet de freule of ik. Ze moet wel verantwoording afleggen…"

Quincy smeekt. En dat kan ze als geen ander.

Wat de notaris doet denken: „Net haar lieve moedertje!"

„Je hebt nogal haast, meen ik te begrijpen. Tja… bel me over een kwartier terug. Ik zal doen wat ik kan. En mocht dat niet lukken, dan heb ik nog wel een logeerkamer voor de dochter van Eva!"

Janke vindt haar terug als een zielig hoopje mens, zittend op de bureaustoel.

„Ik heb goed nieuws!" Quincy schrikt. „Heeft het met haar familie te maken?"

„Weet je nog hoe jij hier aan het werk bent gekomen? Wel, de geschiedenis herhaalt zich. Er kwam een klant die me vroeg haar te helpen. Ze moest iets voor een bruiloft hebben. Haar moeder hertrouwde… En wat bleek? Die moeder is een schoolvriendinnetje van me. En mijn klant is momenteel werkeloos, en dringend op zoek naar een aardige baan. Hebbes! Ik heb een vervangster voor je. Je kunt – helaas onbetaald – verlof nemen. Terugkomen kan op ieder moment!"

Quincy leeft op. „Janke, dat meen je niet! Hoe is het mogelijk… wat een toeval!"

Janke zegt niet in toeval te geloven. „Dat is zo'n raar begrip. Ik zeg altijd: iets vált je toe. Zo is het gegaan. Nu moet ik weer als een haas aan het werk en mijn aanbod om te komen logeren, geldt nog steeds, hoor!"

Quincy beseft dat ze geboft heeft met een werkgeefster als Janke.

Ze blikt op haar horloge. Het afgesproken kwartier is nauwelijks voorbij, toch draait ze het nummer dat ze op een kladje heeft geschreven. De notaris klinkt opgewekt. Hij heeft met Tessa gebeld. „Ze herinnerde zich jullie beiden. Ja, de achtergrond is dan ook nogal uniek. En wat dacht je: ze wil je graag helpen. Er is wel werk voor je... misschien niet dat wat je wenst, maar het is werk en je hebt onderdak. Bovendien, meisje, ben je in mijn buurt en voor mij is het of mijn jonge vriendin Eva terug op aarde is gekeerd. Ik vóel dat ik aan haar verplicht ben, je van dienst te zijn. Ik geloof niet dat mensen die overleden zijn, in staat zijn contact met ons, de levenden, te zoeken. Al zou het een aardig idee zijn. Maar toch wéét ik wat Eva in deze kwestie gewenst zou heb-ben. Dus... stap op de trein of in je auto en kom hierheen! Bovendien bevind jij je dan in de naaste omgeving van de freule. Ik heb namelijk sterke aanwijzingen dat ze wat jou betreft van gedachten aan het veranderen is!"

Quincy lacht nerveus. Auto, was het maar waar. „U bent een schat, meneer Simons. Ik kom zo snel mogelijk. Maar een paar dingen moet ik wel afhandelen... tot héél gauw!"

Janke lacht zich tranen als ze hoort wat Quincy voor elkaar heeft gekregen.

Maar het zijn niet enkel vreugdetranen. Quincy's lot gaat haar aan het hart.

„Je zult eerst die Mary Wortelboer moeten bezoeken, neem ik aan. Voor die vrouw ben jij momenteel een houvast, vrees ik!"

Er is niets aan te doen, de grond wordt Quincy te heet onder haar voeten. Ze smeekt Janke niemand te vertellen wat haar plannen zijn.

„Beloof het met de hand op je hart!"

Janke zegt dat haar woord genoeg is. „Het komt allemaal goed, dat kan niet anders. Beloof me dat je me spoedig belt! Je bent aan me verplicht me op de hoogte te houden, Quincy Lancée!"

HOOFDSTUK 13

Afscheid nemen van Mary Wortelboer. „Meisje, waarom laat jij me nu ook in de steek!" protesteert Mary.

Quincy probeert uit te leggen dat het verband houdt met een nieuwe baan.

Al te veel wil ze niet prijsgeven. „Ik kom echt terug. Want op de duur ga ik weer in de modebranche. Misschien pak ik dan ook mijn studie weer op…"

De verwachte inzinking is bij Mary achterwege gebleven. Volgens Quincy komt dit omdat de woede het wint van andere emoties.

Net als ze Mary de hand heeft gedrukt met de belofte snel te bellen, klopt dokter Frits Fluitsma aan de deur. Mary leeft op, maar als de arts ziet wie ze op bezoek heeft, concentreert hij zich op Quincy.

„Ik kom straks bij u terug, mevrouw Wortelboer!"

Hij neemt Quincy mee naar een zijkamer waar ze niet gestoord kunnen worden. „Ga zitten, Quincy. Ik heb over jou en je situatie nagedacht. En ik kan me niet aan het idee ontrekken dat je hulp nodig hebt. Volgens mij heb jij jezelf behoorlijk in de nesten gewerkt, door van huis weg te lopen. Je hebt aan Mary Wortelboer kunnen zien wat het gevolg is van zo'n daad. Ze is bijna gestorven van verdriet om die dochter. Achteraf bleek het anders dan gedacht in elkaar te zitten. Daar gaat het niet om: ik wil proberen je duidelijk te maken, wat je teweeg hebt gebracht in je eigen leven en dat van je adoptiefouders. Hoe langer je wacht met het herstellen van de relatie, des te moeilijker wordt het! Uiteindelijk heb je er jezelf mee. Ik wilde dat we de tijd hadden om dit vaker door te spreken, maar ik ben hier in functie en een privéspreekuur houd ik er niet op na."

Hij kijkt zo ernstig, dat Quincy er van onder de indruk is. Net als toen ze nog een schoolkind was en bij de directeur geroepen werd vanwege het één of andere „misdrijf".

„Tja… dat heb ik ondertussen ook al bedacht. Maar om met hangende pootjes naar het huis te gaan waar geen plekje voor me is om te slapen…"

Frits Fluitsma wijst haar erop dat ze het accent verkeerd legt. „Jij hebt het maar over dat ene moment. Ik wil dat je gaat inzien dat er méér momenten van belang zijn. Ten eerste: de gevolgen van je beslissing. Iedere menselijke beslissing heeft een gevolg. Voor je iets besluit, moet je nagaan of dat besluit de gevolgen waard is!"

Quincy snottert: „Ze hebben me pijn gedaan. Ik heb verdriet, dokter Fluitsma!"

Er valt een onaangename stilte die door dokter Fluitsma wordt verbroken.

Hij zegt: „In miseria veritas… dat betekent: in verdriet de waarheid. Wat is de waarheid? Je verlangt naar je familie. En zij naar jou. Durf de minste te zijn, lieve kind!"

In miseria veritas. In verdriet de waarheid. Ze knikt, de man heeft gelijk.

„Maar ik heb nog even tijd nodig. U weet nog niet dat ik vertrek… ik heb een baantje in een bed and breakfast hotel. En het huis waarin dat is gevestigd, is eigendom van de freule die in feite mijn grootmoeder is…"

„Daar kijk ik van op. Hoef je niet langer onze logee te zijn! Wanneer vertrek je?"

Quincy zegt nonchalant: „Zo meteen. Het is wel lastig met al die bagage. Maar er zit niets anders op dan de trein te nemen en zien dat ik op dat adres kom!"

De ridder in dokter Fluitsma ontwaakt. Hij denkt aan zijn eigen dochters, ziet het vóór zich hoe ze bepakt en bezakt op een perron staat te wachten.

„Als je geen haast hebt, wil ik je brengen. Maar ik moet eerst mijn ronde afmaken."

Quincy is verbaasd. Vroeger zou ze dit een vanzelfsprekend gebaar hebben gevonden. Maar ja, toen woonde ze nog thuis, was er aan gewend dat pa of Daan voor haar klaar stond, hun auto beschikbaar stelden.

Sinds ze zelfstandig woont en voor zichzelf zorgt, is ze dat alles met andere ogen gaan bezien. Ze is niet alleen zelfstandiger geworden, ze begrijpt dat ze ook zelf de verantwoording voor alles wat er op haar afkomt, tot en met het nemen van beslissingen toe, moet nemen. Kortom: haar eigen boontjes doppen!

„Ik weet niet wat ik moet zeggen. Maar… ik ben al dankbaar als u me met mijn spulletjes bij het station afzet!"

Fluitsma bromt wat voor zich heen en zegt zich te zullen haasten.

Nog geen uur later zitten ze naast elkaar in de auto van Frits Fluitsma. Hij vraagt naar het adres en voert dit in op zijn navigatiesysteem. Dan start hij de wagen en rijdt zo snel als is toegestaan Quincy naar de plek van bestemming.

Hij bewondert de omgeving en zet zijn passagier keurig af voor „Boschlust". Tijd om mee naar binnen te gaan, heeft hij niet. Maar: „Misschien kom ik wel eens overnachten met mijn vrouw en dochters!"

Als het aan Quincy ligt, hoeft hij in dat geval geen rekening te betalen.

„Laat horen als je ooit in de problemen mocht komen. Enne… het zou aardig zijn als je me op de hoogte zou willen houden. Vraag me niet waarom, maar ik heb me jouw kwestie aangetrokken!" Hij voegt er lachend aan toe: „Vergeet niet die kleine aandacht vragende Quincy zo te manipuleren dat de volwassen Quincy het voor het zeggen krijgt!"

Ze krijgt een hand, dan stapt hij in en voegt zich snel weer bij het overige verkeer.

Ondertussen is de voordeur opengegaan. Tessa Breukink loopt waardig het bordes af. „Je bent er dus. Welkom, Quincy. Leuk je weer te ontmoeten. Kom verder! Ik ben het met de notaris eens dat we je een kans moeten geven!"

Ze tilt één van de koffers op en zet deze in de prachtige hal neer, achter de balie. Quincy volgt met de andere en de zwaar gevulde plastic tas.

En ja, Quincy heeft een prima reis gehad. Tessa bekijkt haar nieuwste medewerkster kritisch: zo ziet ze er niet uit! Eerder alsof ze per postkoets is gekomen.

Dat doet haar besluiten Quincy eerst naar haar kamer te brengen, waar ze zich in de naastgelegen badkamer kan opfrissen. „Zullen we zo spoedig mogelijk je dagschema bespreken?"

Eenmaal alleen in de aardig ingerichte kamer, voelt Quincy pas hoe moe ze is. Ze zou willen denken, dat wil zeggen: nádenken. Ze is er niet toe in staat. Na zich gewassen te hebben, trekt ze een schoon shirt en broek aan. Een kam door het haar, een beetje make up.

Ze vindt Tessa in het kantoor, achter de balie. „Ga zitten, dan vertel ik je de gang van zaken en wat jouw taak is."

Tessa brandt van nieuwsgierigheid om te vernemen hoe de relatie tussen Quincy en de freule is. Maar tot haar spijt laat Quincy daar niets over los. Wel over het feit dat ze de notaris dankbaar is voor zijn bemiddeling.

Tessa leidt Quincy door het huis, laat de gastenverblijven zien en vertelt over de aankomst- en vertrektijden. „Er zijn op het moment veel mensen die langer dan een paar dagen blijven. Ik heb er over gedacht hen ook een lunch en diner aan te bieden, maar dat betekent méér, veel meer werk. Méér personeel ook. De kosten zijn te hoog. Dus gaan we op de ingeslagen weg verder."

De rest van de dag gebruikt Quincy om in te burgeren. Tessa heeft verteld dat er in één van de garages fietsen staan, die door de gasten gehuurd kunnen worden. Quincy mag er één uitzoeken die haar past en tijdens haar verblijf in „Boschlust" vrij gebruiken. Ze is enthousiast als ze een exemplaar ontdekt waar ze met haar niet al te lange lichaam precies op past. Dat is nog eens wat anders dan de roze fiets van Mirabelle!

Terug op haar kamer laat ze zich op het bed vallen. Wat een matras! Ze is de laatste tijd wat dat betreft niet veel goeds gewend geweest.

Ze is te gespannen om in slaap te vallen, maar van echt nadenken komt ook niet veel terecht. De „preek" van dokter Fluitsma zit haar dwars. Weglopen is één ding, teruggaan is heel wat anders.

Ze heeft nogal wat schepen achter zich verbrand. Haar spoor – hopelijk – goed uitgewist. Zo zal Emmie Hoorneman niets vinden dat naar haar voert. Ongetwijfeld heeft ze inmiddels met Daan gebeld. Ze stelt zich voor hoe het gesprek tussen die twee is verlopen. Daan en Emmie. Misschien valt hij als een blok voor haar. Dat is géén prettige gedachte.

Mary Wortelboer – ze heeft Mary abrupt in de steek gelaten. Maar ze kon niet anders. Mary zal ongetwijfeld nieuwe mensen vinden die zich haar lot aantrekken. Ze hoopt Koos en Mirabelle nooit van haar leven weer terug te hoeven zien!

Maar dat geldt niet voor Janke, Kirsten en Joanne. Misschien keert ze echt ooit terug om daar in de winkel te werken. Misschien in combinatie met haar studie. Ze was zo goed bezig…maar ondertussen heeft ze een leerjaar verspeeld. Alhoewel… toch ook weer niet! Want ze heeft veel opgestoken over het menselijk gedrag. Dat van zichzelf en anderen. Ze weet nu dat ze geschikt is als verkoopster. En goed kan samenwerken met anderen. Allemaal pluspunten! Als ze mocht kiezen, koos ze toch voor een baan op een atelier, zoals Emmie haar dat heeft aangeboden. En dan er naar toewerken om ooit zelf zoiets op poten te zetten!

Quincy schrikt op als naast haar bed een telefoon begint te rinkelen. Het is Tessa, die vraagt of ze komt eten. „In de kleine eetzaal!"

Quincy herinnert zich dat er twee eetzalen zijn. In de grootste staan ronde tafels met stoelen er om heen. De zogeheten kleine eetzaal is slechts één tafel, maar wel een lange. Daar is gedekt voor een klein aantal personen.

Quincy wordt aan de kok voorgesteld en aan twee kamermeisjes, die net als zij, inwonend zijn. Tussen de middag,
vertelt Tessa, blijft het dagpersoneel lunchen en dan zitten
ze met meer mensen dan nu het geval is, aan tafel.
Stilte voor de soep wordt opgediend. Quincy is de enige die
haar handen vouwt en ze denkt met lichte heimwee terug
aan de kerk die ze tijdens haar verblijf bij de Wortelboers
heeft bezocht.
Het eten is eenvoudig maar bijzonder smakelijk. De kok
grinnikt als ze hem een complimentje geeft. Waarop één van
de kamermeisjes zegt dat als Quincy dít voedsel al waardeert, ze woorden te kort komt wanneer de kok voor een
gelegenheid heeft gekookt.
De meisjes vertellen over voorvallen die deze dag hebben
plaatsgevonden. Quincy krijgt zo een nog beter idee over de
gang van zaken. Ze zal moeten leren wat haar plaats in dit
gezelschap is.
Omdat dit Quincy's eerste dag op „Boschlust" is, heeft ze
geen corvee.
Ze besluit een eindje in de naaste omgeving te wandelen,
zich vertrouwd te maken met de buurt, tot ze bedenkt dat
het wel netjes zou zijn als ze de notaris van haar aankomst
op de hoogte zou brengen. Nee, ze brengt hem nog geen
bezoek. Contact per telefoon is in dit geval prima!

Na, met de notaris gesproken te hebben, belt ze Janke om te
vertellen dat ze veilig is aangekomen op de plaats van
bestemming. En omdat ze nieuwsgierig is naar diens toestand, belt ze ook Mary op. Mary zegt een geweldig gesprek
met dokter Fluitsma te hebben gehad. Hij staat er op dat ze
nog een paar weken in het herstellingsoord verblijft, terwijl
iemand van de leiding haar helpt met het zoeken naar passende woonruimte. „Een aanleunwoning, heb ik begrepen."
Ze praat op en toon alsof ze sinds jaar en dag de beste vriendinnen zijn.

„De sleutel van de kluis heb ik aan het hoofd van de afdeling in bewaring gegeven, meisje! Als je me ooit komt bezoeken, mag je iets uitzoeken… gaan we samen naar de bank!"
Even komt Quincy in de verleiding om Emmie te bellen, haar te laten weten dat… ja. Wat? Toch maar niet doen…
De eerste nacht slaapt Quincy als een roos, ze is uitgeput door dat wat haar de afgelopen maanden is overkomen. De volgende ochtend wordt ze meteen ingeroosterd. Het blijkt ook dat ze 's ochtends een soort uniform moet dragen. Dit om zich van de gasten te onderscheiden. En ook krijgt ze weer een button. Het is haar allemaal om het even.
Het werk is intensiever dan ze verwacht had. Het is rennen en bedienen, mensen informatie verstrekken en behulpzaam zijn bij het ontvangen van nieuwe gasten. Aan het eind van de ochtend vertrouwt Tessa haar de telefoon toe. Ze weet ondertussen precies wat ze moet weten.
Het is ander werk dan in de winkel, maar al snel ontdekt Quincy dat ze in staat is zich ook hier goed aan te passen!
Tegen theetijd ontstaat er tussen het personeel een lichte verwarring. „In de houding… zíj komt er aan!"
Quincy heeft er geen idee van wie die „zij" wel mag zijn. Maar als ze ziet wie de statige dame is die als een koningin uit een vervlogen tijdperk binnenschrijdt – een ander woord is er niet voor –, krijgt ook zij de schrik.
Een priemende blik boort tussen de mensen en meubels door tot de bezitster van die felle ogen Quincy ontdekt. „Jou moest ik net hebben! Tessa, we nemen de kleine salon. Ik neem aan dat die vrij is?"
Achter de freule loopt een oudere onopvallende vrouw. Ze draagt de tas van de freule en een kussen, dat even later gebruikt wordt als opvulling in een stoel.
Quincy werd bevolen haar te volgen.
Het personeel wijkt weer uiteen en hervat de werkzaamheden. Tessa stelt zich op achter de balie. Wachtend op de dingen die komen gaan!

Quincy zit doodstil op de stoel die haar met een koninklijk gebaar is gewezen. De freule kijkt haar strak aan. De begeleidster verzekert zich ervan dat de freule goed zit en vertrekt dan bijna onopgemerkt.

„Jij hebt hetzelfde karakter als je overleden moeder. De man die je vader was, had geen familie, dus over hem kan ik je niets vertellen. Ik heb diep en ernstig nagedacht over jou en mij. Tussen haakjes: waar zit die vriend van je, die kapper? Charmante man, maar niet iemand die ik graag als mijn schoon-kleinzoon zie. Ik heb je briefje met belangstelling gelezen!"

Eén van de kamermeisjes komt een blad brengen met daarop een theepotje, kopjes en toebehoren. „Daar had ik niet om gevraagd!" zegt de freule hooghartig. Toch laat ze zich door Quincy een kopje inschenken.

„Ik heb mijn vrind Jaques over jou uitgehoord. Hij was niet bepaald gewillig mededelingen te doen. Enfin, het is me gelukt, zoals je ziet, te achterhalen waar jij je bevindt. Je moet het een oude vrouw vergeven dat je na je eerste bezoek de laan bent uitgestuurd. Ik houd er niet van om overrompeld te worden. Maar na enig overdenken ben ik tot de slotsom gekomen dat ik jou als mijn kleindochter accepteer en dat wettelijk zal laten bezegelen. Denk nu niet dat je meteen 'freule' genoemd wordt en bij mij kunt intrekken. Nee, onze relatie moet langzaam groeien. Drink nu je thee op… verder eis ik dat jij je naam verandert! Evangeline is je bij je geboorte door je moeder gegeven! Ik heb, nu we schoonschip maken, een ontmoeting met je ouders gehad. Alleraardigste mensen die zich goed van hun taak hebben gekweten."

Quincy heeft met stijgende verbazing geluisterd. Evangeline?

En dan: pa en ma hebben contact gezocht! Ze hebben haar gezocht en dat ontroert toch wel.

Ze richt zich op en probeert net zo priemend als de freule te kijken, wat niet helemaal lukt.

„Daar denk ik niet aan. Die naam… Evangeline. Ik heet mijn hele leven zoals ik heet! Quincy. Nummer vijf in het gezin waar ik ben opgegroeid… dat blijft zo. Zo niet, dan hoef ik ook geen kleindochter te zijn, zeker geen freule en bij u inwonen… echt niet!"

De freule wordt paars in het gezicht. Ze is er niet meer aan gewend tegengesproken te worden. „Zo… alsof ik Eva hoor! Jij klein ding… wie denk je wel dat je bent!"

„Quincy Lancée! Zo heet ik en zo blijf ik heten!"

De freule haalt bakzeil. Tegen haar gewoonte in. Of is het de herinnering aan vroeger, toen haar opstandige dochter nog leefde en ze bijna dagelijks woorden hadden? En wel over de meest uitéénlopende kwesties? Ze weet één ding: ze wil dit meisje niet verliezen. Het liefst haalde ze haar in huis, om haar in het oog te kunnen houden. En ze zou oude vrienden willen uitnodigen om voor te stellen aan haar kleindochter, Evangeline. Helaas moet ze in de tengere Quincy haar meerdere erkennen. Ze drinkt haar thee, om even niets te hoeven zeggen. Quincy houdt geen oog van haar af. Het zwijgen tussen hen in is onaangenaam. Tot de freule begint te lachen. Het is een parelende lach. Het verandert haar uiterlijk, heel haar houding. Ze veegt de lachtranen uit haar ogen en wuift zich met een kanten zakdoek koelte toe.

„We gaan in zee op jouw voorwaarden. Jij blijft Quincy. Voorlopig Lancée. En ja… als we elkaar willen leren kennen, kan dat niet anders dan op de normale wijze. We zullen elkaar moeten spreken en aanhoren. Hoe kwam je erbij om via Jaques Simons, je hier te nestelen?"

Quincy heeft haar antwoord gereed. „Omdat ik graag hier in de buurt wilde zijn. En hoopte dat u van gedachten zou veranderen. Maar u moet één ding weten: ik ben niet uit op status of geld. Ik ben met weinig gelukkig! Ik had geen onderdak en kon ook niet in mijn baan blijven. Maar dat is een lang verhaal dat u niet zal boeien, freule!"

Waarop een streng uitgesproken correctie volgt.

„Grootmama. Geen oma of iets degelijks en grootmoeder klinkt stokoud. Géén freule meer voor jou! Maar kom op, ik wil precies weten wat de redenen zijn van je komst hier! Wat je zoal hebt uitgespookt. Want als dochter van Eva kan het niet anders zijn of je hebt veel op je geweten!"

Wat doet het er nog toe? Quincy vertelt.

„Toch heb ik het gevoel dat we warm zijn. Net als vroeger, ma, bij dat spelletje. „Ik zie ik zie wat jij niet ziet..." En als er dan „Warm" werd geroepen, wist je dat je bijna goed zat. Nou, ma dat gevoel heb ik wat betreft onze Quincy!"

De familie Lancée zit in de achtertuin en geniet van de lauwwarme voorzomeravond.

De babytweeling is eindelijk in rust, de andere twee dartelen door de tuin.

Edia denkt: „Wat zou ik gelukkig kunnen zijn, ware het niet dat Quincy zoek is!"

„Ik ben het met je eens, zoon!" Daan kijkt zijn vader warm aan. „Dat met Emmie Hoorneman was pech. Het scheelde niet veel of we hadden beet! Het wachten is nu op die kapper, die Max Heesters. De man die zijn zaak overgenomen heeft, is ergens op safari, als ik het goed heb begrepen. Wat ik niet begrijp is dat die Heesters naar Brussel is gegaan zonder Quincy. Als het serieus is tussen die twee..."

Daan slikt, kan even niet verder spreken. Edia en Mirjam wisselen een blik van verstandhouding. Het is hun duidelijk geworden dat Daan anders tegenover Quincy is gaan staan dan dat dit altijd het geval was. Het is Quincy die zich niet laat vinden, niet langer het kleine zusje.

De rinkel van de telefoon die in de kamer staat, onderbreekt het gesprek.

Flip Lancée springt op en haast zich door de openslaande tuindeuren naar binnen. De tweeling wordt gemaand zich wat rustiger te gedragen, want opa belt.

Flips stem klinkt opgewonden. „Beet!" juicht hij als hij zich bij de anderen voegt. „De man die me hielp met zoeken heeft alle tehuizen in de stad afgebeld en is achter het adres van de vrouw gekomen waar Quincy al die tijd heeft gewoond. Het schijnt dat er in die bewuste woning een man woont met een dochter... goed heb ik dat niet begrepen maar dit doet er niet toe! Het is nog vroeg op de avond... kom op, Daan, dan zoeken we die dame op en 'schudden haar uit'"!

Edia kijkt verstoord bij het horen van die jongensachtige uitdrukking, maar ze lacht erbij. „Dan mag ik hopen en bidden, lieve schatten, dat jullie met goed nieuws thuis komen!"

En dat doen ze! Mary was opgetogen bezoek te ontvangen, mensen die in relatie met „het meisje" staan. Ze heeft verteld wat ze wist en dat is heel wat. Ten eerste het adres van de winkel. „Rozenberg? Dat meen je niet... daar ben ik pas nog geweest!"

Mirjam jubelt dat ze toch gelijk had, toen ze meende Quincy in het ziekenhuis gezien te hebben.

„Maar wat als we haar vinden?" tobt Edia. „Ik neem aan dat ze nog net zo boos op ons is als toen ze vertrok. Wat moeten we doen? Haar onze excuses aanbieden!?"

Daan en Mirjam vinden dit te ver gaan. „Quincy oordeelde te snel, ma, ze nam nauwelijks de moeite om de kwestie van een andere kant te bezien. Maar ja... ze is altijd al iemand met een kort lontje geweest, snel beledigd."

Daar lopen de meningen nogal over uiteen.

En Daan, Daan zwijgt, denkt na. Verlangt als geen van de anderen naar Quincy. Te bedenken dat, mocht ze terug komen, ze geen idee heeft van zijn veranderde gevoelens!

Tessa Breukink begint te begrijpen dat ze niet lang op de hulp van Quincy kan rekenen. Dat heeft de freule haar te verstaan gegeven. Op een ochtend als het werk net is verdeeld, laat de freule bellen met de boodschap dat ze Quincy zo snel mogelijk in de villa verwacht. „Ga maar gauw... de freule houdt niet van wachten!" vindt Tessa. „Je wordt gehaald met een wagen… alsof je een vip bent!"

Zo voelt Quincy zich wel als ze wat later het bordes van de villa oploopt. De freule wacht haar op in de tuinkamer. „Goedemorgen, Quíncy!" De nadruk op de naam. Wat Quincy doet reageren met: „Goedemorgen, grootmama!" De freule zegt nagedacht te hebben over Quincy's positie. „En ik vind dat ik je moet berispen. Je dient het contact met de familie Lancée te herstellen en wel zo snel mogelijk. We zijn die mensen veel dank verschuldigd. Ik stel voor dat je één van de wagens neemt en hen bezoekt. Ik maak het wel met Tessa in orde. Dit gaat vóór! Die mensen zijn naar je op zoek, nota bene! Af en toe bellen ze mij om te horen of ik iets omtrent jouw verblijfplaats heb mogen ontdekken! Ik ben niet van plan zulke trouwe zielen te bedriegen, ter wille van jou. Laat je niet vinden, houd de eer aan jezelf. Ik zie je hopelijk snel terug met goed nieuws!"

Er kan zelfs geen kopje koffie van af. Quincy wordt door de huishoudster naar de garage achter het huis gebracht. De chauffeur heeft ondertussen een kleine auto naar buiten gereden en staat klaar met de sleutels. „Ik neem aan dat u kunt rijden, freule!"

Quincy trekt de bloes van haar uniform recht en knikt verontwaardigd. Niet omdat verondersteld wordt dat ze niet zou kunnen rijden… maar dat „freule" zit haar niet lekker. Ze laat zich één en ander over de besturing uitleggen en zodra ze gestart heeft, vliegt ze weg.

Eenmaal op de weg dwingt ze zichzelf tot kalmte.

Ze is dus op weg naar huis. En het verdriet dan? Dat, wat ontstaan is doordat ze achter de waarheid is gekomen? Wat zei die arts ook weer?

In miseria veritas. In verdriet de waarheid.

Ze kent de weg naar huis ondertussen goed. En eenmaal, de vertrouwde stad voorbij, gaat het richting thuis. Het voelt goed. Wat moet ze zeggen? Uitleggen, doen? Ze had een brief moeten schrijven.En zich niet door de freule laten dwingen! Want: ze denkt nog hetzelfde over dat wat is gezegd. Ook al heeft dokter Fluitsma haar op een ander spoor weten te zetten. Kind Quincy en volwassen Quincy. Ze denkt onwillekeurig: wie rijdt er nu naar huis en wíe van de twee bepaalt dat wat ze denkt!

Quincy knarst haar tanden en kiezen op elkaar. Dit is een lesje voor de toekomst! In het vervolg is ze alert op het soort commando's die de freule uitdeelt! Ze heeft zich door de freule laten dwingen. Alsof ze geen eigen mening heeft!

In de straat waar ze is opgegroeid, staan overdag tijdens werkuren weinig auto's geparkeerd. Ze zet de kleine wagen aan de overkant van het huis en het kost haar ontzettend veel moeite om uit te stappen. Ze klikt met de sleutel de auto op slot, terwijl ze haar ogen op het huis heeft gericht. Kijk nou toch… er is een uitbouw op zolder gekomen! Waarom? Er is maar één antwoord mogelijk: het huis was te klein voor de bewoners. Dat betekent dat er toch aan haar als huisgenote is gedacht! Dat ontroert haar meer dan ze durft toe te geven. Wat nu? Aanbellen terwijl ze een huissleutel heeft? Of omlopen… dat is vertrouwd.

De tuin is zoals altijd keurig onderhouden. En daar, op het terrasje, staat een dubbelbrede kinderwagen. Spontaan duikt ze er op af. Twee piepkleine kopjes, naast elkaar. Rode, gebalde vuistjes. Kleine knuffels boven de hoofdjes. „Dag kleine schatjes… ik ben tante Quincy!"

Even later stormen twee kleuters naar buiten, iemand maant hen rustig te doen vanwege de baby's.

„Wie ben jij dan…!"

„Ja, wie ben jij ook weer… tante Quincy toch?" Het ene meisje, Renate, duikt in haar herinnering. „Van de foto, toch?"

Ze rennen achter elkaar de tuin in, hijsen zich naast elkaar op de schommel waar Quincy als klein meisje vaak gebruik van heeft gemaakt. „Duwen!" roepen twee identieke stemmetjes en Quincy kan niet anders dan dit bevel opvolgen.

Zo vinden Edia en Flip het verloren gewaande schaap. Heel even blijven ze als aan de grond genageld staan.

„Ze is terug... ons kind is thuis!" snik – lacht Edia en loopt met wijd geopend armen op het spelende drietal af.

Woorden en uitleg? Ze zijn nog even niet nodig...

Wel is er ontzettend veel te praten, uit te leggen en weder-zijds proberen te begrijpen. „Ik ga me niet verontschuldi-gen!" besluit Quincy, opeens opstandig.

Waarop haar moeder roept: „En ik helemaal niet..."

Mirjam klapt in haar handen en overstemt de anderen: „Vrede! Alsjeblieft! Alsjeblieft?"

Dan wordt er uitgebreid geknuffeld.

„Daan is er niet!" ontdekt Quincy als ze tussen de middag aan tafel gaan.

„Daan? Die heeft toch zijn eigen leven... maar we hebben hem wel gebeld en hij komt meteen uit zijn werk hier naar toe!"

Flip Lancée troont Quincy mee naar de zolder om haar de kamer te laten zien die er voor haar is getimmerd. „Dat had-den we veel eerder moeten doen, lieverd. Je kunt trouwens al snel je eigen kamer terug krijgen. Mirjam is afgekeurd voor de tropen en Jesse heeft hier een baan gevonden. En een huis..."

Quincy zucht van geluk. Maar... de freule met heel haar bedoening, is er ook nog.

Het wordt méér dan duidelijk dat haar ouders inmiddels op de hoogte zijn van het feit dat er nog familie van Quincy in leven is. Dat is geen nieuws, maar toch luistert ze geboeid naar het verslag van het bezoek aan de Ellecomse villa. „Je grootmoeder nog wel, iemand die je nastaat. De moeder van je biologische moeder..."

Edia kijkt sip. Nu ze Quincy terug heeft, moet ze haar gelijk weer los laten!

Quincy is gevleid als ze de reactie van ma ziet. Ze slaat haar armen om de vrouw heen en zegt wat ze dacht niet te kúnnen zeggen: „Het spijt me zo dat ik jullie verdriet heb gedaan. En mezelf natuurlijk ook... maar ja: in miseria veritas!"

Waarop haar vader applaudisseert. „Hoort! Hoort! Ons nummertje vijf klinkt als een geleerde!" En hij vertaalt: „In verdriet de waarheid!"

Aan het eind van de middag duiken Mirjam en haar moeder de keuken in om samen de avondmaaltijd te bereiden. Quincy zegt eigenlijk terug te moeten, de freule zal niet weten waar ze blijft. Nerveus drentelt ze door het huis, pakt hier en daar een voorwerp op, bekijkt het en zet het terug. Foto's in lijstjes, een beeldje.

En eindelijk durft ze zichzelf te bekennen waarom ze zo zenuwachtig is. Ze pakt nogmaals de familiefoto op, gemaakt toen haar ouders dertig jaar getrouwd waren. Daan staat naast haar, een arm losjes om haar schouders. Zelf kijkt ze blij naar hem op. Daan, de grote broer. Ze voelt dat ze van top tot teen begint te gloeien. Daan... ze is verliefd op hem. Nee! Ze houdt van hem, met hart en ziel. Dat betekent dat ze wég moet. Ze kan hem niet in de ogen kijken zonder zich te verraden.

„Hoe zat dat met die Max, de kapper!" wil Mirjam weten. Ze zet borden op tafel en kijkt Quincy vragend aan. Quincy denkt aan Max. Ja, ze was dol op hem. Maar hij is geen man om je leven mee te delen... daar was ze al snel achter.

„Dat was een kortstondige vriendschap. Hij is uit beeld! En nee, dat spijt me niet!"

Weg, ze moet weg.

„Ma, ik moet terug naar de freule. Afspraak is afspraak. En ik heb ook nog eens verplichtingen... ik heb immers een baan! Doe Daan de groeten... echt, ik bel snel, als ik deze auto mag gebruiken sta ik gauw weer voor jullie neuzen!"

Beide partijen voelen en weten dat er nog veel gepraat moet worden, willen ze terug naar het niveau van vóór het fatale gesprek dat Quincy deed besluiten weg te gaan.

Ze omhelst haar ouders en Mirjam en zegt haar de groeten aan Jesse te doen.

De tweeling klemt zich aan haar armen en benen vast, het kost moeite zich te bevrijden. „Echt, lieverds, ik kom gauw terug en dan gaan we naar…" Quincy weet niet zo gauw wat de peuters leuke zullen vinden. Zelf hebben ze een antwoord klaar. „Naar de dierentuin natuurlijk!"

Quincy vindt het prima. Ze grijpt haar tas, kijkt nog eens verlangend om zich heen. Ze wil maar één ding… thuisblijven. Terug naar af! „Kind" van deze mensen zijn.

„Ga maar, lieverd, maar kom wel terug!" Nog een kus op ma's wang, dan is ze weg, via de tuindeuren. De baby tweeling, die weer buiten in de wagen ligt, begint te pruttelen. Vier knuistjes, twee bijna verwijtende stemmetjes die hun moeder eisen te komen. Quincy scheurt zich los, zwaait nog een keer en rent meer dan ze loopt de achtertuin uit, de hoek van het huis om.

En dan gebeurt het: ze botst tegen iets hards op, zwaait met haar armen om het evenwicht te hervinden. Dat hards is ook nog eens warm, warm als een mens. En dat mens is niemand minder dan Daan.

Ze vergeet haar goede voornemens om hem uit haar gedachten en leven te bannen, zodat ze kan leren hem weer als broer te zien. Niets van dat alles lukt. Ze laat zich omklemmen, zijn armen zijn als schroeven om haar heen. Ze kan niet anders dan haar armen om zijn hals slaan, ze moet ervoor op haar tenen gaan staan. „Daan dan toch… lieve – lieve – lieve Daan!"

Ze hoort hem zacht lachen. Het klinkt triomfantelijk. Gesmoord zegt hij: „En jij dacht dat ik je nooit zou vinden? Al had jij je op Alaska verstopt… dan nog zou ik je gevonden hebben!"

En opeens is daar de kus die ze geen van beiden bedacht hebben. Geen broer-zusje kusje op de wang. Nee, hun monden vinden elkaar in een heftige begroeting.

Dit kan toch niet – dit mag toch niet...?

Jawel, natuurlijk wél! Want ze zijn dan wel samen in hetzelfde huis opgegroeid, broer en zus zijn ze niet.

De tijdelijke verwijdering heeft dat duidelijk gemaakt en tedere gevoelens hebben zich ongeremd kunnen ontwikkelen.

Als ze elkaar loslaten, zucht Quincy, terwijl ze zich laat zakken en met beide voeten stevig op de grond staat: „Daan... In miseria veritas!"

Daan lacht. Kust haar speels op een oor. „Kleine wijsneus. Misschien heb je gelijk. Als je er niet vandoor was gegaan, zou ik niet geweten hebben dat ik je zo onvoorstelbaar zou missen... niet als zussepus, maar als de liefste vrouw in mijn leven! Door het gemis, dat verdriet, heb ik de waarheid gevonden!"

Quincy is het volledig met hem eens...

Van werken in „Boschlust" komt niets meer terecht. Tessa zegt berustend dat ze dit van begin af aan al gedacht had. De notaris en de freule zijn weer innig bevriend en vechten om de aandacht van Quincy, die haar tijd verdeelt tussen thuis en dit nieuwe, de wereld van haar grootmama.

Ze mag de kleine wagen, een Citroën, als de hare beschouwen, en die brengt haar waar ze wezen wil. Bij Mary, waar ze dokter Fluitsma ontmoet en hem blij maakt met haar goede berichten.

Ze zoekt de meiden van de winkel op, doet hen versteld staan met haar verhalen over het nieuwe leven dat haar ten deel is gevallen. En ja...ook Emmie betrekt ze in haar geluk. Emmie feliciteert haar en zegt haar te benijden. Want een man als Daan kom je in je leven niet vaak tegen!

Met veel genoegen heeft Quincy haar zolderkamer in bezit genomen. De studieboeken staan op een plank gerangschikt, ook de laptop is thuis. Ze heeft tijd nodig om aan al het nieuwe dat haar is overkomen, te wennen. Daan, die nu de hoofdrol in haar bestaan heeft veroverd. De relatie met pa en ma is toch wel beschadigd en moet met zorg gerepareerd. Dan is er nog de omgang met de freule. Die valt niet altijd mee... maar gelukkig keurt ze Daan als levenspartner voor haar kleindochter niet af en dat is al héél wat. De freule heeft haar lesje geleerd...

Gelukkig voor Quincy valt er in huize Lancée veel te doen. Allereerst de verhuizing van Mirjam en Jesse. Ze trekt veel met de oudste tweeling op en op die manier weet ze zich onmisbaar te maken.

Daan begrijpt dat hij wat Quincy betreft, kalm aan moet doen. Dat houden zijn ouders hem ook vaak voor...

Maar ze hebben niet gerekend op het temperament van Quincy, die haast heeft met het worden van hun schoondochter!

Op een avond, als de zomer op zijn eind loopt en beiden een lange wandeling op het bosgebied achter Ellecom hebben gemaakt, houdt Quincy Daan staande.

„Als jij het niet doet, dan doe ik het zelf. Per slot van rekening ben ik een geëmancipeerde vrouw. Heb ik dat bewezen, ja of nee?"

Daan kijkt teder neer op het kleine ding, dat Quincy heet. „Zeker, om jou kan niemand heen!"

Ze zwaait met een vinger voor zijn ogen. „Dus: zoals gezegd, doe ik het omdat jij het nalaat. Daan Lancée... wil je met me trouwen? Ja of nee?"

Daan tilt haar op en zwaait haar rond, tot ze duizelig geworden, smeekt om genade. „Zet me neer!"

En dan: „Wat is je antwoord? Moet ik soms ook nog voor je knielen, met een takje heide in mijn hand? Wil ik best..."

Daan begrijpt dat Quincy rijp is voor het huwelijk. Hij is ontroerd, zoals zo vaak als hij haar gadeslaat of hoort praten. Ze zijn op de juiste manier naar elkaar toegegroeid en Daan begrijpt dat het wachten voorbij is. Niet langer hoeft hij zichzelf in te houden. Maar: hij laat het aanzoek voor wat het is en plukt zelf een takje bloeiende heide uit de berm. Knielt voor Quincy neer op het verharde pad. „Quincy, wil je mijn vrouw worden, in goede en slechte tijden?" Ze kijkt op hem neer, ziet zijn vertrouwde gezicht. Ze kent ieder lijntje, elke beweging en gelaatsuitdrukking ervan. Dit, beseft ze, is puur. Dit is liefde en ze zendt temidden van de natuur, een dankgebed omhoog tot God de Heer. Ze legt haar handen op zijn schouders en zegt ernstiger dan ze ooit eerder in haar leven is geweest: „Dat wil ik graag en meer dan graag... ik houd van jou, je bent mijn liefste!"

Daan gaat staan en net als hij haar wil omhelzen, nadert een stoet ruiters achter hen over het pad. Ze duiken de heide in, zwaaien naar de ruiters op hun paarden. En terwijl het zand als een dichte mist opstuift, zegt Daan: „Dat wilde ik zo graag horen..." Een kus om die woorden te bezegelen zit er niet in, want Quincy roept, zodra ze de lippen van Daan op de hare voelt dalen: „Ik proef zand en stof! Het knarst tussen mijn tanden!" Daan echter trekt zich van dat toevoegsel niets aan. En dat maakt dat de kus die de trouwbelofte bezegelt, iets heel bijzonders wordt!